KÖNIGLICHER FANG

KYLIE GILMORE

Übersetzt von
ANNA DRAGO

1

Gabriel

Und passt bloß auf, dass euch die Tür beim Gehen nicht auf den felligen Hintern fällt!

Ich reibe mir die Nasenwurzel. Ich kann nicht fassen, was aus meinem Leben geworden ist. Ich, Gabriel Rourke, Kronprinz von Villroy, Erbe eines Königreichs, werfe einen fellkostümierten Zirkus aus dem Palast. Ja, Furrys, Spinner, die Spaß daran haben, sich als überdimensionierte Kuscheltiere zu verkleiden. Die Kängurubraut, der Koalabräutigam, der Wombatpastor und viel zu viele Dingos, um sie zählen zu können (ich schwöre, die haben sich vermehrt), haben hier eine Furryhochzeit gefeiert. Und an alldem ist mein Bruder Phillip schuld. In einem törichten Versuch, unsere strauchelnde Wirtschaft zu beleben, war er wild entschlossen, den Palast zu *der* Hochzeitslocation zu machen. Und was passiert? Furrys.

Schlimmer noch, jedes fellige Detail wurde von den Reportern zweier renommierter Brautmagazine dokumentiert, die im Palast waren, um über die erste Hochzeit zu berichten (die dummerweise durch eine Doppelbuchung mit diesen Fellidioten vollkommen in die Hose ging). Mich schaudert es, wenn ich daran denke, was diese Reporter schreiben werden. Dieser ganze Hochzeitsunsinn ist eine Farce. Den Palast zur Eventlocation zu machen, widerspricht so ziemlich jeder unserer königlichen Traditionen, und ich wusste von Anfang an, dass es ein Fehler war.

Ich habe vierundzwanzig Stunden nicht geschlafen und stecke immer noch in meinem Smoking von dieser entsetzlichen Hochzeitsfarce gestern Abend – als Phillip an diesem höllischen Morgen also in die marmorne Eingangshalle geschlendert kommt, hellwach, als hätte er wunderbar geschlafen, blaffe ich: „Wo ist Bonnie?"

Phillip hebt die Hände. „Entspann dich, die Wachen kümmern sich um sie." Ich kann mich nicht entspannen, solange dieser unfähige Witz von einer Hochzeitsplanerin nicht verschwunden ist. Phillip offensichtlich schon. Das ist der Unterschied zwischen dem Thronerben und dem zweiten in der Thronfolge. Er ist ein Jahr jünger als ich – eine freundliche, entspannte Version von mir mit denselben dunkelbraunen Haaren und blaugrünen Augen, denselben scharf geschnittenen Wangenknochen und derselben Statur.

Ich seufze entnervt. „Diese Frau hat nicht alle Tassen im Schrank. Du bist derjenige, der sie eingestellt hat. Sorg dafür, dass sie uns mit der nächsten Fähre verlässt." Gestern Abend habe ich sie von Villroy Island verbannt und ihr befohlen, die Insel heute Morgen mit der ersten Fähre zu verlassen.

Phillip beugt sich vor. „Glaubst du, dass an ihrer Geschichte, dass sie von königlichem Blut ist, irgendetwas dran ist?", fragt er leise. „Dass ihre Urgroßmutter wirklich den Bastard unseres Urgroßvaters zur Welt gebracht hat?"

„Nein!" Ich will diese unappetitliche Geschichte nicht noch einmal mit ihm aufwärmen. Diese Frau ist offensichtlich nicht ganz richtig im Kopf. „Ich will, dass sie verschwindet."

Er hebt die Hand, um das nicht-fellige Hochzeitspaar zu grüßen, das gerade mit seinem Gepäck in die Eingangshalle gekommen ist, um zu seiner Hochzeitsreise aufzubrechen. „Ich muss mich bei den beiden für ihre nicht ganz perfekte Hochzeit entschuldigen gehen", sagt er leise zu mir. Nicht ganz perfekte Hochzeit? Das ist eine schamlose Untertreibung.

Ich beiße die Zähne zusammen. Scheinbar muss ich hier alles selbst in die Hand nehmen. Warum brauchen die Wachen so lange mit Bonnie?

Ich gehe die Treppe hinauf in den Ostflügel, wo Bonnie die Nacht in einem Gästezimmer verbracht hat, vor dessen Tür zwei Wachen postiert waren. Wenn sie noch viel länger brauchen, wird sie die Fähre verpassen. Vor der Tür steht nur eine Wache.

„Warum dauert das so lange?", will ich wissen. Meine Manieren habe ich gestern irgendwo mit meinem ehemals Achtung gebietenden Leben zurückgelassen.

Die Wache, Louis, verneigt sich kurz. „Hoheit, es sollte nur noch ein paar Minuten dauern. Viktor hat ein paar Mädchen holen müssen, um ihr beim Anziehen zu helfen."

Ich starre ihn irritiert an. „Sie nimmt die Fähre, um Villroy Island für immer zu verlassen, und muss sich für den Anlass ankleiden lassen?"

Louis wird rot. „Sie war nackt. Sie hat sich eingebildet, uns verführen zu können."

„Sie beide?"

„Ja, Sir."

Diese Frau muss wirklich verzweifelt sein. Sie könnte mir fast leid tun, wenn da nicht die grottenschlechte Publicity wäre, die sie meiner Familie eingebrockt hat. Das ist so ziemlich das Letzte, was wir brauchen, gerade jetzt, wo mein Vater, der König, in so schlechter gesundheitlicher Verfassung ist.

Plötzlich geht die Tür auf. Bonnie ist angezogen und lässt sich mit hängenden Schultern von Viktor aus dem Zimmer eskortieren, seine Hand an ihrem Oberarm. Ich folge den Wachen nach unten. Sie werden mit ihr zum Festland fahren, um sicherzugehen, dass sie die Insel auch wirklich verlässt. Ich bin zu verärgert, um schlafen zu gehen, darum kann ich auch bis zum bitteren Ende da bleiben.

Wir betreten die Eingangshalle, in der Phillip sich mit dem armen Paar unterhält, dessen Hochzeit sie ruiniert hat.

Als sich die Palasttore hinter Bonnie schließen, wende ich mich Phillip zu und verkünde laut genug, dass Lakaien,

Butler und die verbliebenen Palastwachen es hören: „Der Palast ist hiermit für alle Zukunft für Außenseiter geschlossen!"

„Gabriel, es war nur eine–", fängt Phillip an.

Ich falle ihm ins Wort. „Keine Hochzeiten mehr. Keine Außenseiter. Und Schluss."

Hinter mir knarzt das Tor, und ich wirbele herum, da ich damit rechne, dass Bonnie zurückgestürmt kommt und kreischend ihr Recht am Thron einfordert. Doch mir bleibt der Mund offen stehen – eine junge Frau, die ich noch nie gesehen habe, mit einem wilden Mop dunkelbrauner Locken auf dem Kopf, einer riesigen Sonnenbrille mit weißem Rahmen in einem engen, ärmellosen Kleid mit riesigem Ananasprint und hochhackigen Leopardensandalen kommt herein gestakst.

Ich klappe abrupt den Mund zu, als sie ihren Rollkoffer am Tor stehen lässt und gestikulierend auf mich zu geeilt kommt. „Oh, ich liebe es jetzt schon!", quietscht sie mit ordinärem amerikanischen Akzent.

Bevor ich protestieren kann, zückt sie ihr Handy und knipst eine Reihe von Selfies mit mir.

„Der Palast ist geschlossen!", blaffe ich. „Und hat Ihnen noch nie jemand gesagt, dass es ungehörig ist, jemanden ohne dessen Erlaubnis zu fotografieren?"

Sie zuckt zusammen, dann murmelt sie: „Und hat Ihnen noch nie jemand gesagt, dass es sich nicht gehört, einen Gast so anzuschreien? Du meine Güte, dafür bin ich zehn Stunden von Tampa hierher geflogen?"

Eine zweite Verrückte im Palast. „Ich habe kein Interesse, mich mit Ihnen über weibliche Hygieneprodukte zu unterhalten", sage ich mit zusammengebissenen Zähnen. „Und jetzt raus!"

Jemand in der Nähe lacht leise. Mir egal. Ich bin zu konzentriert auf diese ungehobelte Frau, die nur Sekunden davon entfernt ist, aus dem Palast geworfen zu werden. Von mir persönlich.

„Weibliche was?", fragt die Frau und sieht mich verständnislos an. „Oh! Ha-ha. Nicht Tampon. *Tam-pa*", sagt sie betont langsam und deutlich, als wäre ich ein Idiot. Dabei ist sie diejenige mit dem dümmlichen Akzent. „Da komme ich gerade her. Ein wirklich schöner Ort." Sie runzelt die Stirn. „Tampons andererseits würde ich nicht als schön bezeichnen."

Einen Moment lang bin ich sprachlos.

Die Frau hebt die Hand an ihren Mund und flüstert der einzigen anderen Frau, der Braut von gestern, demonstrativ laut zu: „Was ist das denn für ein grantiger Butler?"

Ich erstarre. Sie hält mich für einen Butler? Zugegeben habe ich mich für mehrere Jahre aus der Öffentlichkeit zurückgezogen, aus Gründen, die ich mit *ihr* sicher nicht diskutieren werde, und ich habe mich nicht rasiert, doch ich denke nicht, dass ich so sehr gealtert bin, dass man mich nicht erkennt. Ich bin dreißig Jahre alt, männlich und vital. In der verdammten Blüte meines Lebens!

„Wer sind Sie?", frage ich in meinem gebieterischsten Ton.

Die Frau wirft ihre dunklen Locken über eine Schulter und streckt die Hand aus. „Ich bin Polly Lyon."

Ich starre ihre Hand an, und meine Lippen zucken. Sie ist niedlich. Ungehobelt, aber niedlich.

Ihre braunen Augen blitzen, und sie lässt die Hand sinken. „Sie mögen vielleicht der heißeste Butler sein, den ich je gesehen habe, aber … der Stock, den Sie im Arsch haben, macht mich wirklich fertig."

Ich muss schmunzeln. Sie hat gesagt, ich sei heiß. Ich glaube, ich verliere den Verstand. Der Schlafmangel muss mich abgestumpft haben, denn normalerweise würde ich eine derartige Beleidigung niemandem durchgehen lassen. In den Kerker! Oh ja, wir haben einen, auch wenn den seit Jahrhunderten niemand mehr benutzt hat.

Die Frischvermählten hinter mir verabschieden sich. Phillip und zwei Wachen gehen mit ihnen. Ich bleibe stehe und starre die Frau an, die die Unverfrorenheit besitzt, mich, den Kronprinzen von Villroy, Erben eines verdammten Königreichs, als Butler zu bezeichnen. Abgesehen von den üblichen Lakaien, Wachen und einem *echten* Butler, sind wir jetzt allein in der Eingangshalle.

Sie stemmt die Hand in die Hüfte, aufreizend, wie man nur sein kann. „Wollen Sie mir Ihren Namen sagen, oder soll ich Sie einfach Jeeves nennen?" Sie zwinkert mir zu. Zwinkert. Mir. Zu.

„Butler Phillip genügt." Am liebsten würde ich losprusten, nachdem ich den Namen meines Bruders benutzt habe.

Sie lächelt strahlend, und ich ertappe mich dabei, dass ich ihr Lächeln erwidern will. „Oh, wie Prinz Phillip, der königliche Hottie!", ruft sie. „Viel cooler als der Thronerbe. Dieser Typ, oh Mann. Ich habe gehört, er sei ein Windei."

„Ein Windei", wiederhole ich, und traue meinen Ohren nicht.

Sie sieht sich um, als ob sie sichergehen will, dass das Windei nicht zuhört. „Ja, so ein Ewiggestriger. Ich habe gehört, er verlässt nie den Palast. Seit Jahren hat es schon keine neuen Fotos mehr von ihm gegeben. Er erlaubt es nicht. Ich meine, nimm dich nicht so wichtig, Mann, oder?"

Ich beiße die Zähne aufeinander. Ich bin der Kronprinz von Villroy. Mein Geburtsrecht. Mein Erbe. Ich bin in erster Linie dem Königreich verpflichtet. Meine mehr als gerechtfertigte Empörung macht der Verzweiflung Platz, die mich die ganze Nacht wachgehalten hat. Das Königreich steckt in Schwierigkeiten. Die Wirtschaft, deren Hauptstandbein die Fischerei ist, steht auf wackeligen Füßen, und die jüngere Generation verlässt in Scharen die Insel. Während die Gesundheit meines Vaters nachlässt, und meine Mutter sich weigert, das Ruder zu übernehmen, weiß ich, dass meine Zeit, König zu werden, bald kommen wird, doch das heißt, dass ich für Villroy einen Weg in die Zukunft finden muss. Phillip will den Palast öffnen. Ich jedoch will unsere Geschichte und unsere Traditionen für künftige Generationen bewahren, was bedeutet, den Palast für die Öffentlichkeit geschlossen zu halten. Wir können nicht zulassen, dass Touristen überall herumrennen, auf allem herumtrampeln und Jahrhunderte der Geschichte zerstören. Wir müssen einen anderen Weg finden. Nur welcher neue Weg würde keine Außenseiter einbeziehen? Was würde die jüngere Generation davon abhalten, wie die Ratten das sinkende Schiff zu verlassen, und sie dazu bringen, der Insel eine echte Zukunft zu geben?

Mein frustrierender Mangel an Antworten ist der einzige Grund, weswegen ich sie frage: „Warum genau sind Sie hier, Polly, die nicht lügt?"

Sie lacht. „Ich bin hier, Butler Phillip, auf Einladung der Königin. Ich bin Prinzessin Mary Louise Lyon de Beaumont-Isle, doch ich bevorzuge Polly. Das ist mein Spitzname." Sie tippt sich mit dem langen roten, mit Kristallen besetzten Fingernagel an die üppigen roten Lippen. „Mir wurde gesagt, ich würde eine kleine Erbschaft erhalten."

Ich werde weiß, und mein Magen zieht sich zusammen, denn meine durchtriebene Mutter bezeichnet die Insel immer scherzhaft als unsere kleine Erbschaft. Und das sagt mir mit erschreckender Klarheit, was sie vorhat – eine Frau für mich zu finden. Die Erbschaft ist ein Königreich. Polly ist sicher nur die erste in einer langen Reihe handverlesener Kandidatinnen. Das wichtigste Kriterium meiner Mutter für meine Braut ist wahrscheinlich ein gebärfreudiges Becken. Ich schlucke und breche in kalten Schweiß aus.

Natürlich war mir immer bewusst gewesen, dass ich eine Adlige heiraten muss, um die Linie fortzuführen.

Ich hatte nur nicht gedacht, dass es jetzt sein soll.

~

Anna

Warum habe ich gesagt, dass ich nicht lüge? *Ich bin Polly Lyon, und das ist keine Lüge.* Dummes schlechtes Gewissen. Ich bin Anna Hebert, und die Wahrheit ist, dass ich unter falschen Vorwänden hier bin. Es ist für einen guten Zweck. Ich helfe meiner Cousine Polly – einer echten Prinzessin –, die sich in Florida mit versuchtem Identitätsbetrug in Schwierigkeiten gebracht hat.

Wir sind sehr entfernte Cousinen und haben nur einen Ur-Ur-Ur-Ur-Großvater gemeinsam. Sie hat mich über die AncestryWise-Website gefunden, was für uns beide großartig war. Für sie, weil sie gehofft hat, auf ihrem Flucht-nach-Amerika-Abenteuer eine amerikanische Verwandte zu finden, und für mich war es eine große Freude, eine Cousine zu haben, nachdem ich als Waisenkind ohne Familie aufgewachsen bin. Auch wenn ich nicht gewusst habe, dass sie mich zuerst als Familienverbündete gesucht hat. Das alles kam später. Sie zog in die Wohnung nebenan, und wir verstanden uns sofort. Wir ähneln uns nicht nur äußerlich (man hat uns mehrmals gefragt, ob wir Zwillinge seinen), wir sind auch beide Freigeister. Wir sind uns wirklich nahe gekommen.

Nach ein paar Monaten erzählte sie mir eine vollkommen hanebüchene Geschichte – sie sei eine Prinzessin, die sich vor einer echten Monarchie der alten Schule versteckte. Ihre Eltern setzten sie unter Druck, einen für ihr Königreich wichtigen, aber schmierigen Mann zu heiraten. Ich war verständlicherweise geschockt. In meinen Ohren hörte sie sich wie eine Amerikanerin an. (Es stellte sich heraus, dass ihr Akzent aus ihrer Zeit in einem noblen Internat und der Uni, die sie in den USA besucht hat, stammte.) Doch es wurde noch verrückter. Sie sagte mir, wir seien entfernte Cousinen, und sie habe das Haus, in dem ich wohne, bei ihrer Ankunft in den USA gekauft, um es mir zu schenken, damit ich eine sichere Grundlage habe, nachdem ich ja als Waise aufgewachsen bin. Ihre einzige Bitte war, dass ich sie als Mieterin bleiben ließ, weil sie alles Geld, das sie mitgebracht hatte, für das Gebäude ausgegeben hatte, und Geld von ihren Konten abzuheben, würde ihre Eltern auf ihren Aufenthaltsort aufmerksam machen.

Ehrlich gesagt dachte ich, es sei ein Betrug. Eine Prinzessin, die sich verstecken muss und dann auch noch eine entfernte Verwandte ist, die mir ein Haus kauft? Ich habe auf AncestryWise recherchiert, und wir sind tatsächlich verwandt. Ich war sogar ein bisschen aufgeregt, denn ich dachte, ich könnte mich mit meinem Tröpfchen königlichen Blutes auch Prinzessin nennen, doch sie erklärte, ich wäre zu entfernt verwandt, um noch als königlich zu gelten. Wie auch immer, ich nahm das Geschenk an und ließ mich auf ihre großzügige Aufforderung hin ins Grundbuch eintragen. Ich sagte ihr, ich schulde ihr viel. Ich hatte vor, das Gebäude zu verkaufen und den Erlös zu verwenden, um die Krankenschwester meines Pflegevaters zu bezahlen und meinen eigenen Schönheitssalon zu eröffnen. Es ist kein großes oder luxuriöses Gebäude, aber es ist genug für meine Bedürfnisse. Unglücklicherweise …

Es muss immer einen Haken geben, nicht wahr?

Alles endete abrupt, als die Cops auftauchten und Polly verhafteten. Sie hatte jemanden bezahlt, ihr einen gefälschten Ausweis zu beschaffen, damit sie inkognito leben konnte. Sie hatte nach der Uni nur ein Jahr Freiheit gewollt, bevor sie, wie man es von ihr erwartete, heiratete und anfing, königliche Erben zu produzieren. Doch die Identität, die sie angenommen hatte, war die einer Verstorbenen, und sie war auf derselben Webseite registriert, die uns zusammengebracht hat. Die Tante der Verstorbenen hat ihren Familienstammbaum erforscht und dabei entdeckt, dass ihre verstorbene Nichte ein Haus in Florida besaß – das, das Polly als Geschenk für mich gekauft hat. Eine großzügige Geste, die sie doch in ernste Schwierigkeiten gebracht hat. Wie kann ich ihr gegenüber dann nicht loyal sein? Ich liebe meine Cousine.

Jetzt wartet Polly auf ihren Gerichtstermin. Sie könnte für ein Jahr in Florida in den Knast wandern, denn es gibt keine diplomatische Immunität für Angehörige der königlichen Familie ihres Landes, die ihr einen Gefängnisaufenthalt ersparen könnte. Und wenn sie verurteilt wird, wird ihr tatsächlicher Name bekannt, und ihre Familie wird sie wahrscheinlich enterben. Und im Gefängnis machen die anderen Insassen und die Aufseher ihr das Leben schwer, weil sie eine echte Prinzessin ist. Sie braucht einen verdammt guten Anwalt, um aus der Sache rauszukommen.

Doch weder sie noch ich haben das Geld dazu. Sie hat alles für das Mietshaus ausgegeben, und ich kann das Haus nicht verkaufen oder auch nur eine Hypothek darauf aufnehmen, da der Eigentumstransfer wahrscheinlich nicht gültig ist. Es war nicht ihr echter Name auf der Kaufurkunde. Das Grundbuch ist bis zum Gerichtsverfahren eingefroren. Wenn ich das Gebäude mit Hilfe eines erstklassigen Anwalts zurückbekommen könnte, wäre das eine große Erleichterung, denn dann könnte ich für die Pflege meines Pflegevaters aufkommen. Mit meinem Lohn als Friseurin war das schwer gewesen.

Darum bin ich hier, um ihr Erbe anzutreten, um einen Topanwalt anzuheuern, der die Prinzessin retten kann. (Sie darf Florida nicht verlassen, während sie auf ihren Prozess wartet, sonst hätte sie die Erbschaft selbst abgeholt.) Ich bin quasi ihre Ritterin in glänzender Rüstung.

Nur, dass ihr Leben gerade nicht wirklich glamourös ist. Polly spielt die Starke, doch sie hat offensichtlich Angst. Wenn ich scheitere, bekommt sie einen Pflichtverteidiger. Dann wird sie wahrscheinlich verurteilt, muss ein ganzes Jahr im Knast sitzen – ein Leben, auf das sie ganz und gar nicht vorbereitet ist. Sie ist bei weitem nicht so tough wie ich. Ich habe schon früh gelernt, zu kämpfen und mich gegen die furchteinflößenden Biester zu verteidigen, mit denen ich in Pflegeeinrichtungen untergebracht worden bin. Doch sie? Ich fürchte, dass das Gefängnis sie zerstören würde.

Wenn ich scheitere, dürfte es auch für mich kein Zuckerschlecken werden. Wenn ich dabei erwischt werde, dass ich mich als Prinzessin ausgebe, sitze ich schneller in einem orangefarbenen Overall in einer Zelle, als man *Betrug* sagen kann. Doch zu viele Leute verlassen sich zu Hause auf mich, als dass ich das zulassen könnte.

Ich sehe mich in der zweistöckigen Marmoreingangshalle des Amalienpalasts mit ihren vergoldeten Spiegeln und der meergrünen Seidendamasttapete mit goldenem Blättermuster um und versuche, nicht allzusehr zu glotzen. Ich bin mir sicher, dass es noch luxuriöser wird, wenn man weiter in den Palast hinein geht. Trotz des Risikos freue ich mich auf dieses Erlebnis. Es ist so vollkommen anders als meine Realität, dass ich es mir als reine Wonne vorstelle – das Beste, Luxuriöseste von allem zu meinen Füßen. Ein Leben wie in einem Märchen. Magisch geradezu.

Butler Phillip spricht in knappem Befehlston mit ein paar der Bediensteten, gestikuliert und erteilt Befehle. Er ist der einzige im Smoking, darum weiß ich, dass er der Butler ist. Hey, ich habe genug BBC-Sendungen gesehen, um einen Butler zu erkennen, wenn ich einen sehe. Dazu kommt, dass er sehr gestelztes Englisch gesprochen hat mit einem witzigen Akzent, Französisch vielleicht, was mir logisch erscheint, denn Villroy Island ist nur eine zweistündige Überfahrt mit der Fähre von der Küste Südfrankreichs entfernt. Die anderen Bediensteten tragen weiße Hemden und schwarze Hosen. Ich schätze, Phillip ist ihr Boss.

Ich mustere Phillip von Kopf bis Fuß und komme zu dem Schluss, dass er zu perfekt ist. Er ist eins-irgendwas-achtzig mit breiten Schultern, einer schmalen Taille und Hüften in einem Smoking, der wie maßgeschneidert sitzt. Seine Augen sind von einem atemberaubenden Aquamarin-blau, und er hat scharf geschnittene, hohe Wangenknochen, wie man sie sonst nur bei den männlichen Models in Parfumanzeigen sieht, einen Stoppelbart und volle Lippen. Dazu seine steife, förmliche Haltung und seine säuerliche Miene – kein Wunder, dass er mich wuschig macht. Irgendwie passt das nicht zusammen – ich meine die Butler/heißer Typ-Sache. Nicht, dass er mein Typ wäre. Ich mag Männer aus der echten Welt, mit denen man Spaß haben kann.

Ein Bediensteter nähert sich, ein dünner Mann um die fünfzig mit einem peinlich genau gezogenen Seitenscheitel. „Hoheit, ich habe die Anweisung, Sie auf Ihr Zimmer zu bringen."

Ich schnaube kurz, als er mich mit *Hoheit* anredet, dann erinnere ich mich, dass sie mich hier ja für eine Prinzessin halten. „Bitte nennen Sie mich Polly. Wie heißen Sie?"

„William, Ma'am."

„Freut mich, Sie kennenzulernen, William. Einen Moment nur." Ich gehe zum Tor, um meinen Rollenkoffer zu holen, und als ich mich wieder umdrehe, renne ich William beinahe über den Haufen. Er greift nach dem Griff meines Koffers, doch ich ziehe ihn zurück. „Das kann ich schon selbst."

Er hält mir die geöffnete Hand entgegen. „Wenn ich darf, Ma'am? Ich bin hier, um zu dienen."

Der Butler starrt mich von der anderen Seite der Eingangshalle an und beobachtet jede meiner Bewegungen. *Hat er mich schon durchschaut? Vermutet er, dass ich keine echte Prinzessin bin?* Ich hätte wahrscheinlich eine Einführung ins Prinzessinsein gebraucht, doch die echte Polly war so gestresst, dass alles, was sie mir mitgegeben hat, die eindringliche Bitte war, ihr Erbe ganz schnell abzuholen und sofort wieder nach Florida zurückzukommen. „Zieh deine besten Klamotten an und lächle zurückhaltend", war ihr einziger Rat gewesen. Und, dass ich den König und die Königin immer als Majestät anreden soll, alle anderen sind Hoheiten.

Ich winke dem griesgrämigen Butler zu, lächle zurückhaltend (ich hoffe zumindest, dass das die Anforderungen erfüllt) und wende den Kopf ein wenig ab, auch wenn ich den Blickkontakt nicht abbrechen kann, da ich im verurteilenden Traktorstrahl seiner Augen gefangen bin.

Er wendet sich ab.

Okay … zurückhaltend zu lächeln ist scheinbar schwerer als gedacht.

Ich wende mich William zu, der immer noch geduldig auf meine Erlaubnis, meinen Koffer nehmen zu dürfen, wartet. „Danke."

Er nickt und nimmt den Koffer.

Ich folge ihm durch die Eingangshalle um die Ecke in einen langen Flur, und als ich einen letzten Blick über meine Schulter werfe, sehe ich Phillip im Profil.

Er fährt sich mit finsterer Miene mit der Hand durchs dicke Haar. Er wirkt … überfordert, wahrscheinlich, weil meine Ankunft ihn überrascht hat.

Ich bleibe stehen und eile zurück, um ihn zu beruhigen. „Entspannen Sie sich, Butler Phillip. Sie werden nicht einmal mitbekommen, dass ich hier bin."

Seine Miene bleibt grimmig, seine Stimme abweisend und müde. „Das bezweifle ich aufrichtig."

Ich drücke seinen Oberarm und treffe auf Granit. Er ist angespannt. Und muskelbepackt. *Was tun Butler eigentlich genau, dass er so fit ist? Den Thron zum Staubwischen powerliften? Vielleicht hebt er den königlichen Esstisch mit einer Hand, um darunter staubzusaugen.* Bei dem Gedanken muss ich ein Kichern unterdrücken. „Versuchen Sie's mal mit einem Nickerchen. Danach sieht die Welt gleich freundlicher aus."

Er starrt meine Hand an seinem Arm an und hebt den Kopf. Seine aquamarinblauen Augen glitzern hart.

Ich schlucke. Mein Herz pocht. Ich kann nichts dagegen tun. Er hat etwas unglaublich Einschüchterndes an sich. So einschüchternd, dass ich kurz davor stehe, die Flucht zu ergreifen. Dabei bin ich alles andere als ein Mauerblümchen. *Ich dachte, Dienstboten sollten … unterwürfiger sein oder sowas.*

Ich lasse meine Hand sinken und versuche es erneut. „Wenn es irgendetwas gibt, das ich tun kann, um Ihnen das Leben leichter zu machen, lassen Sie es mich wissen. Ich bin überaus praktisch veranlagt."

Butler Phillips Lippen verziehen sich zu einem Lächeln. „Angehörige des Adels dienen dem Personal nicht. Ich bin hier für *Ihre* Bedürfnisse."

Ich lächle ihn zurückhaltend an, nur die Andeutung eines Lächelns. Ich sollte es wahrscheinlich vor dem Spiegel üben, um sicherzugehen, dass ich nicht wie ein Psycho dabei aussehe. Oder als hätte ich Verstopfungen. „Natürlich. Danke Phillip. Einen schönen Tag noch."

Er sieht mich von oben herab an.

Ein Anflug von Gereiztheit lässt mich mein Kinn heben. Ich habe gehört, dass Butler ein bisschen steif sind, doch dieser hier ist geradezu unhöflich.

„Wow." Ich schüttle den Kopf und gehe gemessenen Schrittes auf meinen Leopardenprint-Sandalen (unverschämt teure Dinge, doch ich habe sie mir ausnahmsweise mal geleistet, denn Schuhe sind meine Schwäche) zu William, der geduldig in dem langen Flur auf mich wartet. Selbst ihre Flure sind prachtvoll – große Milchglasfenster, weiße Holzverkleidung und an der Decke wunderschöne Gemälde in aufwendigen Gipsrahmen.

Ich will William gerade fragen, wie alt der Amalienpalast ist, als ich einen Mann in der Eingangshalle schallend lachen höre. Angezogen von dem Spaß drehe ich mich um und sehe Butler Phillip in die entgegengesetzte Richtung davon gehen.

Der arme Kerl braucht dringend einen Fick.

Ich drehe mich wieder um und wende mich dem königlichen Leben zu, das ich leben werde – für eine kurze Zeit zumindest.

2

____

Gabriel

Ich gehe zu den Gemächern meiner Eltern im Westflügel des Palastes. An Schlaf kann ich gerade nicht einmal denken. Über diese Hochzeitsfarce hinaus und meine Sorge um die Zukunft des Königreichs, muss ich mich jetzt auch noch mit potentiellen Heiratskandidatinnen auseinandersetzen, die durch die Palasttore gestolpert kommen. So bekomme ich vielleicht nie wieder Schlaf.

Die Bediensteten hatten ihren Spaß, da Polly mich allen Ernstes für einen Butler gehalten hat. *Impertinentes Weib in einem viel zu figurbetonten Kleid und mit langen Beinen, wie gemacht, um* … Fuck. Mein letztes Mal war viel zu lange her, wenn ich eine so ordinäre Frau wie sie ansprechend finde. Ich gebe dem Schlafmangel die Schuld. Ich sollte den Sachverhalt richtigstellen, doch es gab Wichtigeres, um das ich mich kümmern musste. Wie zum Beispiel, dass meine Mutter diesen bizarren Plan hatte, Heiratskandidatinnen mit dem Versprechen einer *kleinen Erbschaft* hierher zu locken. Das würde nur die geldhungrigsten verzweifelten Adligen anlocken. Unterste Kommodenschublade für den Thronerben. Oh nein. Nicht mit mir.

Ich gehe langsamer, als ich mich ihren Gemächern nähere. Meinem Vater geht es nicht gut, Bauchspeicheldrüsenkrebs im fortgeschrittenen Stadium, und es ist so schmerzlich zu sehen, dass er von Tat zu Tag schwächer wird. Er ist gerade mal vierundfünfzig und war immer ein König, zu dem alle aufblicken konnten – vital, mächtig, stolz. Doch jetzt frisst ihn diese verdammte Krankheit auf. Meine Mutter ist gestresst und weicht ihm kaum von der Seite. Ihre Ehe war arrangiert, doch es war Liebe draus geworden, ein starkes Band. Sie will nicht ohne ihn herrschen, und ich mache mir Sorgen, was aus ihr wird, wenn ihr Anker einmal nicht mehr da ist.

Ich atme tief durch und klopfe an. Die alte Zofe meiner Mutter öffnet die Tür und senkt den Kopf, während sie einen Knicks vor mir macht. „Hoheit, seine Majestät schläft. Darf ich Sie in den Salon Ihrer Mutter bringen?"

„Danke, Joan."

Ich folge ihr in den zartblauen Salon meiner Mutter mit den raumhohen Fenstern, von denen aus man das Meer sieht, das sie so liebt. Meine Mutter, Königin Alexandra, sitzt an einem kleinen Mahagonitisch am Fenster. Ihre dunkelbraunen Haare sind zu einem eleganten Knoten hochgesteckt, ihre haselnussbraunen Augen scharf, ihre Haut blass. Ich glaube nicht, dass sie in den letzten Monaten auch nur einen Fuß vor die Tür gesetzt hat. Ihre Miene ist angespannt von der dauernden Sorge um meinen Vater. Wir haben dieselbe Haarfarbe, dieselben Wangenknochen und dieselbe schmale, gerade Nase. Meine blaugrünen Augen jedoch habe ich von meinem Vater. Seiner Meinung nach bedeuten diese meerblauen Augen, dass es uns bestimmt ist, über diese schöne Insel zu herrschen, auch wenn unsere Blutlinie auf einen Wikingerclan und seine irischen Frauen zurückgeht.

Der Tisch ist bereits zum Tee für zwei eingedeckt, als erwartet sie mich. Die Nachricht über unsere Besucherin hat sich wahrscheinlich schon bis zu ihr verbreitet. Sie haben ihr wahrscheinlich auch schon alle Details über Polly berichtet.

Sie lächelt mich an, ein verschlagenes Lächeln, das nicht ganz bis zu ihren Augen reicht. Sie hat Geheimnisse, das kann ich sehen.

„Mutter." Ich beuge mich zu ihr hinunter und küsse sie auf die Wange.

Sie deutet auf den Stuhl sich gegenüber. „Setz dich, Gabriel. Möchtest du einen Tee?"

„Nein, danke." Ich lasse mich in den gepolsterten Sessel sinken. „Ich habe gerade den Palast für die Öffentlichkeit geschlossen erklärt, als unser *Gast* angekommen ist."

Sie trinkt einen Schluck Tee und versteckt ihr Lächeln hinter der Tasse.

Ich beuge mich vor und senke meine Stimme. „Offensichtlich ist die *kleine Erbschaft*, die sie erwartet, meine Hand und das Königreich. Warum beschreiten wir nicht den traditionellen Weg?"

„Wo bliebe denn da der Spaß?"

Ich starre sie geschockt an. „Spaß?" Meine Eltern haben mir von Geburt an Pflicht und Verantwortung eingebläut. Zu keinem Zeitpunkt hat Spaß auf dem Lehrplan gestanden.

Sie seufzt und bittet ihre Zofe leise, uns allein zu lassen. Während ich warte, legt sich ein ungutes Gefühl wie Blei auf meine Schultern.

„Deinem Vater geht es schlechter", sagt sie, sobald wir allein sind.

Ich schlucke den Kloß in meinem Hals herunter.

Sie blinzelt ihre Tränen weg. Gefühle sind etwas Privates, und sie hat ihre schon immer an einer kurzen Leine gehalten. „Abgesehen von Krankenhausbesuchen habe ich den Palast seit über einem Jahr nicht verlassen. Deine Braut ist zu wichtig, um die üblichen Wege zu beschreiten. Gabriel, du wirst bald König sein." Ihre Stimme stockt, und sie nippt an ihrem Tee. „Deine Frau wird Königin sein, und die Zukunft unseres Königreichs hängt von euer beider Führung ab."

Das habe ich befürchtet. Ich hasse es, dass es so weit gekommen ist, doch ich verstehe die Dringlichkeit der Situation für das Bedürfnis meiner Eltern zu wissen, dass der Machtübergang problemlos vonstattengehen wird. Ich wünschte mir nur, dass sie mir ein Mitspracherecht im Auswahlprozess gegeben hätte. Ich möchte eine Frau, die der Rolle der Königin Klasse, Würde und Anstand verleiht. Keine ungehobelte, impertinente Person in Leopardensandalen. Mein Gott.

Ich presse meine Lippen aufeinander und schlucke meine Beschwerde für die unangemessene erste Kandidatin herunter. *Bitte sag mir, dass bessere Optionen auf dem Weg sind.*

Ich forme ein Zelt mit meinen Fingern. „Wie viele Kandidatinnen hast du eingeladen?"

Ihre Miene erhellt sich. „Zehn heiratsfähige adelige Singles."

„Und was willst du mit ihnen anstellen?" Ich stelle mir einen furchtbaren Empfang oder einen Ball vor, was beides furchtbar langweilig klingt.

„*Wir* werden sie auf die Probe stellen."

Ich beuge mich vor. Mir gefällt gar nicht, wie sich das anhört. „Wie?"

Sie blickt einen Moment lang aus dem Fenster, dann wendet sie sich mir wieder zu. „Wir brauchen frisches Blut, frische Ideen, um Villroy zu einer neuen Blüte zu verhelfen, um der nächsten Generation willen. Darum werden wir sehen, wer dieser Aufgabe am besten gewachsen ist."

„Und dann wähle ich eine aus?"

Ihre braunen Augen glitzern. „Die letzte Überlebende wird die sein, die du heiratest."

Ich zucke zusammen. Sie meint doch nicht etwa … „Du meinst Überlebende wie in Kampf um Leben und Tod?" Ich weiß, in unseren Adern fließt Wikingerblut, doch das höfische Leben haben wir seit Jahrhunderten kultiviert.

Sie verdreht die Augen. „Unsinn. Wie in dieser Reality-TV Serie *Survivor.* Dein Vater und ich haben viel zusammen ferngesehen, seit er ans Bett gefesselt ist."

Mir bleibt der Mund offen stehen. Der Stress angesichts der Krankheit meines Vaters muss ihr den Verstand geraubt haben.

Sie fährt begeistert fort. „Es gibt eine Reihe von Herausforderungen, um die Kandidatinnen zu eliminieren, die der Aufgabe nicht gewachsen sind." Sie sieht mich mit geneigtem Kopf an. „Wir könnten es aber auch eher wie in *Der Bachelor* machen und die Auswahl nach Kompatibilität treffen."

Mein Magen dreht sich um, wenn ich mir Frauen vorstelle, die sich verbissen durch irgendwelche barbarischen

Herausforderungen, die sich meine Mutter ausgedacht hat, kämpfen. Die aggressivste Frau wird gewinnen, und dann muss ich sie heiraten. Ich brauche eine Gehilfin und keine Furie an meiner Seite.

Ich will protestieren, doch dann lächelt sie, das erste echte Lächeln, das ich seit langer Zeit bei ihr sehe, und ich lächele beinahe zurück. Wenn sie mich nicht als Preis eines aberwitzigen Wettbewerbs ausgeschrieben hätte, könnte ich glatt ein Lächeln zustandebringen.

„Lass es uns zu einer Mischung aus beidem machen", trällert sie gut gelaunt. „*Survivor x Bachelor* auf königliche Art."

Ich muss fragen. „Geht's dir gut, Mutter? Bekommst du genug Schlaf?"

„Mir geht's gut. Ich habe deinem Vater schon davon erzählt, und er ist begeistert. Er sagt, es wird ein bisschen Leben in den Palast bringen, und davon abgesehen hilft es, dich auf deine Rolle als König vorzubereiten. Du musst Diplomatie und Urteilsvermögen einsetzen, um die richtige Wahl zu treffen."

So etwas wäre nie passiert, bevor mein Vater krank geworden ist. Ich klammere mich an das bisschen Vernunft, das mir geblieben ist. „Also ist es letzten Endes meine Wahl."

„Königliche Genehmigung vorbehalten." Was bedeutet, dass der König und die Königin mit meiner Entscheidung einverstanden sein müssen. König und Königin haben das letzte Wort. Gott. Was, wenn ich mit dieser vollkommen ungeeigneten leopardenbesandalten Polly als Königin ende, weil sie irgendeiner Reality-TV-Persönlichkeit ähnelt, die meine Eltern mögen? Das ist Wahnsinn.

Ich würde meinem Unbehagen gerne Ausdruck verleihen, doch ein Blick auf das so selten strahlende Lächeln meiner Mutter, und ich bin verloren. „Dann sei's drum."

Sie drückt meine Hand, ein ebenso seltener Ausdruck ihrer Zuneigung. „Ich wusste, dass du es verstehen würdest. Die anderen Frauen dürften bald eintreffen. Und morgen fangen die Spiele an."

Ich wollte es nicht einmal wissen. Schlafmangel, dieser wahnwitzige Wettbewerb, die nachlassende Gesundheit meines Vaters, die Zukunft des Königreichs – mein Verstand verweigert mir aus Protest den Dienst.

Ich verabschiede mich höflich und gehe zu meinen Gemächern im dritten Stock. Mein einziger Gedanke: Schlaf.

Ich träume von einer hochhackigen Leopardensandale in meinem Gesicht, von ihrem Knöchel auf meiner Schulter, ihrem Körper, der um mich herum erzittert.

Schweißgebadet wache ich auf.

3

———

Anna

Ich habe eine Zofe! Ihr Name ist Anna, was mich wahnsinnig macht, weil das auch mein Name ist. Ich fürchte, dass sie mir schon auf der Spur sind, doch Anna ist so ruhig und beflissen, es mir recht zu machen, dass ich zu dem Schluss komme, dass ich paranoid sein muss. Wie sich herausstellt, ist das die geringste meiner Sorgen, denn jetzt bin ich mit Anna auf dem Weg zum Audienzzimmer im Westflügel, um mit Königin Alexandra zum ersten Mal über das Erbe zu sprechen. Mit der Königin! Ich bin mir sicher, dass ich vor ihr einen Knicks machen soll, doch darüber hinaus bin ich planlos.

Ich streiche mit feuchten Händen mein Kleid glatt, das letzte meiner tropischen Kleiderauswahl. Polly stammt von den tropischen Beaumont-Inseln in der Karibik. Das Kleid ist pinkfarben mit einem leuchtend gelb-weißen Blumenmuster mit Neckholder-Oberteil, und reicht bis knapp über die Mitte meiner Oberschenkel. Schade, dass Polly ihre königlichen Kleider nicht mit nach Tampa gebracht hat, sonst hätte ich ihren Stil vielleicht besser getroffen. Mit ihrer neuen Identität als Prinzessin-inkognito hat sie jedoch bei Target geshoppt.

Die einzige gute Nachricht in dieser beschissenen Situation ist, dass Polly in der Öffentlichkeit Hüte mit Schleier getragen hat (wie man es von einer unverheirateten Adligen in ihrer Heimat erwartet), darum gehe ich leicht als sie durch. Wir sind beide lockige Brünette, beide Anfang zwanzig (ich bin dreiundzwanzig), von ähnlicher, durchschnittlicher Figur und fast gleich groß (ich bin einsfünfundsiebzig). Polly hat mir versichert, dass sie nie einem Angehörigen der Königsfamilie von Villroy begegnet ist. Ihr Freundeskreis ist erstickend klein.

Anna wirft mir ein angespanntes Lächeln zu, als wir uns der zweiflügeligen Tür des Audienzzimmers nähern. Es macht mich nervös, denn ich habe das Gefühl, sie macht sich Sorgen um mich. Vielleicht liegt es daran, dass sie mich gedrängt hat, eine weiße Pashmina um die Schultern zu tragen, was ich jedoch abgelehnt habe. Zu großmütterlich für meinen Geschmack. Sie hat auch gewollt, dass ich meine Haare hochstecke, doch wer ist hier die ausgebildete Friseurin? Ich trage meine Haare offen, meine Locken sind unmöglich zu zähmen.

Ich will nicht angeben, doch ich habe mir die Schönheitsakademie selbst finanziert und mich hochgearbeitet in einen schicken Salon mit einem Haufen glücklicher Kundinnen. Mein Plan war schon immer, genug Geld beiseitezulegen, um meiner Chefin den Salon abzukaufen, wenn sie in sieben Jahren in den Ruhestand geht. Mit dreißig meinen eigenen Salon besitzen. Ich glaube fest daran, dass man sein eigenes Schicksal manifestieren kann. Ich habe eine Traumcollage und Post-its mit Zielen überall in meinem Apartment. Ich wiederhole mein Ziel wie ein Mantra, sobald ich aufwache. *Mit dreißig werde ich meinen eigenen Salon besitzen.* Manche halten das jetzt vielleicht für ein bisschen durchgeknallt. Aber was solls, schaden kann es auf jeden Fall nicht.

Und hat sich mein Schicksal nicht in Gestalt einer Prinzessin manifestiert, die mir ein Geschenk gemacht hat, das meinen Traum wahrmachen kann? In gewisser Weise. Polly und ich haben dafür aber noch viel zu tun.

Ich mache einen Schritt in das elegante Audienzzimmer, erstarre beinahe vor Schreck und drehe mich zu Anna um. Sie ist bereits wieder zur Tür hinaus und schließt sie diskret hinter sich. Ich drehe mich wieder um und atme tief durch, um mich zu beruhigen. Der riesige Raum gibt mir das Gefühl, klein zu sein – alles ist goldverziert, die Decke sieht aus, als wäre sie aus der Renaissance mit wunderschönen Gemälden von ätherischen Geschöpfen, und ein riesiger Kristallkronleuchter wirft bunte Regenbogen über das auf Hochglanz polierte Intarsienparkett. Eine ganze Armee königlicher Vorfahren blickt streng aus ihren Ölgemälden auf mich herab, und am Ende dieses auch so schon furchteinflößenden Raumes ein riesiger antiker Doppelthron aus geschnitztem Holz. Königin Alexandra sitzt da, allein, in einem taubenblauen langärmeligen Kleid mit passenden Pumps, Perlenkette und Perlenohrringen. Sie ist genau, wie ich mir eine Königin vorstelle, elegant und, ja, majestätisch, und plötzlich habe ich das Gefühl, dass ich etwas weniger Tropisches und eher Pastelliges hätte anziehen sollen.

Und als wäre das alles nicht schon furchteinflößend genug, stehen neun Frauen in einem Meer aus Pastell mit glatten, glänzenden Haaren rechts und links des Throns, beinahe so, als soll hier ein königlicher Schönheitswettbewerb stattfinden. Dabei habe ich höchstens die Chance auf den Trostpreis „Freundlichste Teilnehmerin".

Ich überlege ernsthaft, ob ich die Flucht ergreifen soll. Mit meinen wilden Locken und dem tropischen Kleid steche ich heraus wie eine Giraffe im Streichelzoo. Bevor ich jedoch die Flucht ergreifen kann, ist eine Dienerin an meiner Seite und bittet mich, meinen Platz bei den anderen Frauen einzunehmen. Soll Pollys kleine Erbschaft etwa durch zehn geteilt werden? Ich fürchte, dann wird es nicht für das Honorar eines Top-Anwalts reichen …

Ich bin fast am Ende der Reihe auf der linken Seite angekommen, als ein Mann in einem gestärkten weißen Hemd und schwarzer Hose verkündet: „Prinzessin Mary Louise Lyon de Beaumont-Isle."

Ich schlucke. Das bin ich. Mein Puls pocht in meinen Ohren, und ich bete, dass ich ihr nicht alles kaputtmache. Ich mache drei Schritte vor, senke meinen Kopf und mache einen tiefen Knicks. Ich bin mir nicht sicher, wie lange man den

Knicks halten soll. Drei Sekunden kommen mir richtig vor. Ich richte mich langsam auf und sage: „Freut mich, Sie kennenzulernen, Majestät."

Die Königin lächelt, ein sanftes Lächeln. „Danke, dass Sie von so weit her angereist sind, Mary. Bitte stellen Sie sich zu den anderen."

Ich gehorche und spüre die schiefen Blicke der anderen Frauen.

Die Königin wendet sich nun an uns alle und lässt die Bombe platzen. „Ich habe Sie alle unter falschen Voraussetzungen hierher gebeten."

Geschockte Stille. Scheiße. Keine Erbschaft?

Die Königin fährt fort. „Sie sind nicht hier, um ein kleines Erbe anzutreten." Sie hält inne, und die Anspannung im Raum ist so greifbar, dass ich ihr zurufen will: *Jetzt red schon weiter!* Endlich tut sie es. „Es erwarten Sie Reichtümer, die Ihre kühnsten Träume übersteigen werden. Doch nur eine von Ihnen wird sie bekommen."

Die Frauen beginnen zu tuscheln.

Die Königin geht nicht weiter darauf ein. Also gut, irgendjemand muss ja fragen.

Ich hebe meine Hand. „Wie entscheiden Sie, wer es bekommt?"

Die Augen der Königin sind schmal und ihre Lippen fest aufeinandergepresst.

„Majestät", füge ich verspätet hinzu.

Die Königin wendet sich in strengem Ton an die Gruppe. „Bevor wir fortfahren, muss ich Sie alle bitten, eine Vertraulichkeitsvereinbarung zu unterschreiben." Sie deutet auf einen kleinen Tisch, wo ein Mann in einem anthrazitfarbenen Anzug darauf wartet, die Unterschriften zu bezeugen. „Wenn Sie das nicht tun möchten, können Sie jetzt gehen."

Niemand geht. Wir stellen uns brav an, denn wer will schon auf Reichtümer, die unsere kühnsten Träume überschreiten, verzichten? Auch wenn ich davon ausgehe, dass manche von uns diese Reichtümer mehr brauchen als andere. Ich muss diese Reichtümer an Polly weitergeben, doch sie hat mir versprochen, dass ich einen Teil davon für die Pflege meines Pflegevaters Mike bekommen würde.

Ich habe zwei Wochen Urlaub genommen, um hierher zu kommen. Wisst ihr, wann ich das letzte Mal Urlaub gemacht habe? Ähm, nie. Da ich mein Ziel, mit dreißig meinen eigenen Salon zu haben, das ich nie aus den Augen lasse, was bedeutet, dass ich immer arbeite. Selbst zu Hause habe ich quasi immer Rufbereitschaft für alle großen und kleinen Probleme der Mieter. Solange die Eigentumssituation nicht geklärt ist, bin ich die Hausmeisterin in meinem Mietshaus und muss deshalb keine Miete zahlen. Dank Mike, der ein Alleskönner ist, kann ich selbst alles Mögliche reparieren. Harte Arbeit macht mir nichts aus, sie finanziert mir meinen Traum.

Ich bin die letzte, die unterschreiben soll, und ich lasse mir Zeit, das Kleingedruckte zu lesen. Mit der Presse zu reden ist untersagt, Fotos und Social Media auch, und Handys müssen abgegeben werden. Hey? Kein Handy? Was für ein technophobischer Mist ist das denn? Kann ich ohne mein Handy leben? Wo kann ich meine Katzenvideos ansehen? Die helfen mir, Stress abzubauen. Ich verspanne mich schon, wenn ich nur daran denke, mein Handy nicht zu haben. Ich lese weiter. Wir müssen uns bereiterklären, drei Wochen für den Wettkampf zur Verfügung zu stellen. Drei Wochen? Wettkampf?

Der Zeitrahmen ist ein Problem. Ich denke, ich kann ohne mein Handy überleben, wenn ich mit dem Gewinnen dieses Wettkampfes beschäftigt bin. Ich kann diesen Haufen zurückhaltender Prinzessinnen wahrscheinlich in Allem schlagen. Das sind intelligente, zu höfliche Frauen, die es gewohnt sind, bedient zu werden und nicht zu tun, was nötig ist, um zu bekommen, was sie wollen wie ich. Aber damit wird es ziemlich knapp, was Pollys Gerichtstermin angeht, der dann nur eine Woche nach Ende des Wettbewerbs stattfinden wird. Und wenn ich den großen Preis nicht gewinne, wird die Woche unbezahlten Urlaubs, die ich dafür nehmen muss, ziemlich wehtun. Ich muss sofort an Mikes Pflege denken. Die Ärzte sagen, dass sie nichts mehr für ihn tun können, und haben ihn zum Sterben nach Hause geschickt. Lungenkrebs. Ich bekomme einen Kloß im Hals, wie jedes Mal, wenn ich daran denke, dass er sterben wird. Er war der letzte Pflegevater, bei dem ich gelandet bin, als ich siebzehn gewesen bin. Er hat mich sogar mietfrei in dem kleinen Studioapartment über seiner Garage weiterwohnen lassen, als ich dem Pflegesystem entwachsen war. Ohne eine sichere Bleibe hätte ich es mir nie leisten können, für die Schönheitsakademie zu bezahlen. Ich wünsche mir nur, wir hätten einander früher gefunden.

Ich zwinge meine Gedanken zu praktischen Fragen. Ich werde diesen Monat meine mageren Ersparnisse dafür benutzen, Mikes Krankenschwester zu bezahlen. Meine Chefin im Salon ist supercool und will, dass ich den Laden übernehme, das spricht also schon mal für mich, doch ich bin mir nicht sicher, ob es ihr etwas ausmacht, wenn ich so lange weg bin. Meine Kundinnen gehören zu den wohlhabendsten, und sie sind mir treu. Und wer kümmert sich um meinen Job im Haus, wenn ich nicht da bin? Was, wenn ich nach diesen drei Wochen obdach- und arbeitslos bin? Meine Ersparnisse reichen nicht, um eine Palliativschwester zu bezahlen und mich lange über Wasser zu halten.

Ich lasse den Blick über das Meer von Pastellprinzessinnen schweifen, was mich an Polly erinnert, die früher wahrscheinlich ausschließlich Pastell und Perlen getragen hat und jetzt Orange tragen und sich wahrscheinlich von einem Miststück namens Spike verprügeln lassen muss. Ich weiß natürlich nicht, wie das Miststück heißt, doch ich wette, ich liege richtig.

Ich hebe meine Hand und sehe die Königin auf dem Thron und dann den Anwaltstypen auf der anderen Seite des Tischs an, um mich zu versichern, dass sie mich beide hören. „Ich habe eine Frage. Welche Art Wettbewerb kann drei Wochen dauern?"

Schweigen. Die Prinzessinnen werfen mir Blicke zu. *Was? Bin ich etwa die einzige, die mehr wissen will?*

„Ich meine, ich habe nur zwei Wochen ..." Ich verstumme, da mir plötzlich bewusst wird, dass Polly keinen Job mit Urlaubstagen hat. „Ich habe ein paar andere Verpflichtungen."

„Dann verschieben Sie sie", sagt die Königin und erwartet, dass man ihr gehorcht.

Ich beiße mir auf die Unterlippe. Wenn ich das mit meiner Chefin nicht geregelt bekomme, ist es für mich vielleicht schon vorbei, bevor es überhaupt anfängt.

Der Anwaltstyp meldet sich zu Wort. „Nur die Gewinnerin bleibt die vollen drei Wochen. Es ist also durchaus möglich, dass Sie gar nicht so lange dabei sind." Er verzieht die Lippen zu einem Lächeln, als ob er damit rechnet, dass ich sowieso gleich rausfliege.

Ich straffe meine Schultern und richte mich zu meiner vollen Größe auf. Ich habe noch nie vor einer Herausforderung zurückgeschreckt. Ich werde eine Freundin bitten, für mich im Haus einzuspringen, für große Reparaturen einen Handwerker zu beauftragen und was den Kleinkram angeht, die Mieter hinzuhalten, bis ich wieder da bin. Ich werde meine Chefin im Salon anflehen, mir die Zeit freizugeben, und meine Kundinnen davon überzeugen, auf mich zu warten, indem ich ihnen einen kostenlosen Hausbesuch für ein Styling für ein Event anbiete. Ich werde als Siegerin aus dieser Sache hervorgehen. Das ist mein neues Mantra – Sieg! Für Polly, für mich, für Mike und um es diesem arroganten Anwalt zu zeigen.

Denn Reichtümer, die meine kühnsten Vorstellungen übersteigen, würden alle Probleme lösen. Polly würde mich nicht mit Schulden sitzen lassen, wenn ich ihr den Allerwertesten rette. Natürlich nur, wenn ich gewinne. Es ist immer noch ein großes Risiko, das ich da eingehe – persönlich wie beruflich. Ganz zu schweigen von dem Risiko, dabei erwischt zu werden, dass ich mich als Prinzessin ausgebe. Die harte Realität meldet sich mit diesem Gedanken zu Wort, und plötzlich kann ich kaum atmen. Bestenfalls würde ich zu Hause im Gefängnis landen, meinen Ruf zerstören und meinen Plan, meinen eigenen Salon zu besitzen, unfähig, Mikes Krankenschwester zu bezahlen. Kunden müssen in der Lage sein, mir zu vertrauen. Verurteilte Hochstaplerinnen stiften nicht gerade Vertrauen.

Oder sie könnten mich gleich hier auf Villroy Island für

mein Verbrechen zur Rechenschaft ziehen. Diese Monarchie hat echte Macht. Ihre Insel – ihre Regeln. Ich habe zwar bei meiner kurzen Internetrecherche nichts über Exekutionen gefunden, doch mir ist durchaus bewusst, dass meine Chancen, von der *Insel* zu flüchten, für den Fall, dass sie mich durchschauen, ziemlich gering sind. Die Überfahrt mit der Fähre nach Frankreich dauert zwei Stunden über unruhiges Wasser – und auch, wenn ich eine gute Schwimmerin bin, ist schwimmen bei diesen Verhältnissen keine Option. Die Königsfamilie könnte so angepisst reagieren, dass sie eine rostige alte Guillotine aus dem Ärmel zaubern oder noch schlimmer – mich in einen Kerker voller Spinnen werfen. *Schauder!* (Das ist eine Phobie und bedeutet noch lange nicht, dass ich nicht tough bin).

Dazu kommt, dass die echte Polly einen Shitstorm negativer Presse über sich ergehen lassen muss, falls ich erwischt werde. Dann werden die Leute wollen, dass sie für ihr Verbrechen bezahlt. Ihre Familie wird sie enterben. Sie wird alles verlieren.

Mein Magen rebelliert. Ich hole tief Luft. Hier ist kein Platz für Selbstzweifel. Denk an Polly – die strahlende, gut gelaunte Polly –, die so glücklich ist, zum ersten Mal in ihrem Leben ihre Freiheit zu genießen. Das hat sie verdient.

Sieg, Sieg, Sieg!

Ich zwinge mich, tief durchzuatmen. *Konzentrier dich. Kassier das Erbe und raus.*

Ich reiße mich zusammen und wende mich der Königin zu. „Gibt es Spielraum, was die Handyregel angeht?"

Die Königin starrt mich an.

Der Anwalt antwortet in einem vage bedrohlichen Ton, als stünde er kurz davor, mir an die Gurgel zu springen. „Sie können den Festnetzanschluss im Salon benutzen, wenn es sich nicht vermeiden lässt."

In meinem Kopf fügen sich die Puzzlesteine zu einem besorgniserregenden Ganzen zusammen. Wir sind auf einer Insel, isoliert von der Außenwelt sowohl geographisch als auch was die Kommunikation angeht, und wir wissen immer noch nicht, was für ein Wettbewerb das ist. Meine Gedanken wandern zu jedem gruseligen Horrorstreifen, den ich je gesehen habe. Die Worte des Anwaltstypen „dass Sie gar nicht solange dabei sind" hören sich plötzlich bedrohlich an. Ich sehe die anderen Frauen an, doch keine scheint es zu begreifen. Wir werden isoliert, auf die Probe gestellt und womöglich …

„Was geht hier vor?", rufe ich.

Und dann kommt die Königin höchstpersönlich auf mich zu, begleitet von einem kollektiven Keuchen, während sie vor mir am Tisch stehen bliebt.

Wir sehen einander in die Augen, und ein wenig spät fällt mir ein, dass ich zurückhaltend sein soll und all die Scheiße, doch ich bin kopfscheu, und ich kann das gerade einfach nicht. Was habe ich mir da bloß eingebrockt? Mein Verstand kreischt *Polly braucht dich!*, während mein Bauchgefühl schreit *Diese Leute sind verrückt; verschwinde, solange du es noch kannst!* Ich bin mir sicher, dass ich die erste bin, die in einem Horrorfilm sterben würde. Ich würde einfach dastehen, erstarrt, während das Beil auf mich herunter saust und alle im Publikum schreien: „Lauf!"

Die Königin sagt leise zu mir: „Sie sind nicht wie die anderen."

Scheiße, ich war zu sehr ich selbst. Ich suche verzweifelt nach einer Antwort, die einer Prinzessin angemessen ist. „Auf Beaumont machen wir das anders. Es ist viel zu heiß, um die Dinge anders als entspannt angehen zu lassen", sage ich so ruhig ich kann, setze ein strahlendes Lächeln auf und fahre es sofort ein paar Ticks runter zu einem zurückhaltenen Lächeln, das mir immer noch nicht angemessen erscheint. *Gah!* „Majestät", füge ich hinzu.

Sie nickt majestätisch. „Möchten Sie auf die Teilnahme verzichten?"

„Was haben Sie mit den Teilnehmerinnen vor, die nicht gewinnen?", frage ich.

„Sie kehren alle um eine Erfahrung reicher in ihr jeweiliges Königreich zurück."

Reicher erinnert mich an den Grund meines Hierseins – Polly einen Topanwalt engagieren zu können. Ich muss mich zusammenreißen und ihre Ritterin in glänzender Rüstung sein.

Ich blicke Königin Alexandra in die haselnussbraunen Augen, und sie tanzen vor Amüsement, als hätte sie irgendein fieses Ass im Ärmel. „Ich werde eine Lösung finden, Majestät. Darf ich fragen, worum es in diesem Wettkampf geht?"

Die Königin flüstert mir zu: „Haben Sie *Survivor* gesehen?"

Ich reiße die Augen auf. Nie in einer Million Jahren hätte ich mit dieser Frage gerechnet. Ich entspanne mich ein bisschen, denn wenigstens haben wir das Horrorgenre verlassen. Wenn das irgendeine Natursache ist, habe ich zwar kein Training, was das angeht, doch mein Überlebensinstinkt ist ausgeprägt. Das muss so sein, wenn man daher kommt, wo ich herkomme. Ich bin tough und stark.

„Ich bin dabei." Anna Hebert ist im Begriff, der Konkurrenz in den Hintern zu treten. Ich meine Polly Lyon. Ich unterschreibe schwungvoll mit ihrem Namen.

„Ausgezeichnet", sagt die Königin, bevor sie mit federnden Schritten zu ihrem Thron zurückkehrt.

Froh, dass die Königin zufrieden zu sein scheint, kehre ich an meinen Platz bei den anderen Frauen zurück und warte auf Anweisungen.

Die Königin hebt eine Hand. „Ich darf Sie bitten, die nötigen Vorkehrungen zu treffen und im Anschluss daran Ihre Handys Albert zu übergeben." Sie deutet auf einen älteren, gebückten Mann mit schütterem, weißem Haar in der üblichen Bedienstetenuniform aus weißem Hemd und schwarzer Hose. „Der Wettkampf beginnt um zwölf Uhr am Point Beach."

„Was soll ich anziehen?", frage ich.

Alle verstummen. Die anderen Frauen starren mich an wie einen bunten Hund. Oder eine bunte Giraffe, was in meinem Fall besser passen dürfte. Ich steche definitiv heraus, doch bin ich die einzige, die Fragen hat?

„Tragen Sie, was immer sich zum Fischen eignet", erklärt die Königin.

Das verursacht einen zurückhaltenden Tumult unter den Frauen, doch keine wendet sich direkt an die Königin. Zurückhaltende Entrüstung beschreibt die Reaktion wahrscheinlich am besten. Ich habe noch nie gefischt, doch hey! Ich bin aus Tampa und das Wasser gewohnt. Ich bin eine gute Schwimmerin. Und ich habe meinen Bikini mitgebracht. Alles im Lot. So, wie die Dinge liegen, fühle ich mich gerade ein bisschen selbstbewusst, als ein Mann in einem dunkelblauen Nadelstreifenanzug den Saal betritt, als gehörte er ihm. Butler Phillip. Aus irgendeinem Grund trägt er jetzt keinen Butlersmoking mehr. Vielleicht hat er frei. Seine Miene ist immer noch so grimmig und säuerlich, wie ich sie in Erinnerung habe. Seine hohen Wangenknochen wirken noch schärfer, wenn seine Kiefermuskeln angespannt sind wie jetzt. Vielleicht ist er hier, um irgendwas für den Wettkampf vorzubereiten.

Er geht direkt auf die Königin zu. Er muss sich seiner Position bei der königlichen Familie sehr sicher sein, denn er küsst sie auf die Wange, dann dreht er sich zu uns um.

Die Frauen sind mucksmäuschenstill.

Und dann sehe ich sie – die Ähnlichkeiten zwischen Butler Phillip und der Königin: dieselben dunkelbraunen Haare, dieselben scharfen Wangenknochen, auch wenn Phillip auffällige aquamarinblaue Augen hat und die der Königin haselnussbraun sind. Er muss ihr Sohn sein. Was bedeuten würde … heilige Scheiße!

Die Königin hebt eine Hand und gestikuliert in seine Richtung. „Kronprinz Gabriel wird Sie zusammen mit mir in diesem Wettkampf beurteilen. Ich wünsche Ihnen allen viel Glück."

Ich werfe dem Tiefstaplerbutler einen tödlichen Blick zu. Warum hat er mich in dem Glauben gelassen, dass er ein Dienstbote sei? Habe ich die Sache für Polly schon in den Sand gesetzt, bevor sie überhaupt angefangen hat? Wie ich mit ihm gesprochen habe! Ich erschaudere, als mir einfällt, was ich gesagt habe. Nachdem er mir gesagt hat, dass ich ihn Butler Phillip nennen soll, habe ich gesagt: *Wie Prinz Phillip, der königliche Hottie! Viel cooler als der Thronerbe. Dieser Typ, oh Mann. Ich habe gehört, er sei ein Windei.*

Ich habe den Kronprinzen von Villroy als Windei bezeichnet! Und er ist einer der Richter des Wettbewerbs!

Schlimmer noch, ich habe gesagt, er sei ein Ewiggestriger *und* dass er sich nicht so wichtig nehmen solle. Phillip ist sein Bruder. Offensichtlich hat er mir mit der Namenssache einen Streich spielen wollen. Tun arrogante Prinzen sowas – Prinzessinnen einen Streich spielen? Moment, er hat sich mir als Butler Phillip vorgestellt, bevor ich ihm gesagt habe, dass ich eine Beaumont bin. Was soll der Blödsinn? Macht es ihn an, so zu tun, als wäre er ein Dienstbote?

Mit selbstgefälligem Blick mustert er mich von Kopf bis Fuß und zieht arrogant eine Augenbraue hoch. Die Braue sagt *ha-ha, jetzt weißt du es. Du darfst jetzt vor mir um Gnade winseln.*

Ich hebe mein Kinn. Ich winsele nicht um Gnade.

Als er einen Mundwinkel zu einem sexy Grinsen verzieht, werde ich wütend. Er genießt das hohe Ross, auf dem er sitzt, sichtlich.

Ich trete einen Schritt vor, um ihm meine Meinung zu sagen, als ich mich daran erinnere, dass ich pastell-und-perlenzurückhaltend sein soll. Ich ringe mit mir und überlege, wie ich es ihm heimzahlen kann, ohne mein Cover auffliegen zu lassen. Doch dann sagt die Königin etwas zu ihm, und er runzelt die Stirn, bevor beide gehen, ohne uns noch eines weiteren Blickes zu würdigen.

Die Prinzessinnen gehen auch.

Ich eile zurück in mein Zimmer, um zu Hause alles in die Wege zu leiten. Ich darf nicht zulassen, dass meine Angst, meinen Job und meine Wohnung zu verlieren oder in einem spinnenverseuchten Kerker zu landen, mich daran hindert, klar zu denken. Ich muss mich konzentrieren, um zu gewinnen. Und es Prinz Gabriel, diesem Tiefstaplerbutler, zu zeigen.

4

Ich mache einen Schritt an den Strand in meinem Leopardenbikini und erstarre, geschockt von meiner Fehlkalkulation. Niemand trägt einen Bikini, nicht einmal einen Badeanzug. Meine Wangen brennen, als die Prinzessinnen sich eine nach der anderen umdrehen und mich von Kopf bis Fuß mustern.

Jede Menge Kichern und Getuschel folgen. Die anderen Frauen tragen Caprihosen, Bermudashorts, niedliche Blusen mit Flügelärmelchen, winzigen Perlenknöpfen, Rüschen und so weiter.

Herzlich willkommen im Streichelzoo, Giraffe.

Ich zwinge mich trotz des Getuschels, trotz des missbilligenden Blicks der Königin und ihrer muskelbepackten Sicherheitsmänner, die mich sicher hinter ihren dunklen Sonnenbrillen angaffen, weiterzugehen. Es ist nicht so, als hätte ich Zeit, zurück zum Palast zu rennen, mich umzuziehen und rechtzeitig zum ersten Wettkampf wieder herzukommen. Ich unterdrücke ein Seufzen. Es ist ein sonniger Tag im Juni, um die 28 Grad. Es ist fast so, als gäbe es locker und lässig nicht für Prinzessinnen. Und Haut zeigen sie auch nicht viel. Alles bis zum Hals zugeknöpft, nichts ohne Ärmel. Plötzlich wird mir bewusst, warum Anna vorhin versucht hat, mich zu überreden, die Pashmina zu nehmen. Es muss irgendeine königliche Regel geben, nach der man weder nackte Schultern noch Dekolleté zeigen darf.

Und wenn schon. Ich bin hier, um zu gewinnen.

Ich pflanze mich in der Nähe der Gruppe in den Sand und strecke meine Arme gen Himmel. Dann schüttele ich meine Beine aus. Ich finde Trost in der Tatsache, dass der Leopard mein Totemtier ist, weswegen das Muster in meiner Garderobe so präsent ist. Leoparden sind stark, mutig und beharrlich.

Ich nehme an, dass wir auf altmodische Art und Weise fischen werden, denn abgesehen von den Prinzessinnen, der Königin und ihren Sicherheitsmännern sehe ich nur Netze und große Körbe am Strand. Wir werden wahrscheinlich zum Fischgrund hinaus schwimmen und so viele Fische wie möglich mit unseren Netzen fangen. Ich bin nicht zimperlich. Das schaffe ich.

Die Königin trägt das Kleid von vorhin, diesmal jedoch mit flachen Schuhen. Ihre vier Wachmänner tragen schwarze T-Shirts und Hosen. Die Typen sind so ernst, dass ich mir überlege, ob ich blankziehen soll, nur um zu sehen, ob sie eine Miene verziehen würden.

Ich gehe zu einer der Frauen, eine Prinzessin, die aussieht wie ein Engel – die blonden Haare zu einem Ballerinaknoten hochgesteckt, große blaue Augen, süße Stupsnase. Sie steht abseits der Herde. Vielleicht kennt sie die anderen Frauen auch nicht. Vielleicht können wir Freundinnen oder Alliierte sein. „Hi, ich bin Polly."

Sie lächelt zurückhaltend – im Gegensatz zu mir beherrscht sie es wirklich. „Ich bin Marguerite."

„Wo kommst du her?"

„Alvilda."

Ich habe nie davon gehört, Polly sicher schon. „Braucht Alvilda Reichtümer, die deine kühnsten Vorstellungen übersteigen?"

Ihre Stimme ist sanft und melodisch. „Jedes Königreich muss sein Erbe mit allen notwendigen Mitteln schützen."

„Ja, aber ist das nicht ein bisschen verrückt? Ein Wettkampf unter Prinzessinnen? Ist das nicht unter unserer Würde?"

Sie benetzt sich die Lippen und starrt in Richtung des Neuankömmlings am Strand. Gabriel. Das Blut rauscht in meinen Adern, denn zum ersten Mal sieht er nicht zu perfekt aus. Im Gegenteil, er wirkt fast normal in einem grauen T-Shirt und schwarzen Sportshorts. Seine majestätische Haltung jedoch, stolz und kraftvoll, verrät ihn. Was ich für einen spießigen Butler, der stolz auf seine Rolle im königlichen Haushalt ist, gehalten habe, ist tatsächlich ein Prinz, der irgendwann den Thron besteigen wird. Eine Pilotensonnenbrille verdeckt seine Augen, doch seine Miene wirkt immer noch angespannt, die sinnlichen Lippen aufeinandergepresst. Die Königin muss diesen Wettbewerb wirklich ernst nehmen, wenn sie Gabriel miteinbezieht. Wo ist der König? Stimmt was nicht mit ihm? Und warum haben sie Reichtümer zu verschenken? Stimmt was nicht mit Villroy selbst? Wie kommt es, dass ich die einzige bin, die vor Fragen fast platzt? Hat man den anderen Prinzessinnen etwa im Etiketteunterricht jegliche Neugier abtrainiert? *Lächele zurückhaltend, spiel mit, folge dem Protokoll.* Kein Wunder, dass die echte Polly in Florida untergetaucht ist, um mal ein bisschen zu leben.

Ein weiterer Mann kommt an den Strand – ein Bediensteter, das sehe ich an seiner Uniform, die aus einem weißen Hemd und schwarzer Hose besteht. Er trägt eine große Kiste. Einen richtigen Butler habe ich hier noch nicht getroffen. Ich hoffe, dass er einen Smoking oder zumindest einen Anzug tragen wird. Der Name des Butlers sollte Jeeves oder Nigel sein, nein, Edwin.

Der Bedienstete kippt den Inhalt der Kiste in den Sand. Es ist ein großes, aufblasbares Floß, natürlich nicht aufgeblasen. Kein Kompressor, nicht einmal eine Pumpe.

Alle starren wir das Floß an.

Die Königin bricht das Schweigen. „Sie werden alle zusammenarbeiten, um das Floß aufzupumpen, es zum Einlass hinaus rudern und fischen. Die Teilnehmerin mit den meisten Fischen gewinnt. Bitte nehmen Sie jeweils ein Netz und einen Korb."

Die Frauen gehen langsam zu den Netzen und den Körben. Ich nicht. Ich gehe zum Floß und falte es auseinander, in der Hoffnung, dass irgendwo zumindest eine Handpumpe eingewickelt ist. Fehlanzeige. Und ich bin mir nicht sicher, ob es zehn Frauen tragen kann, auch wenn alle so dünn wie Models sind. Ich gehe auf Hände und Knie und suche das verdammte Ding nach einem Drucklufttank ab, der es automatisch aufblasen würde. Als ich keinen finde, öffne ich das Ventil und puste ein paarmal hinein, doch es regt sich so gut wie nichts.

Ich blicke auf und ertappe Gabriel dabei, wie er mich anstarrt. Ich spüre es durch seine Sonnenbrille. „Gibt es irgendwo eine Luftpumpe?"

Er nickt in Richtung der Königin.

Ich stehe auf und stelle der Königin dieselbe Frage, benutze diesmal sogar die korrekte Anrede. Sie schenkt mir ein Mona Lisa-Lächeln, doch eine Antwort gibt sie mir nicht.

Ich gehe hinüber zu den Netzen und Körben und nehme, was übrig ist. Großartig, mein Netz ist zerrissen. Das Ziel ist, die meisten Fische zu fangen, nicht den größten, darum hatte ich vorgehabt, viele kleine Fische zu fangen, doch die schwimmen jetzt glatt durch mein Netz hindurch. Schnell knote ich die Seiten des Risses zusammen, jetzt können sie nicht mehr entwischen, doch das Netz ist krumm und bucklig. Aber damit muss ich leben. Ich habe Zeit beim Floß verschwendet, darum muss ich nehmen, was übrig ist. *Den letzten beißen die Hunde.*

Die Königin hebt eine Hand. „Wir kommen in zwei Stunden zurück, um die Siegerin zu küren. Diese Siegerin bekommt ein Mitspracherecht im nächsten Wettbewerb. Die letztplazierte verlässt mit der nächsten Fähre die Insel."

Sie geht, gefolgt von ihren Sicherheitsmännern, dann gehen Gabriel und der Bedienstete auch.

Sobald sie außer Sicht sind, starren wir einander an.

„Du", sagt eine Frau in gebieterischem Ton und zeigt mit einem langen, klar manikürten Fingernagel auf mich. „Blas das Floß auf."

Ich kneife die Augen zusammen. „Mein Name ist Polly

und nicht *du*, und selbst wenn ich wollte, könnte ich das Ding nicht aufblasen. Es ist riesig. Schau, sie sind weg. Was zählt, sind die Fische. Wir schwimmen einfach raus, fangen ein paar Fische und kommen zurück an den Strand.

„Aber sie hat gesagt, dass wir mit dem Floß zum Einlass rudern sollen", jammert eine.

„Ich kann nicht schwimmen", sagt Marguerite hilflos.

Ich seufze frustriert. Es scheint eine unmöglich lösbare Herausforderung zu sein. Ich lasse den Blick über die Dünen und die Felsenklippen schweifen und suche nach Kameras. Wollen sie einfach nur sehen, wie wir mit einem unlösbaren Problem umgehen? Ich sehe keine Kameras. Diese Königin ist wirklich ein krankes Biest.

„Beeilt euch, bevor die Flut zu hochsteigt", sagt eine rothaarige Prinzessin, rennt in die seichten Wellen und zieht das Netz hinter sich her.

Die anderen Frauen folgen ihr und stoßen einander aus dem Weg. Ein paar werden unter Wasser gedrückt und tauchen prustend wieder auf. Ein Kampf bricht aus, und mir bleibt der Mund offenstehen. Diese Frauen sind *barbarisch*. Jede Menge Geschrei, fliegende Fäuste und ausgerissene Haare.

Du meine Güte. Es hat nicht lange gedauert, bis die Prinzessinnen hier angefangen haben, *Herr der Fliegen* zu spielen. Meine hübsche königliche Fantasie ist zerstört. Ich schüttele den Kopf. Das *eine*, worauf ich mich bei der ganzen Sache gefreut habe, ist, das höfische Leben zu erleben. Doch jetzt sehe ich die Wahrheit. Menschen sind Menschen, selbst wenn sie mit einem silbernen Löffel im Mund zur Welt kommen. Es ist, als hätte ich gerade zum zweiten Mal erfahren, dass der Weihnachtsmann ein Märchen ist. Es gibt keine Magie mehr auf dieser Welt.

Ich seufze erneut. Dann werde ich wohl warten, bis sie aufhören, so rumzuspritzen, denn sie verscheuchen die Fische. Doch ich wette, dass sie bald aufgeben werden.

~

Gabriel

Sofort im Anschluss an die Präsentation der ersten Aufgabe folge ich meiner Mutter in die königlichen Gemächer, wo mein Vater im Bett liegt. Wir haben seine gesundheitlichen Probleme geheim gehalten, doch er ist an einem Punkt angelangt, an dem ihm keine Medizin der Welt mehr helfen kann. Der Fernsehbildschirm an der Wand zeigt ihm eine Liveübertragung der Frauen am Strand.

Mein Vater lächelt. „Gut gemacht, Alexandra. Fischen ist die perfekte Herausforderung. Alle sollten verstehen, wie das Leben hier funktioniert." Villroy hat eine lange Geschichte der Fischerei, die bis zu den ersten Wikingern, die sich hier niedergelassen haben, zurückreicht. Der Stamm war als „Die Wilden" bekannt. Mir gefällt, dass ich von Wilden abstamme. Diese wilden Neigungen mögen zwar unter reichlich höfischem Getue versteckt sein, doch sie sind da. Ich bin ein Kriegerkönig, der im falschen Jahrhundert zur Welt gekommen ist.

Diese ursprünglichen Wikinger sind über das Meer von einer frühen Siedlung in Irland hierher gekommen, und haben von dort ihre irischen Frauen mitgebracht. Später haben die Briten die Kontrolle übernommen, dann die Franzosen. Vor ein paar Jahrhunderten hat die Rourke-Blutlinie, die bis zu diesen ursprünglichen wikingisch-irischen Wurzeln zurückreicht, die Herrschaft über die Insel wieder übernommen. Unter der Herrschaft der Rourkes ist Villroy zu einem wichtigen Produzenten für Meeresfrüchte aufgestiegen. Doch jetzt, mit abnehmender Fischpopulation, heißt das mehr Arbeit für weniger Fang, und selbst dafür müssen die Fischer immer weiter rausfahren. Die jüngere Generation verabschiedet sich daher und geht aufs Festland, um dort nach besseren Chancen zu suchen. Ein Königreich, dem die Jungen davonlaufen, kann nicht lange überleben. Wir müssen etwas unternehmen, um die junge Generation hier zu behalten, ihnen Jobs und bessere Möglichkeiten anbieten, als sie sie anderswo finden. Und das raubt mir regelmäßig den Schlaf.

Meine Mutter lässt sich im Sessel neben dem Bett meines

Vaters nieder und streichelt ihm die Hand. „Ich bin froh, dass es dir gefällt."

In diesem Moment wird mir bewusst, dass sie eine eigene Reality-TV-Show für ihn geschaffen hat. Eine weitere Erinnerung daran, dass selbst, wenn sie als Fremde geheiratet haben, meine Eltern jetzt ein enges Band verbindet. Liebe kann einen dazu bringen, seltsame Dinge zu tun. Normalerweise sind meine Eltern ein Ausbund an Förmlichkeit und nobler Grazie. Die Krankheit meines Vaters hat jedoch beide verändert, da sie wissen, dass ihnen nicht mehr viel Zeit zusammen bleibt.

Ich muss fragen. „Und wie soll das dabei helfen zu entscheiden, welche die beste Braut für mich ist?"

Meine Mutter lächelt mich an. „Ich habe dir ja gesagt, dass wir frisches Blut und frische Ideen für die Zukunft von Villroy brauchen. Diese Herausforderungen sind alle darauf ausgelegt, die beste Kandidatin zu finden."

Mein Vater nickt, den Blick auf den Fernseher gerichtet.

„Indem ihr sie fischen lasst?", frage ich und mache mir nicht die Mühe, meine Skepsis zu verbergen. Ich denke immer noch, dass das alles ausschließlich der Unterhaltung meines Vaters dient. Fischfang gehört definitiv *nicht* zu den königlichen Pflichten meiner Braut.

„Es ist Tradition, Gabriel", blafft meine Mutter.

„Ja, Tradition", echot mein Vater.

Ich beiße die Zähne aufeinander. Die Fischerei hat vielleicht zum Leben unserer Vorfahren gehört, doch die königliche Familie betreibt schon seit Generationen keine Fischerei mehr. „Wo sind die Kameras?"

„Überall", antwortet meine Mutter, ohne den Blick vom Bildschirm abzuwenden. „Die sind heute so klein, dass es nicht schwer ist, sie zu verstecken."

Ein erschreckender Gedanke beschleicht mich. „Auch in den Schlafzimmern? Was ist mit den Bädern?"

Meine Mutter wirft mir einen finsteren Blick zu. „Gabriel, bitte. Denk nicht dran, eine von ihnen zu verführen. Das würde den Zweck der Spiele völlig zunichte machen."

Ich knirsche mit den Zähnen. „Wenn ich eine Kamera in meinem Bad finde–"

„Da ist keine", sagt meine Mutter. „Glaubst du etwa, ich will *uns* während unserer privaten Momente filmen? Die Bäder unserer Gäste sind und bleiben ebenfalls privat."

„Keine Sorge", fügt mein Vater hinzu. „Deine Mutter und ich haben alles durchdacht. Wir sind wie Fernsehproduzenten. Das war alles in der Verschwiegenheitserklärung, die sie unterschrieben haben."

„Und darüber hinaus sind wir Regisseure", sagt meine Mutter stolz.

Ich unterdrücke ein Stöhnen. Wenn man im Irrenhaus ist, sollte man sich wie ein Irrer verhalten. Ich wende meine Aufmerksamkeit dem Bildschirm zu. Die Frauen planschen im seichten Wasser. Bei Ebbe sind die Wellen in Ufernähe kaum spürbar. Alle schwingen wild ihre Netze herum, das heißt, nicht alle. Polly ist damit beschäftigt, das Floß zusammenzufalten. In ihrem Bikini. Die festen Rundungen ihres Pos grinsen mich an, als sie sich bückt. Ich will reinbeißen. *Nicht sie.* Sie ist das Gegenteil von dem, was eine Königin sein sollte: ungehobelt, laut, und sie hat kaum etwas an. Warum muss sie das Floß wieder zusammenfalten? Warum trägt sie einen Bikini? Sie sollte angezogen sein wie die anderen Frauen. Ich werfe einen Blick auf die anderen Prinzessinnen, und selbst aus der Ferne ist es wie ein Wet-T-Shirt-Contest. Was auch immer sie anhaben, ist transparent. Mein Blick wandert zurück zu Polly.

„Sie sticht heraus, nicht wahr?", fragt meine Mutter. „Ich mag sie."

„Sie kommt auch aus einem Inselkönigreich. Das ist ein Plus", fügt mein Vater hinzu.

Mein Blick klebt an ihrem köstlichen Körper. „Ihr meint Polly?" Meine Stimme klingt heiser.

„Oh nein, nicht sie!", keucht meine Mutter entsetzt. „Sie taugt nicht zur Königin. Sie gibt sich keinerlei Mühe, sich zu integrieren. Sie ist zu extrovertiert, und ihr Akzent ist ordinär. Sie ist offensichtlich nicht in ihrer Heimat aufgewachsen."

Ihr Akzent ist amerikanisch – unkultiviert, gewagt,

schnoddrig. Genau wie sie. Es sollte mir nicht gefallen, doch das tut es. Es erweckt in mir den Eindruck, dass sie auch anderswo gewagt sein könnte. Die Art von Frau, die mich befriedigen würde.

„Gegen ihren Akzent kann man was tun, meine Liebe", sagt mein Vater, dann bekommt er einen Hustenanfall. Meine Mutter hält ihm ein Glas Wasser entgegen. Sobald sich der Husten gelegt hat, fährt er fort. „Unsere Quellen haben uns bereits gesagt, dass sie ein ungeschliffener Diamant ist, doch wir waren uns einig, dass die Tatsache, dass sie von einer blühenden Insel kommt, sie zu einer Kandidatin für eine nützliche Allianz macht." Er wendet sich mir zu. „Gabriels Einfluss wird sie schon zu einer Dame machen."

Nichts kann diese Frau zu einer Dame machen. Ich behalte jedoch meine Meinung für mich, denn es macht mir nichts aus, Polly noch ein bisschen dazubehalten, wenn sie sich weiter so sexy kleidet. Und im Bikini herumläuft.

Mein Vater wendet sich wieder meiner Mutter zu und sagt in neckendem Ton: „Du hast auch einmal einen deutlichen Akzent gehabt." Meine Mutter kommt aus einem kleinen Königreich vor der Küste Australiens. Nachdem sie mit einem Sprachtrainer gearbeitet hat, ist ihr Akzent so gut wie verschwunden. Stattdessen spricht sie britisches Englisch mit einem leichten französischen Unterton wie alle Bürger von Villroy. Viele der Inselbewohner heute stammen aus Frankreich, da Villroy ja vor der Küste Frankreichs liegt. Englisch ist die Amtssprache von Villroy, doch viele sind zweisprachig.

Meine Mutter schüttelt den Kopf, als wäre Pollys Akzent ein hoffnungsloser Fall, dann wendet sie sich mir zu. „Ich meinte Marguerite, die zierliche Blonde. Hast du gesehen, wie sich die Rothaarige auf den Arsch gesetzt hat, als sie ihr die Füße weggezogen hat?"

Mir bleibt der Mund offenstehen. Die Königin sagt nicht *Arsch.* Ich klappe den Mund wieder zu und weiß nicht, wie ich mit dieser Version der Königin Mutter umgehen soll.

„Die Rothaarige ist Elizabeth", sagt mein Vater und deutet mit einem knochigen Finger auf den Bildschirm. Er hat so viel Gewicht verloren. „Polly erinnert mich an die Frau meines

Bruders." Seine Stimme ist rau, und er trinkt einen Schluck. „Den ganzen ungehobelten Haufen. Hast du in letzter Zeit von ihm gehört?"

Ich spitze die Ohren. Der Zustand meines Vaters muss schlechter sein, als ich gedacht habe, wenn er nach seinem älteren Bruder fragt. Nach all dem bösen Blut bezweifele ich, dass wir je von ihm hören werden. Mein Vater und sein Bruder haben nicht mehr miteinander gesprochen, seit mein Onkel abgedankt hat, um eine Bürgerliche zu heiraten – eine Amerikanerin aus Brooklyn. Damals war das ein riesiger Skandal. Bis dahin war so etwas in der Geschichte des Königreichs noch nie passiert. Mein Vater war wütend gewesen, dass er seinen Traum, Profifußballer zu werden, aufgeben musste. Er war gerade in die französische Nationalmannschaft aufgenommen worden, kurz nachdem er die Uni abgeschlossen hatte. Soweit ich weiß, hat mein Vater die süße Freiheit genossen, während mein Bruder seiner Pflicht nachgekommen war. Eine krasse Veränderung im Leben meines Vaters.

„Noch nicht", sagt meine Mutter leise.

Nach der Hochzeit war mein Onkel zur Persona non grata in seinem eigenen Königreich geworden. Meine Cousins werden oft als Pöbel bezeichnet, auch wenn in ihren Adern königliches Blut fließt. Ihre Familie ist in Villroy nicht willkommen und lebt nach wie vor in Brooklyn. Als sie in den USA studiert hat, hat meine jüngere Schwester Silvia Kontakt zu ihnen aufgenommen und uns berichtet, dass sie ein bärbeißiger Haufen sind. Sechs Brüder. Vielleicht hätten sie freundlicher zu meiner kleinen Schwester sein können? Silvia jedoch hat ein dermaßen gutes Herz, dass sie sich nicht daran gestört hat. Sie versucht immer noch, Brücken zu schlagen, wo niemals mehr welche sein können. Vielleicht hat ihre Zeit in den USA sie weich gemacht – oder die Tatsache, dass sie einen Amerikaner geheiratet hat. Für sie war es kein Problem, einen Bürgerlichen zu heiraten, da sie nur die siebte in der Thronfolge ist. Für mich, den Ältesten und Thronerben jedoch, wäre es eines. Ich bin mein Leben lang darauf vorbereitet worden, das Erbe fortzusetzen, und das werde ich auch tun. Meine Frau wird eine echte Königin sein. In der Zwischenzeit jedoch …

Ich betrachte Pollys wohlgeformtes Hinterteil, während sie weiter das Floß zusammenfaltet. Warum räumt sie den Strand auf, wenn sie doch fischen sollte? Endlich scheint sie fertig zu sein. Sie setzt sich auf das zusammengefaltete Floß und beobachtet die Frauen, die im Wasser herumspritzen. Die Fische haben sie wahrscheinlich lange verscheucht.

Als die Polly-Show vorbei ist, gehe ich.

Meine Eltern nehmen es kaum zur Kenntnis.

Anna

Ich sitze auf dem zusammengefalteten Floß und beobachte die Wrestlingshow der Frauen mit einer Mischung aus Horror und Faszination, als sie Klauen und Zähne ausfahren. Eine von ihnen kreischt, als ihr jemand an den Haaren zieht. So viel Haargeziehe. Kratzen, Beißen, Ohrfeigen und Treten auch. Es ist brutal. Eine Bluse zerreißt, und Knöpfe hüpfen spritzend ins Wasser.

„Hat irgendjemand was gefangen?", rufe ich, als es einen Moment lang ruhiger wird.

Die rothaarige Prinzessin hält triumphierend ihr Netz hoch, in dem ein kleiner silberner Fisch zappelt. Marguerite reißt ihr das Netz aus der Hand und wirft ihr ihr leeres entgegen.

„Du Miststück!", kreischt die Rothaarige.

Und schon kabbeln sich die beiden im seichten Wasser. Ich hoffe, dass niemand ertrinkt, sonst muss ich womöglich noch jemanden wiederbeleben. Von meinem vorherigen Job als Strandwächterin bin ich vom Roten Kreuz zertifiziert und habe alle Auffrischungskurse absolviert. Man weiß ja nie, wann man es mal brauchen kann.

Ich grabe meine Füße tiefer in den Sand und spüre etwas Hartes, viel größer als eine Muschel. Ich gehe auf die Knie und grabe ein bisschen herum. Ein Schatz! Ich finde eine Kiste mit einer Luftpumpe von der Art, die man mit dem Fuß pumpt. Der Diener hat das Floß direkt darauf fallen lassen. Sie müssen davon ausgegangen sein, dass wir drüber stolpern würden, wenn wir zusammenarbeiten, um das Floß seetauglich zu machen. Ich schließe den Schlauch an und fange an zu pumpen. „Hey Leute, ich habe die Luftpumpe gefunden. Es ist einfacher zu fischen, wenn wir damit ein Stück rauspaddeln. Grabt im Sand herum, vielleicht findet ihr auch noch ein paar Paddel."

Einen Moment lang halten die Frauen inne, doch dann wenden sie sich wieder ihrem wilden, unbeholfenen Kampf um die Fische zu.

Ich pumpe weiter. Es ist eine ziemlich gute Pumpe, die das Floß schneller mit Luft füllt, als ich gedacht habe. Eine Stunde später bin ich schweißgebadet, meine Beine brennen von der Anstrengung, doch das Floß ist aufgepumpt. Ich bin zu erschöpft, um nach Rudern zu graben, falls überhaupt irgendwo welche sind. Die Frauen sind am Strand verstreut. Ein paar versuchen immer noch, Fische zu fangen, ein paar sitzen lediglich im Wasser und halten ihre Netze bereit für den Fall, dass ein Fisch zufällig vorbeischwimmen sollte. Andere lassen sich einfach auf dem Rücken liegend treiben.

Ich werfe mein Netz und meinen Korb aufs Floß und zerre es ins Wasser. „Springt auf, ich wette, da sind jede Menge Fische ein Stück weiter draußen. Wir paddeln mit den Händen." Ich halte das Floß fest, während alle an Bord klettern – manche lassen sich wie zappelnde Fische darauf fallen. Ich stoße das Floß ab und klettere an Bord. Es funktioniert! Wir paddeln mit den Händen und bewegen uns in Richtung des Einlasses der Bucht.

Wir schaffen es zum Einlass, einer von Klippen geschützten Stelle zwischen Bucht und offenem Meer. Ich kann die Fische direkt unter der Wasseroberfläche sehen. Jackpot!

Die Prinzessinnen müssen müde sein, denn sie sitzen antriebslos herum, die Netze im Wasser. Ich bin auch müde vom Pumpen, doch ich habe aufzuholen. Bisher waren drei Fische der größte Fang. Ich brauche also nur vier Fische.

Ich beuge mich über den Rand und halte nach einem

Schwarm Ausschau, als mich plötzlich jemand ins Wasser wirft.

Ich tauche wieder auf und wische mir meine Locken aus dem Gesicht. „Was zum …? Nachdem ich für euch alle das Floß aufgepumpt habe? Wer hat mich gestoßen?"

Die Frauen starren mich an. Sie sehen aus wie Wilde, ein heruntergekommener Haufen mit tropfnassen Klamotten, die Frisuren ruiniert vom Salzwasser und vom Haareziehen. Niemand sagt etwas.

Mein Überlebensinstinkt meldet sich zu Wort. Sie wollen mich nicht an Bord haben? Dann fische ich eben hier im Wasser. Ich halte mich mit einer Hand am Floß fest und ziehe das Netz mit der anderen so tief ich kann durchs Wasser. *Komm, Fischi, Fischi, schwimm ein bisschen näher.*

Ein Ziehen an meinem Netz sagt mir, dass ich etwas gefangen habe. Vorsichtig ziehe ich es hoch. Es ist groß und zappelt in meinem Netz, sodass ich es kaum festhalten kann. Ich sehe winzige vorstehende Zähne in seinem Maul. Mit einer ungeheuren Kraftanstrengung schleudere ich das Vieh in das Floß, wo es weiter herumzappelt. Die Prinzessinnen kreischen und weichen zurück. Im nächsten Moment landet die Hälfte von ihnen im Wasser, während der Rest höhnisch kichert. Es gibt nichts Besseres als einen Wettkampf, um die besten Seiten einer Frau zum Vorschein zu bringen.

Ich lächele vor mich hin und wende mich wieder dem Fischen zu. Ich fange einen kleinen Fisch, lasse ihn jedoch als Köder im Netz.

Als ein großes, motorisiertes Floß zu unserer Rettung – oder besser, um den Wettstreit für beendet zu erklären – zu uns stößt, habe ich einen großen und vier kleine Fische gefangen. Ich klettere zurück in unser kleines Floß und will den großen Fisch, den ich vorhin gefangen habe, holen, doch er ist weg. Ein schneller Blick auf die Körbe der anderen Frauen sagt mir, dass jemand meinen Fisch über Bord geworfen hat.

Ein Crewmitglied hilft uns mitsamt unseren Netzen und Körben an Bord des größeren Floßes und bindet unser kleines Floß an, um es an Land zu schleppen. Gabriel und die Königin sind nicht da. Wir werden an Land abgesetzt, wo drei Männer auf uns warten. Zwei todernst dreinblickende Sicherheitsmänner und der Bedienstete, der vorhin das Floß gebracht hat.

Der Mann kommt auf uns zu. „Meine Damen, bitte stellen Sie Ihre Körbe vor sich ab." Er inspiziert die Körbe, einen nach dem anderen.

Marguerite, die nicht schwimmen kann und ihre Zeit damit verbracht hat, anderer Leute Fische zu stehlen, gewinnt mit fünf Fischen und einem Fischkopf, der meiner Meinung nach nicht zählen sollte. Ich habe ihr engelsgleiches Aussehen unterschätzt. Ich werde sie im Auge behalten müssen.

Sie lächelt zurückhaltend und hat immer noch etwas Engelhaftes an sich, auch wenn sie nach einem Nachmittag voller Sonne, Sand, Salzwasser und Zickenterror ein wenig mitgenommen aussieht.

Die Verliererinnen sind zwei Frauen, die jeweils nur einen Fisch gefangen haben. Beide werden sofort von den Sicherheitsmännern weggeführt.

Was für ein Zufall, dass zwei Sicherheitsmänner uns erwarten, wenn zwei Frauen ausgeschieden sind. Oder hat uns etwa jemand die ganze Zeit beobachtet?

Später an diesem Abend, nachdem wir alle Gelegenheit hatten, uns zu waschen und zu erholen, werden wir informiert, dass wir mit der Königin und dem Kronprinzen zu Abend essen werden. Schon besser! Endlich ein echter Einblick in das Leben bei Hofe. Fakt ist, dass es bisher so ganz anders gewesen ist, als ich es mir vorgestellt habe: die Prinzessinnen sind Wilde, die Königin mag mich nicht und der Kronprinz ist kein Traumprinz. Darum mache ich mir keine allzu großen Hoffnungen, was das Abendessen angeht. Ich bin ein realistischer Optimist, und wisst ihr was? Ich habe es schon so weit gebracht, und ich bin ziemlich glücklich damit.

Ich ziehe das einzige Kleid an, das meine Schultern bedeckt, ein weißes, gepunktetes Kleid mit tiefem Ausschnitt und kurzem Rock. Ein goldener Kettengürtel um die Taille vervollständigt den Look. Abgesehen davon, die Königin um eine neue Garderobe zu bitten, weiß ich nicht, was ich tun soll, um mich besser einzufügen. Ich schätze, ich könnte die Pashmina umlegen, um das Dekolleté zu verdecken, doch das bin ich nicht. Ich bin eine Frau vom Typ *man bekommt, was man sieht. Doch Polly, die Prinzessin, ist das nicht.* Ich borge mir die Pashmina, die Anna mir schon zuvor angeboten hat, und hänge sie mir um. Mission erfolgreich: Schultern und Dekolleté züchtig bedeckt. Jetzt stellt sich nur noch eine Frage: beige Sandalen mit Absatz oder Leopardenpumps? Ich entscheide mich für die beigen Sandalen.

Der elegante Speisesaal enttäuscht mich nicht. Ein großes Gesteck aus frischen Blumen ziert einen langen Tisch mit weißer Tischdecke und elegantem Porzellan. Ein Bediensteter bietet mir ein Getränk an. Einige der Prinzessinnen sitzen bereits am Tisch. An jedem Platz stehen kleine Tischkarten. Eine festgelegte Sitzordnung also. Ich mache mich auf die Suche nach meinem Namen. Francesca, Elizabeth, Sophia und Marguerite sitzen der Königin und dem Prinzen am Kopf des Tischs am nächsten.

Ich gehe weiter und finde meinen Platz am weitesten von der königlichen Familie entfernt. Marguerite hat das Spiel gewonnen, darum erscheint es mir sinnvoll, dass sie der Königin am nächsten sitzt. Sie müssen sich wahrscheinlich über die nächste Herausforderung unterhalten. Ich überlege, ob ich etwas von Marguerites linkem Spiel mit den Fischen erwähnen soll, komme jedoch zu dem Schluss, dass es in dieser frühen Phase des Wettbewerbs keine große Rolle spielt. Ich bin immer noch dabei, und das Risiko, mir Marguerite zur Feindin zu machen und die Königin noch mehr zu irritieren, will ich nicht eingehen. Ich bin mir sicher, dass die übrigen Plätze nach dem Zufallsprinzip verteilt worden sind, denn ich war die zweite, und wenn die Plätze nach Reihenfolge vergeben worden wären, würde ich viel weiter oben am Tisch sitzen.

Zwischenzeitlich kenne ich alle Namen, nachdem ich sie ihnen auf der Fahrt zurück an Land aus den Nasen gezogen habe. Ich kann mir Namen gut merken. In meinem Beruf hilft es dabei, Kundinnen für sich zu erwärmen, wenn man sie beim Namen nennt. Ich bin mir sicher, dass die echte Polly dafür, dass ich mich mit den anderen anfreunde, stolz auf mich wäre. Ich muss allerdings davon ausgehen, dass sie nicht viel Kontakt mit der adligen Welt gehabt hat, da bisher niemand bemerkt hat, dass ich ihren Platz eingenommen habe. Ihre Eltern müssen sie wirklich an der kurzen Leine gehalten haben. Langsam kann ich mir ihr leichtsinniges Undercover-Abenteuer erklären. Bevor ich hier hergekommen bin, konnte ich nicht fassen, wie sie dieses Leben als Prinzessin hat aufgeben können.

Alle verstummen, als die Königin und Gabriel den Raum betreten, und alle stehen auf. Mein Blick wandert zu Gabriel. Er ist immer noch zu perfekt, zu hoheitsvoll und arrogant, doch er ist einfach umwerfend, daran gibt's nichts zu rütteln. Er trägt einen dunkelblauen Anzug, der ihm auf seinen muskulösen Leib geschneidert ist. Ich würde zu gerne einen Blick auf diese Schultern erhaschen, die den Blazer so perfekt ausfüllen, doch ich bezweifele, dass er sich je oben ohne meinem gierigen Blick aussetzen würde. Anstand und Würde und so weiter. Die Königin sieht zufrieden aus, ein leises Lächeln in ihrem Gesicht, als sie sich an den Kopf des Tischs setzt. Sie trägt jetzt ein blassgelbes, langärmeliges Kleid. Gabriel lädt uns mit einer Geste ein, Platz zu nehmen, dann lässt auch er sich zur Rechten der Königin nieder.

„Wie schön, Sie alle zu sehen", sagt die Königin. „Ich nehme an, Sie hatten alle Gelegenheit, sich von Ihrem kleinen Abenteuer heute zu erholen?"

Die Frauen antworten mit höflichem Murmeln. Ich kann es nicht erwarten zu hören, was die nächste Aufgabe sein wird, denn ich hätte beinahe gewonnen, und das bedeutet, dass ich immer noch eine Chance habe, der armen Polly zu helfen.

Das Abendessen wird serviert, darum halte ich den Mund.

Es gibt Fisch, und das Essen ist köstlich. Besser als jeder Fisch, den ich je gegessen habe, denn er ist fangfrisch. Die Unterhaltung ist gedämpft. Als ich das dritte Glas Wein geleert habe, fühle ich mich hübsch und wunderbar entspannt. Ich unterdrücke ein Gähnen. Wer hätte ahnen können, dass mich all dieser königliche Luxus einschläfern würde? Als Kind bin ich oft hungrig schlafen gegangen – in den Pflegeheimen und Familien, in denen ich untergebracht war, schien es nie genug Essen für alle zu geben. Damals habe ich mir vorgestellt, dass das Leben in einem Palast himmlisch sein muss. Doch scheinbar lebe ich nun schon so lange allein, dass dazusitzen und mich bedienen zu lassen ermüdend auf mich wirkt. Meine königliche Fantasie ist tot und kann nie wieder zum Leben erweckt werden. *Seufz.*

Ich begegne Gabriels Blick. Etwas an seiner steifen Haltung weckt in mir den Wunsch, ihn zum Lachen zu bringen, ihn zu kitzeln oder ihn irgendwie zu überraschen, damit er lacht. Sein Lachen würde wahrscheinlich rostig klingen, als hätte er seit einem Jahrzehnt oder länger nicht gelacht. Ich bin mir ziemlich sicher, dass von seinen Backenzähnen vom vielen Knirschen nur noch Stummel übrig sind. Ich zwinkere ihm zu, um zu sehen, was passiert.

Seine Lippen zucken, und mein Magen flattert in Erwartung eines Lächelns. Die Königin sagt etwas zu ihm, und er wendet den Blick ab. Ich bin geradezu lächerlich enttäuscht.

Als sich die Königin erhebt, stehen wir auch schnell auf, doch sie bedeutet uns, wieder Platz zu nehmen. „Ich habe eine Ankündigung für Sie. Marguerite hat den nächsten Wettbewerb ausgesucht, und es handelt sich um eine Schatzjagd auf der Insel. Die Hinweise haben etwas mit der Natur zu tun, und Sie werden über den Tellerrand blicken müssen, um das Rätsel zu lösen." Sie lächelt uns erwartungsvoll an. „Ist das nicht ein Spaß?"

Die Frauen murmeln zustimmend.

Spaß? Eher Wahnsinn zu deiner Unterhaltung! Sie beobachtet wahrscheinlich unsere kleine Show von ihrer königlichen Höhle aus.

Die Königin fährt in dramatischem Ton fort. Offensichtlich amüsiert sie sich prächtig. „Ich habe Ihnen Reichtümer versprochen, die Ihre kühnsten Träume übertreffen, und jetzt möchte ich Ihnen erklären, worum es geht. Kronprinz Gabriel ist der Preis. Schnappen Sie sich diesen königlichen Fang, und

Sie erben die Reichtümer unseres Königreichs. Vorausgesetzt natürlich, dass sie sich nach vielen weiteren unterhaltsamen und fordernden Aufgaben als die qualifizierteste Braut erweisen."

Mein Magen sackt mir in die Kniekehlen. Was zum …? Die Reichtümer, die unsere kühnsten Träume übersteigen, sind an eine Ehe gebunden? Alles in mir schreit *NEIN!*

Ich weigere mich, mein Leben zu Hause aufzugeben.

Nicht für diesen steifen Muffel.

Nicht für eine unglückliche, seelenlose Existenz voller Verpflichtungen und ohne Spaß. Gott sei Dank, dass meine königliche Fantasie so früh mit Füßen getreten worden ist, sonst hätte ich mich vielleicht von der Aussicht auf das Leben hier einlullen lassen.

Alle Blicke wandern zu Gabriel. Seine Miene ist versteinert. Nachdenklich und vielleicht ein bisschen resigniert.

Die Königin verabschiedet sich, und alle stehen auf und murmeln höfliche Abschiedsworte.

Sobald sie den Raum verlassen hat, stürzen die Frauen beinahe über ihre Stühle zu Gabriel. Er überragt sie alle, stolz und majestätisch. Doch seine Miene wirkt gehetzt. Die Frauen plappern auf ihn ein, eine Kakophonie von Aufregung und Begeisterung in Sopran. *Goldgräberinnen, der ganze Haufen.*

Ich entspanne meine geballten Fäuste, überrascht von der Eifersucht, die ich plötzlich empfinde. Es ist ja nicht so, dass *ich* ihn heiraten will. Er ist steif und hochnäsig und Teil einer Welt, in die ich niemals passen würde. Würde die echte Polly ihn heiraten wollen? Da bin ich mir nicht so sicher. Sie ist mir ähnlich – ein mutiger Freigeist –, und Gabriel ist ganz und gar nicht so. Er ist zugeknöpft und erfüllt pflichtbewusst seine ihm zugedachte Rolle, und ich vermute, dass er es auf seltsame Art und Weise genießt. Andererseits ist da dieser schmierige Typ, den Polly auf Druck ihrer Eltern hin heiraten soll – und der will sie nur für seinen Status. Er ist ein älterer Geschäftsmann auf Beaumont, und sie sagt, dass er ihren Eltern versprochen hat, streng mit ihr zu sein. Als ich das gehört habe, sind bei mir genauso wie bei Polly alle Warnlampen angegangen.

Selbst, wenn ich Gabriel gewinnen würde – ich bin nicht Polly. Spätestens bei der Verlobung würde die Wahrheit herauskommen, und damit wären sowohl Polly als auch ich erledigt. Vielleicht sollte ich verschwinden. Das sieht mir ganz nach einer Situation aus, in der ich einfach nicht gewinnen kann.

Doch dann wirft Gabriel mir aus der Ferne einen verzweifelten Blick zu und fleht mich geradezu an, ihn vor der Horde von Prinzessinnen zu retten. Es kommt mir fast so vor, als ob er mich braucht. Als wäre er ein normaler Typ, gefangen in Umständen, die sich seiner Kontrolle entziehen. Genau wie Polly.

Gott, ich kann nicht für alle den königlichen Retter spielen. *Sei ein Mann und schüttele diese zugeknöpften Hühner ab.* Ich muss mir über die nächsten Schritte für Polly klar werden.

Als ich zur Tür gehe, könnte ich schwören, dass ich Gabriels Blick in meinem Rücken spüre.

5

Anna

Nachdem ich eine Ewigkeit in den Palastfluren herumgelaufen bin, gehe ich nach draußen in der Hoffnung, dass die Nachtluft mir hilft, einen klaren Kopf zu bekommen. Sobald ich den Innenhof des Palasts betrete, ziehe ich meine Sandalen aus und spüre das kühle Gras zwischen meinen Zehen. Ich drehe mich um und betrachte den Palast im Mondlicht. Er hat wirklich etwas Märchenhaftes an sich – ein Sandsteingebäude mit Kupferdach, fünf Stockwerke hoch, zwei Türme mit sechs Stockwerken und etliche kleine Türmchen. Zwei lange Seitenflügel schließen den Hof ein. Ich drehe mich um und gehe durch den Hof in Richtung der weitläufigen, manikürten Gärten. Es ist friedlich hier, alles ist unter Kontrolle, angefangen bei den schnurgeraden Buchsbaumhecken, über die perfekt gestutzten Bäume, zu den über vier Terrassen sanft abfallenden Rasenflächen, die hinunter ans Meer führen.

Ein etwas skurriler rosa und hellblau erleuchteter Marmorspringbrunnen kommt in Sicht. Aus der Nähe erkenne ich Kupferfische, die einander in spielerischen Bögen mit Wasser bespeien. Ich liebe es. Ich setze mich auf eine der Holzbänke unter einem Bogen aus pinkfarbenen Rosen. Das Plätschern des Springbrunnens, das ferne Rauschen der

Wellen, der Duft der Rosen, all das zusammen hat eine beruhigende Wirkung auf mich. Es kommt selten vor, doch ich bin ratlos. Ich weiß nicht, was ich tun soll – weitermachen oder mich zurückziehen.

Ich atme tief durch. Ich kann nicht fassen, dass ich unter Vortäuschung falscher Tatsachen nach Villroy gelockt worden bin – oder besser, dass Polly mit dem Versprechen einer kleinen Erbschaft hierher gelockt wurde, nur, um dann gesagt zu bekommen, dass es sich um Reichtümer, die ihre kühnsten Träume übersteigen, handelt, und *dann* zu erfahren, dass der tatsächliche „Preis" Gabriel ist. Wenn ich an den verzweifelten, gehetzten Blick in seinen Augen, als sich diese Prinzessinnen auf ihn gestürzt haben, denke, frage ich mich, was er davon hält, der Preis in diesem Wettbewerb zu sein. Ich persönlich kann es nicht leiden, als Trophäe behandelt zu werden. Vielleicht ist das der Grund, weswegen er nicht lächelt. Vielleicht ist er unglücklich, wütend und weiß nicht weiter. Ich kann nicht umhin, die Ähnlichkeiten zwischen ihm und Polly zu sehen.

Jetzt, wo meine Märchenfantasie des königlichen Lebens für immer beschmutzt ist, sehe ich, dass an diesen Leuten nichts anders ist außer den Umständen ihrer Geburt. Und ich als Waise kann jemanden nicht aufgrund von etwas, das so vollkommen außerhalb seiner Kontrolle liegt, verurteilen.

Ich starre den Springbrunnen an auf der Suche nach Antworten. *Gehen oder bleiben?*

Ich werde eine Münze werfen. Ich grabe einen Quarter aus meiner Tasche, gehe näher an das Licht des Brunnens heran, schließe die Augen und werfe die Münze in die Luft.

„Wünschen Sie sich was?", fragt eine tiefe, männliche Stimme.

Ich erschrecke und stoße ein peinliches Quietschen aus. Wenn man vom Teufel spricht. „Was machen Sie denn hier?"

Gabriel zieht eine Braue hoch und verschränkt die Arme. „Ich lebe hier." Er trägt immer noch den dunkelblauen Anzug, und sein Jackett spannt ein wenig über seinen breiten Schultern. Es ist geradezu peinlich, wie sehr ich mir wünsche, ihn ohne Hemd zu sehen. Jungfräuliche Prinzessinnen hegen solche Gedanken nicht. Jupp, Polly ist Jungfrau. In ihrem altmodischen Königreich wird von einer Prinzessin erwartet, dass sie als Jungfrau heiratet. Sie hat sich nicht nur an diese Regel gehalten, weil sie immer eine Anstandsdame begleitet hat, sondern auch, weil irgendein königlicher Arzt es vor der Hochzeitszeremonie kontrolliert. *Kotz.*

Ich sehe ihm in die Augen. „Gehen Sie immer nachts spazieren?"

„Und Sie?"

„Mir geht eine Menge durch den Kopf. Ich muss eine schwere Entscheidung treffen."

„Erzählen Sie mir davon. Vielleicht kann ich helfen."

Ich starre ihn an, überrascht von seinem Angebot. „Danke, aber darüber muss ich mir allein klar werden."

Er nickt. „Wenn Sie sich etwas wünschen könnten, was wäre das dann?"

Ich muss sofort an Mike, meinen Pflegevater, denken und platze damit heraus. „Ein Heilmittel gegen Krebs."

Seine Augen sind mitfühlend, und er kommt näher und lässt die Arme sinken. „Ist es jemand, der Ihnen nahesteht?"

Ich nicke. „Mein Dad." Mike ist die Person, die einer Vater-figur am nächsten kommt. Ein Jahr vor seiner Pensionierung ist bei ihm Lungenkrebs im fortgeschrittenen Stadium diagnosti-ziert worden. Sowas von unfair. „Er ist zu jung, um zu sterben."

Er nickt ernst. „Es *ist* unfair. Leider muss ich mit einer ähnlichen Situation …" Er beißt die Zähne aufeinander und blickt aufs Meer hinaus.

„Sie können es mir sagen. Ich werde niemandem davon erzählen."

Er sieht mich an. „Ich kann nicht mit Außenstehenden darüber reden."

Er setzt sich auf die Bank, stützt die Ellbogen auf die Knie und senkt den Kopf. In diesem Moment ist er kein Prinz, er ist ein Mann, der eine schwere Last trägt und einen Schmerz, den ich selbst viel zu gut kenne – die Trauer eines bevorste-henden Verlusts. Die Hilflosigkeit, jemanden, den man liebt, leiden zu sehen.

Ich setze mich zu ihm auf die Bank. „Krebs ist scheiße."

„Oh ja." Er richtet sich auf und starrt geradeaus. Seine Stimme ist heiser. „Er ist erst vierundfünfzig."

Schmerz strahlt von ihm aus, und ich rutsche näher und lehne mich in einer tröstenden Geste an ihn. Er rutscht nicht weg. Wir sitzen einfach da, Arm an Arm, Oberschenkel an Oberschenkel, und Wärme baut sich in der kühlen Nachtluft zwischen uns auf.

„Auch Ihr Vater?", vermute ich aufgrund des Alters.

Er nickt kurz.

Ich bohre nicht nach. Irgendwelche höfischen Regeln verbieten ihm wahrscheinlich zu sagen, was er gerade mit einem Nicken bestätigt hat – doch das ist wirklich unfair, denn wo soll er sich denn bitte auskotzen? Er muss stoisch sein, über den Dingen stehen, doch es ist ein tiefer Schmerz, wenn man jemanden verliert, den man liebt. Jetzt weiß ich, warum der König sich während des Wettbewerbs noch nicht gezeigt hat. Das muss auch der Grund für diesen seltsamen Wettkampf sein – Gabriel muss dringend heiraten, um den Fortbestand der Familie zu sichern. Er wird bald den Thron besteigen.

Ich sitze im Mondlicht an einem Springbrunnen, an einen künftigen König gelehnt, und alles, was ich will, ist, ihn zu umarmen. Er fühlt sich warm und nahbar an und so männlich. Nicht perfekt, nicht steif, nicht einmal königlich. Er ist verletzlich und leidet.

Ich auch. Ich wende mich ihm zu und umarme ihn. Er erwidert die Geste nicht, doch das kann er auch nicht, denn ich drücke seine Arme an seine Flanken.

Ich lasse ihn wieder los und sehe ihn an.

Er lächelt. „Wofür war das denn?"

Ich zucke mit den Schultern. „Ich dachte, Sie könnten vielleicht eine Umarmung gebrauchen."

Er zieht eine Braue in die Höhe.

„Ich vielleicht auch", gestehe ich.

Er mustert mich einen Moment lang. „Ich kann mich nicht an das letzte Mal erinnern, als mich jemand umarmt hat. Das ist in meiner Familie nicht üblich. Als Herrscherfamilie sind wir quasi unberührbar."

„Wo ich herkomme, sind wir gefühlsbetonter."

„Erzählen Sie mir von Ihrem Königreich."

Ich verspanne mich. Nicht nur, weil mein Wissen über Pollys Königreich begrenzt ist, sondern auch, weil ich ihn nicht anlügen will. Wir bauen gerade sowas wie Rapport auf. „Mein Zuhause ist ein wunderschönes tropisches Paradies." Zumindest sehe ich Tampa so, ein Ort, an dem der Traum, meinen eigenen Salon zu besitzen, eines Tages wahr werden wird. „Ist es eigentlich komisch, als Preis in diesem Wettbewerb bezeichnet zu werden?"

„Sie halten mich nicht für einen Preis?" Sein Tonfall ist ironisch.

„Wenn Sie mich fragen, ob ich Sie für heiß halte? Absolut. Wenn Sie mich fragen, ob ich es für normal halte, einen Prinzen als Preis in einem *Survivor*-artigen Wettkampf unter Prinzessinnen anzubieten? Nein."

Er lacht leise, ein Laut, der mir das Herz wärmt. Ich habe ihn zum Lachen gebracht! „Das war nicht meine Idee."

„Warum spielen Sie dann mit?"

Er seufzt und steht auf. „Die Pflicht ruft, und ich muss antworten. Vergessen Sie nicht, sich etwas zu wünschen, Polly. Ich hoffe, es wird wahr."

Dann verschwindet er so leise, wie er gekommen ist.

Ich gehe zurück zum Springbrunnen, kehre ihm den Rücken zu und werfe die Münze über meine Schulter. Mit einem befriedigenden Spritzen fällt sie ins Wasser. Mein Wunsch ist einfach, doch unmöglich – den Wettbewerb um einen echten Preis zu gewinnen, der Polly retten kann.

Ich mache mich auf den langen Weg hinunter zum Strand. Ich gehe im Mondlicht im Sand spazieren und stelle mir vor, wie romantisch es doch wäre, hier mit einem Liebhaber entlangzugehen. Seltsame Gedanken für mich. Ich bin kein Beziehungsmensch – Beziehungen erfordern zu viel Arbeit und gehen mit zu vielen großen Erwartungen einher. Und ich habe wirklich nicht die Zeit dazu. Ich habe mich schon immer auf das Arbeiten konzentriert, Geld für meinen eigenen Salon verdient, auch, um mich um Mike zu kümmern, solange ich ihn noch habe. Gabriel und ich haben eines gemeinsam: die Last, jemanden an eine Krankheit zu verlieren.

Ich setze mich in den Sand und beobachte die Wellen so lange, dass ich das Gefühl habe, in Trance zu fallen.

Ich zucke zusammen, als es mir klar wird – es gibt nur einen Weg voran. Und ich brauche Gabriel, damit es funktioniert.

~

Gabriel

Nach meinem Spaziergang durch den Garten und am Strand entlang kehre ich in den Palast zurück und wandere durch die oberen Stockwerke, ruhelos und aufgewühlt wie immer beim Gedanken an die Zukunft. Endlich bin ich müde genug, um in meine Suite zurückzukehren. Ich schicke meinen Kammerdiener weg, der meinen Anzug haben will, um ihn reinigen zu lassen, und sage ihm, dass er ihn am Morgen abholen kann. Im Augenblick will ich nur allein sein. Ich ziehe mein Jackett aus und hänge es über den Ledersessel im Wohnzimmer.

Dieser Wettbewerb kratzt bereits an meinen Nerven. Ich habe mein Bestes gegeben, unsere Gäste nach dem Abendessen zu unterhalten. Wir sind in den Salon gegangen, wo ich einen Brandy getrunken und mich bemüht habe, Konversation zu betreiben, was nicht leicht war. Die sieben Frauen, die mir in den Salon gefolgt sind, haben mich mit ihrem geistlosen Geschnatter an den Rand der Katatonie gebracht. Mir ist nicht entgangen, dass Polly nach dem Essen verschwunden ist. Sie schien sich nicht genug dafür zu interessieren, meine Frau zu werden, um Zeit mit mir zu verbringen, als sich die Gelegenheit dazu geboten hat. Wie unhöflich.

Doch viel später, als ich mich bei den plappernden Prinzessinnen entschuldigt habe und spazieren gegangen bin, habe ich mich zu ihr hingezogen gefühlt. Da stand sie im Mondlicht am Springbrunnen, eine Vision wilder Locken und süßer Kurven. Sie wirkte, als gehörte sie dahin, als sollte sie ein Teil dieses märchenhaften Springbrunnens mit seinen strahlenden Lichtern und verspielten Fischen sein.

Ich löse meine Krawatte, irritiert von meiner Besessenheit von ihr. Sie passt nicht zu mir. Die Königin hat sie bereits für ungeeignet erklärt, und ich kann nicht sagen, dass ich anderer Meinung bin. Vielleicht liegt es daran, dass sie so anders ist als alle anderen, die hier sind – und das macht sie so viel interessanter. Vielleicht liegt es daran, dass sie schön ist. Vielleicht liegt es daran –

Dass sie mich umarmt hat.

Und es hat mir gefallen. Sie schien sich wirklich dafür zu interessieren, wie es mir geht. Sie ist auch im Begriff, jemanden zu verlieren, und versteht, wie das ist – die Qual, hilflos zusehen zu müssen, unfähig, irgendetwas zu tun. Sie hat mich getröstet, und ich war dankbar dafür. Ich kann diese Last nicht einmal mit meinen Geschwistern teilen. Die meisten von ihnen – fünf von sechs – haben Wohnungen im Palast, doch sie sind alle erwachsen und haben Zugang zu unserem Privatjet, darum kommen und gehen sie, wie es ihnen passt. Sie wissen, dass unser Vater krank ist, doch sie wissen nicht, dass es ihm immer schlechter geht. Der Beschützerinstinkt des großen Bruders, der ich nun einmal bin, hat mich dazu gebracht, es ihnen nicht zu sagen, damit sie ihr sorgloses Leben genießen können, genau so, wie mein Vater es sich für sie wünscht. Das ist wahrscheinlich auch der Grund, weswegen sie sie noch nicht nach Hause gerufen haben. Mein Vater sieht sich selbst in ihnen, den jüngeren Geschwistern, und hat ihnen immer jede Menge Freiheiten und wenig Verantwortung gegeben.

Meine Gedanken wandern zurück zu Pollys Ankunft im Palast. Sie hat gesagt, dass ich ein Ewiggestriger sei, der nie den Palast verlässt. Beides stimmt nicht. Ich reise, wenn mich die Wanderlust packt, doch in der Regel maskiert. Ich kann nicht entspannen, wenn mich Paparazzi auf Schritt und Tritt verfolgen. Es gibt ein paar Frauen, die ich anrufe, wenn ich intim sein will. Sie haben Verschwiegenheitserklärungen unterzeichnet und halten sich daran. Mein ganzes Leben stehe ich im grellen Licht des öffentlichen Interesses, und nach einem kleinen Ausrutscher, an dem zu viel Alkohol und meine Fäuste beteiligt waren, habe ich mich so gut ich konnte von jeglichem Rampenlicht ferngehalten.

Wenn ich König bin, kann ich dem Theater nicht mehr entkommen. Doch noch werden selbst meine Engagements als Kronprinz diskret behandelt – Presse unerwünscht. Kameras und Handys verboten. Die Königin verabscheut die grelle Buntheit von Internetsensationen und Social Media. Doch da muss sie nur meinen Bruder Phillip ansehen. Er hat eine riesige Onlinegefolgschaft als königlicher Hottie und hat kein Problem damit, im Rampenlicht zu stehen. Zuerst als perfektes Paar mit seiner Freundin und dann später, als er sich durch die Elite Europas gebrunstet hat. Mein Vater sagt immer, dass Phillip so ist wie er, bevor er ruhiger geworden ist. Der königliche Apfel fällt nicht weit vom Stamm. Ha!

Ich nehme meine Manschettenknöpfe ab, bevor ich mein gestärktes weißes Hemd aufknöpfe, plötzlich erschöpft. Ich bin noch jung. Dreißig und in der Blüte meiner Jahre, darum sollte ich mich nicht ausgelaugt fühlen. Das Gewicht des Königreichs lastet auf meinen Schultern, ja, doch ich habe immer gewusst, was mich erwartet. Ich bin so bereit, wie man nur sein kann. Es wäre gut, eine Partnerin zu finden, jemanden, der diese Last mit mir tragen kann. Jemanden, der mir in schweren Zeiten Trost anbietet.

Wie Polly.

Ich werfe mein Hemd über das Jackett und ziehe meine Schuhe aus, bevor ich ins Schlafzimmer und von dort aus ins Bad gehe, um heiß zu duschen. Bald fühle ich mich entspannter und lege meinen Kopf unter dem Wasserstrahl in den Nacken. Ein Bild von Polly blitzt vor meinem inneren Auge auf. Ihr Bikini über ihren festen Brüsten, glatte, gebräunte Haut, ein straffer Bauch, kurvige Hüften, lange Beine und dieser Arsch. Dieser perfekte, runde Arsch, gemacht für die Hände eines Mannes. Ich schüttele den Kopf und ermahne mich, mich nicht auf sie zu versteifen. Ein aussichtsloser Kampf, und jetzt bin ich wieder verspannt und auch noch hart. Ich überlege, ob ich Hand anlegen soll, als ich ein Geräusch in meinem Schlafzimmer höre. Ist der Kammerdiener zurückgekommen, um meinen Anzug zu holen? Die Hose habe ich erst hier im Bad ausgezogen.

Ich knirsche mit den Zähnen. Ich hätte die Tür abschließen sollen. Ich stelle die Dusche ab, nehme ein Handtuch, wickele es mir um die Hüften, nehme die Hose und marschiere aus dem Bad, bemüht, meine Wut nicht überkochen zu lassen. Er macht nur seinen Job. „Andrew, hier ist die …" Ich verstumme, plötzlich sprachlos.

Polly mit den wilden Locken und dem perfekten Arsch sitzt auf meinem Bett, die Beine übereinandergeschlagen, vollkommen entspannt. Sie trägt einen roten Satinkimono, der hoch auf ihren Oberschenkeln endet, dazu ihre Leopardensandalen. Mein Mund wird trocken. Ist sie etwa nackt unter dem Kimono? Ist sie hier, wofür ich hoffe, dass sie hier ist?

„Hallo, schöner Mann", sagt sie gut gelaunt und wippt mit ihrem wohlgeformten Bein. „Ich hatte gehofft, diese Schultern zu sehen. Genauso perfekt, wie ich sie mir vorgestellt habe. Und das Wasser, das in Rinnsalen über diese spektakulären Brustmuskeln, den Waschbrettbauch und diese köstliche Schamhaarlinie läuft …" Sie verschlingt mich mit Blicken. Unfassbar dreist. Sie starrt meinen schnell wachsenden Schwanz an, über dem das Handtuch spannt. „Oh ja." Ihre Stimme ist heiser.

Ich sollte wütend sein, dass sie meine Privatsphäre verletzt hat, doch stattdessen turnt es mich unglaublich an. Ich gebe der Dusche die Schuld. Dem Bikini. Ihr.

Ich werfe die Hose auf die Kommode und gehe zu ihr. „Wie bist du hier reingekommen?"

Sie zuckt mit der Schulter. „Die Tür war nicht abgeschlossen."

„Woher weißt du, welche Suite mir gehört?"

Sie lächelt, und ihre Zähne blitzen weiß zwischen ihren saftigen roten Lippen hervor. „Ich habe ein paarmal raten müssen. Ich habe so getan, als hätte ich mich verlaufen und suche nach meinem Zimmer. Ich wusste, dass du nicht im selben Flügel bist, in dem wir untergebracht sind. Und einer der Bediensteten hat mir gesagt, dass die Schlafzimmer alle im zweiten und dritten Stock sind. Die Stockwerke darüber sind für die Dienstboten, Kinderzimmer und Lager." Sie runzelt die Stirn. „Du bist auf dem Dachboden aufgewachsen? Das ist fast schlimmer als die Drecklöcher, in denen ich gelandet bin. Ich meine, angesichts der Tatsache, dass hier alles so luxuriös ist."

Eine Prinzessin, die in Drecklöchern gelandet ist? Mein testosterongeflutetes Hirn wendet sich sofort wieder dem Wichtigsten zu – Polly ist praktisch nackt und sitzt auf meinem Bett. Eine reife Frucht, die nur darauf wartet, gepflückt zu werden. Es sollte mich interessieren, warum sie hier ist, denn sie könnte irgendeine linke Nummer planen, doch angesichts ihrer großen, funkelnden braunen Augen, ihres entspannten Lächelns, ihrer so weich aussehenden Haut und ihrer appetitlichen Kurven scheint alles andere egal zu sein.

„Soll ich mich anziehen?" *Oder soll ich das Handtuch ablegen?*

Sie starrt meinen Bizeps an. „Nur, wenn du willst. Mir gefällt die Aussicht."

Ich setze mich neben sie aufs Bett, mein Oberschenkel nah genug, um den Satin ihres Kimonos zu streifen.

Sie blickt zu mir auf. „Du fragst dich vielleicht, warum ich hier bin", sagt sie mit heiserer Stimme.

„Nicht wirklich."

Sie macht große Augen. „Eine Frau taucht mitten in der Nacht in deinen königlichen Gemächern auf, und du fragst dich nicht, warum sie hier ist? Was, wenn ich ein Messer bei mir hätte? Was, wenn ich dich umbringen wollte?"

Meine Lippen zucken. „Hast du ein Messer bei dir?"

„Nein." Sie schürzt die Lippen, höllisch sexy. „Aber du solltest nicht so vertrauensselig sein."

„Du hast mich vorhin umarmt."

„Auch wieder wahr."

Ich starre ihren Mund an. Ihre köstlichen Lippen öffnen sich, und ihre rosa Zunge schießt heraus, um sie zu benetzen. Eine Welle der Lust schwappt durch mich hindurch. Sie will, dass ich sie küsse. „Ich denke, es ist ziemlich offensichtlich, warum du hier bist."

Sie hebt eine Hand in die Nähe meines Gesichts, lässt sie jedoch wieder sinken und murmelt etwas über Polly. Sie ist schon ein seltsamer Vogel, in der dritten Person über sich zu sprechen. Doch macht es mir etwas aus?

Ich streiche ihr die Locken von der Schulter. Sie fühlen sich elastisch an, als könnte ich daran ziehen, und sie würden zurückspringen.

Sie steht abrupt auf und sieht mich an. „Ich muss ein paar Sachen loswerden."

Eine Schwätzerin. Na wunderbar. Genau, was ich nach Stunden schnatternder Prinzessinnen brauche.

„Na dann." Ich gehe zu meiner Kommode, um mir ein paar Boxershorts zu holen. Wenn wir schon reden müssen, dann kann ich zumindest das nasse Handtuch loswerden. Ich ziehe die Shorts unter dem Handtuch an, nehme es ab und trockne mich so gut es geht ab, bevor ich es auf die Kommode lege. Sie hat immer noch nichts gesagt. Ich drehe mich um. „Warum sagst du nichts?"

Ihr Blick wandert über meinen Körper, als könnte sie sich nicht entscheiden, wo sie hinsehen soll, doch wegschauen kann sie auch nicht. Das gefällt mir. „Diese Aussicht gefällt mir noch besser", sagt sie begeistert. „Trägst du immer nur enge Boxershorts vor fremden Frauen, die nachts mit potentiell finsteren Hintergedanken in deine privaten Gemächer wandern?"

Ich ertappe mich dabei, wie ich lächele. „Normalerweise wandern nachts keine fremden Frauen mit potentiell finsteren Hintergedanken in meine privaten Gemächer, darum kann ich nicht sagen, dass ich das immer tue."

Sie schluckt. Die Bewegung in ihrem langen, schlanken Hals ist faszinierend. Dann hebt sie das Kinn und blickt mir in die Augen. „Oh wow, und jetzt dieser Schlafzimmerblick." Ihr Blick wandert zurück zu meinen über meine Erektion gespannten Boxershorts.

Ich pruste vor Lachen. Diese Frau macht mich fertig.

Sie lacht auch. „Ich habe dich zum Lachen bringen wollen, seit ich angekommen bin. Vielleicht bist du ja doch nicht so ein spaßbefreiter Ewiggestriger, wie ich dachte."

Ich höre auf zu lächeln. „Vielleicht?"

Sie schneidet eine Grimasse. „Tut mir leid, dass ich dich so genannt habe. Ich glaube, ich war ein bisschen verwirrt, weil du einen Smoking getragen und so furchtbar angespannt gewirkt hast wie jeder Butler, den ich je gesehen habe" – sie hustet – „und gleichzeitig bist du so jung und heiß." Sie macht eine vage Geste in Richtung meines Körpers, und wenn sie mir weiter solche Komplimente macht und mich so ansieht, verschwindet diese Erektion nie. „Ich nehme mal an, dass du schlechte Laune hattest wegen dieses verrückten Wettbewerbs."

„Und von dieser Furryhochzeit ganz zu schweigen."

Sie lacht und klopft aufs Bett neben sich. „Diese Geschichte würde ich gerne hören."

Ich setze mich neben sie und erzähle ihr die ganze Geschichte. Es ist ja nicht so, dass es ein Geheimnis ist. Der Zirkus von einer Hochzeit wird bald in *Luxury Weddings* und *Bride Special* abgedruckt. *Herzlichen Dank dafür, Phillip.* Er ist mit dem Brautpaar verschwunden und hat mich mit unseren Eltern und einem Haufen Möchtegernbräuten allein zurückgelassen. Er hätte mir zumindest bei unseren Eltern helfen können. Arschloch. Er brunftet wahrscheinlich gerade fröhlich in irgendeinem schicken Hotel in Paris. Ich erzähle Polly von Phillips glorreicher Idee, den Palast zu öffnen, und meinem Beharren, ihn um der Geschichte und Tradition willen zu schützen.

Als ich fertig bin, sieht Polly mich mit großen Augen an. „Langsam, langsam. Hast du gesagt, dass ein riesiges lila Kaninchen zwischen all den australischen Viechern rumgehoppelt ist? Känguruh, Koala, Wombat, Dingos und ein riesiges lila Kaninchen?"

„Ja", knurre ich. Sie sollte sich auf meine Seite schlagen, was das Bewahren der Geschichte angeht, stattdessen amüsiert sie sich köstlich über diese Fellmonster.

Sie prustet vor Lachen. „Ein Klassiker! Ich liebe es!" Sie lacht so sehr, dass ihr Tränen übers Gesicht laufen.

Ich muss trotz der Erinnerung an diese furchtbare Situation lächeln, denn sie ist so … amüsant und offen und herzlich. Alles, was ich nicht bin. Plötzlich habe ich das Gefühl, dass mir genau das in meinem Leben fehlt, dass ich das brauche. Ich brauche sie.

Sie wischt sich die Augen und atmet laut aus. „Wow, was für eine Geschichte. Jetzt verstehe ich, was du hinter dir hattest, als wir uns das erste Mal begegnet sind. Harte Zeiten." Sie kichert. „Tut mir leid. Ich bin mir sicher, dass das wirklich abscheulich war", – wieder kichert sie – „genau wie du gesagt hast."

„So lustig war das nicht."

Sie nickt, hebt einen Finger und atmet tief durch. „Okay, jetzt bin ich wieder ruhig. Aber jetzt zum Grund meines Hierseins. Ich denke, wir können einander helfen."

Ich senke meine Stimme und antworte in heiserem Ton. „Das denke ich auch."

Sie steht auf und geht hinüber zur Kommode. Sofort spüre ich die Leere, die Distanz zwischen uns.

Sie hebt die Hand, als wollte sie meine Avancen abwehren, dabei bin ich noch nicht einmal aufgestanden. „Ich will dir helfen. Diese anderen Prinzessinnen sind wie Piranhas, die alle nur einen Bissen von dir haben wollen. Ich bin da viel zurückhaltender."

„Du bist zurückhaltender?", frage ich ungläubig und denke an ihre grellen Kleider und ihre ungehobelten Manieren. Sie hat sich in mein Schlafzimmer geschlichen, verdammt nochmal.

Sie funkelt mich finster an. „Ja. Willst du mir irgendwas sagen?"

„Nein, nein, red weiter." Ich kann mich nicht erinnern, mich je gleichzeitig so angeturnt und unterhalten gefühlt zu haben.

Sie geht vor der Kommode auf und ab, bleibt stehen und starrt mein nasses Handtuch darauf an. „Das ist eine Antiquität", sagt sie, bevor sie das Handtuch nimmt und ins Bad geht. Sie kehrt ohne Handtuch zurück und erklärt: „Du hilfst mir, den Wettbewerb zu gewinnen, und all das hier endet schnell und mit dem geringstmöglichen Theater. Ich werde dich nicht lebendig verspeisen. Ich werde einfach nur ich sein, zurückhaltend, locker und entspannt und lasse dich dein königliches Ding machen."

Meine Gedanken stürzen sich auf den letzten Teil. *Dein königliches Ding.* Was für eine seltsame Art, es auszudrücken. Ist das nicht auch ihr königliches Ding? Es ist gerade so, als wäre sie nicht in der Tradition eines Königshauses aufgewachsen. Kein Wunder, dass sie so unkultiviert klingt. Ihre Leute haben sie im Stich gelassen. Doch das unterstreicht nur die Tatsache, dass ich ihr nicht helfen kann, den Wettbewerb zu gewinnen. Sie würde nie als Königin Akzeptanz finden, meine Mutter würde es nicht erlauben, und mein Vater hört auf meine Mutter. Sie sind immer als vereinte Front aufgetreten. Darüber hinaus wäre es Polly gegenüber nicht fair. Sie ist vollkommen unvorbereitet für den Job. Die Wahrheit? Wenn ich als freier Mann leben könnte, wäre sie genau die Art von schönem Freigeist, den ich haben wollte. Und die traurige Ironie ist, dass ich nicht wusste, was ich will, bis ich *ihr* begegnet bin.

Doch ich bin kein freier Mann. Ich bin der Erbe eines Königreichs, und wenn ich egoistisch bin und sie auswähle und ihr helfe, diesen Wettbewerb zu gewinnen, würde sie nicht glücklich werden. Ich müsste ein vollkommenes Arschloch sein, um das zuzulassen. Nicht nur würden all die Regeln und Verpflichtungen einer Königin ihren Geist zerstören, es wäre auch eine unglaubliche Verantwortung und jede Menge harte Arbeit. Meine Königin muss mir helfen, ein Königreich zu retten. Eine Prinzessin kann gewisse Freiheiten genießen. Sie kann nicht Königin sein.

„Ich will dich nicht heiraten", sage ich sanft.

Das Blitzen ihrer braunen Augen rüttelt mich auf. „Warum nicht?"

Ich versuche, ihre Gefühle nicht zu verletzen, und fasse mich kurz. Sie muss nicht wissen, dass die Königin sich bereits gegen sie ausgesprochen hat. „Du bist nicht richtig erzogen."

Sie stemmt die Hände in die Hüften und wirft ihre Haare über die Schultern. „Wie unhöflich!"

Ich stehe langsam auf und gehe auf sie zu.

Sie hebt ihr Kinn. „Okay, dann werfe ich dich eben den Wölfen zum Fraß vor, wenn du das willst."

Ich gehe weiter, dränge sie zurück und lege meine Hände an die Wand hinter sie, dann senke ich meinen Kopf und spreche in ihr Ohr. „*Ich* bin der Wolf, und ich will dich."

Sie erschauert. „Das ist kühn."

Ich richte mich auf. Ihre Lippen sind nur Millimeter von meinen entfernt, als sie den Kopf abwendet und sich unter meinem Arm hindurch duckt.

„Und nein", sagt sie und bleibt viel zu weit von mir entfernt stehen.

„Warum nicht?", blaffe ich. Normalerweise habe ich mich besser unter Kontrolle, doch das Verlangen hat mich fest in seinen Krallen.

Sie schnaubt. „Weil du nicht alles bekommst, was du willst, wenn du es willst, *Hoheit*." Den letzten Teil sagt sie mit unverhohlener Verachtung. Noch nie hat jemand so unhöflich mit mir gesprochen. Ich will sie trotzdem.

Wild gestikulierend fährt sie fort. „Bevor du so unhöflich warst, wollte ich dir vorschlagen, dass du mir hilfst, das Spiel zu gewinnen, und im Gegenzug gibst du mir eine kleine Abfindung, und ich verschwinde ohne viel Aufhebens."

Ich blinzele. „Du willst, dass ich dich bezahle, damit du gehst?" *Du willst mich nicht heiraten?*

„Ja."

„Warum?"

Sie wendet den Blick ab, bevor sie mir in die Augen sieht. „Gründe."

„Ich brauche trotzdem eine Braut. Es gibt keine Abfindung. Die beste Kandidatin wird gewinnen."

Sie blickt an die Decke, die Hände zu Fäusten geballt, offensichtlich, um sich zu beherrschen. Sie sieht mich mit loderndem Blick an. „Und dir ist egal, wer es ist?" *Ist sie eifersüchtig?*

„Natürlich ist es mir nicht egal, doch so einfach ist das nicht. Es gibt ein Prozedere, dem ich folgen muss. Du musst doch verstehen, wie wichtig es ist, königliche Traditionen aufrecht zu erhalten."

Ihre Lippen sind zu einer schmalen Linie zusammengepresst. „Ich verstehe nichts davon, wie ihr die Dinge hier handhabt. Aber Prinzessinnen gegeneinander antreten zu lassen? Dir gefällt das nicht besser als mir, darum lass uns zusammenarbeiten, um dem ein Ende zu setzen."

„Es gibt Umstände, die du nicht verstehst, und es tut mir leid, aber ich kann nicht mehr dazu sagen."

Sie wirft ihre Hände in die Höhe. „Wie du willst. Aber glaub nicht, dass ich dir helfe, deine Triebe zu befriedigen. Ich bin Jungfrau." Sie wendet den Blick ab, als ob sie lügt. Niemand mit ihrer aggressiven Sinnlichkeit könnte so unerfahren sein. Würde eine Jungfrau in mein Schlafzimmer kommen? Dazu kommt, dass sie Mitte zwanzig sein dürfte. Heute ist es einfach nicht üblich, so lange Jungfrau zu sein.

Ich gehe zu ihr. „Wie alt bist du?"

„Dreiundzwanzig." Langsam weicht sie zurück und bewegt sich in Richtung des Fußendes meines antiken Himmelbetts. „Das ist Tradition in *meinem* Königreich. Prinzessinnen müssen bei der Hochzeit Jungfrau sein."

Wenn sie wirklich noch Jungfrau ist, sollte ich sie nicht anfassen. Ich sollte sie zur Tür bringen und die Versuchung abstellen.

„Polly." Ich ergreife ihre Handgelenke, ziehe sie hinter einen der Pfosten meines Betts und beuge mich zu ihr vor. Ich kann einfach nicht anders. Ich inhaliere ihren würzig-blumigen Duft und würde sie zu gerne kosten.

Ihre Brust hebt und senkt sich schnell, und ihr Kimono gibt mir Einblick in ihr Dekolleté. Sie hebt den Kopf und blickt mir mit ungezügeltem Verlangen in die Augen.

Ich beuge mich langsam zu ihr hinunter, und ihre Augen bleiben offen, die Pupillen schwarz und groß, goldene Flecken in den dunklen Iriden. Wunderschön. Ihre Wimpern senken sich, als ich ihre Lippen mit meinen streife, sanft, einmal, zweimal. Ich lasse ihre Handgelenke los, hebe den Kopf und gebe ihr mehr als genug Zeit, den Rückzug anzutreten.

Sie stößt einen frustrierten Laut aus, packt meinen Kopf und küsst mich. *Ja!* Ihre Lippen sind weich, und sie schmeckt nach Minze und etwas Einzigartigem, das nur sie besitzt, eine würzige Schärfe. Meine Welt konzentriert sich auf diesen Kuss, beinahe unschuldig in seiner köstlichen Dekadenz. Eine langsame, sinnliche Einladung für mehr. Ich stoße meine Zunge in ihren Mund und ihre gleitet an meiner entlang. Langsame, tiefe, feuchte Küsse. Ich ertrinke in dem Gefühl, benommen von ihrer Sinnlichkeit.

Sie hebt die Hüften, presst sich an mich, und der Kuss wird gierig, sexuell, hungrig. Als ich mein Bein zwischen ihre Beine schiebe und Druck ausübe, lässt sie den Kopf in den Nacken sinken und stöhnt.

Jedes Nervenende erwacht zum Leben, als ich ihren köstlichen Mund erkunde. Das Blut rauscht in meinen Ohren. Näher, ich muss ihr näher kommen. Ich presse meine geradezu schmerzhafte Erektion an ihre weiche Weiblichkeit. Der Drang, von ihr Besitz zu ergreifen, ist überwältigend, ein animalischer Instinkt, der mein Denken trübt. Ich bin nichts außer purem, pochendem Verlangen. Ich will sie mehr als ich je irgendjemanden in meinem Leben gewollt habe, und ich will sie jetzt. Eine kleine nagende Sorge wegen ihrer Jungfräulichkeit lässt mich jedoch innehalten.

Ich unterbreche den Kuss, und sie bleibt an den Bettpfosten gelehnt, die Lippen rosig, die Wangen gerötet. So verdammt sexy.

„Ich will dich." Meine Stimme ist rau vor Lust. „Bleib heute Nacht hier oder geh jetzt."

Wir starren einander in die Augen, heiß, intensiv. Sie mustert mich, und ich balanciere auf der scharfen Kante des Verlangens. Sekunden verstreichen, die Anspannung greifbar in der Luft.

Sie stößt mich mit beiden Händen von sich. „Und das ist mein Stichwort." Sie geht entschlossenen Schrittes zur Tür. Dann bleibt sie stehen, dreht sich um und sagt in sanftem Ton: „Gute Nacht, Gabriel."

Sie hat meinen Namen gesagt. Nicht Hoheit. Und sie hat ihn mit einer Spur von Verlangen in der Stimme gesagt.

„Gute Nacht, Polly. Das Angebot steht für eine andere

Nacht, falls du deine Meinung ändern solltest. Ich schließe die Tür nicht ab."

Leise fällt die Tür hinter ihr ins Schloss.

Fuck. Vielleicht ist sie wirklich Jungfrau. Ich muss meine Hände bei mir behalten. Ab unter die Dusche.

6

———

Anna

Nach einem riesigen Frühstück trinke ich im Salon Kaffee und hoffe, dass mein verwirrtes Gehirn bald eine großartige neue Idee ausspucken wird. Die anderen Prinzessinnen stochern in ihrem Obstsalat herum oder essen gar nicht, und die meisten trinken Tee. Sie sind so anmutig und kultiviert. Es muss furchtbar sein, wenn einem als Kind jeder Funke genommen wird. Sie könnten mir fast Leid tun, wenn sie sich mir gegenüber nicht so stutenbissig benehmen würden. Liegt es an meinem Akzent? Ich denke, sie halten mich für die niedrigste Prinzessin in der Hackordnung. Vielleicht trifft das auch auf Polly zu, doch ich habe keinen Bock auf königliche Hierarchie.

Ich habe eine schlaflose Nacht hinter mir, denn ich konnte Gabriel nicht aus dem Kopf bekommen. Ich habe noch nie einen so schönen Mann im echten Leben gesehen – nass glänzende, goldene Muskeln, die ich am liebsten abgeleckt hätte. Oder warum nicht gleich mit ihm unter die Dusche gehen? Er fühlt sich so wohl in seiner Haut, dass er kein Problem damit hatte, quasi nackt vor mir zu stehen. Und dieser Kuss. Guter Gott, ich bin noch nie so geküsst worden. Als wollte er mich verschlingen, und das beruhte durchaus auf Gegenseitigkeit.

Das ist die Art von Leidenschaft, von der ich geglaubt habe, dass sie nur im Film existierte. Mir wird heiß, wenn ich nur daran denke.

Was soll ich also mit dem, was ich habe, anfangen? Der Kronprinz ist heiß auf mich. Er will mir nicht helfen zu gewinnen. Oder mich heiraten. Ich weiß nicht warum, aber das tut weh. Ich meine, es ist eine Sache, wenn ich zu dem Schluss komme, dass wir aus unterschiedlichen Welten kommen – ich weiß ja, dass es so ist, doch er hält mich für eine Prinzessin. Wie kann er es wagen zu sagen, dass ich nicht richtig erzogen bin! Nur, weil ich meine nackten Schultern zeige (Skandal!) oder weil ich mitten in der Nacht im Schlafzimmer eines Prinzen auftauche? Okay, das hat vielleicht den falschen Eindruck erweckt. Doch ich habe die nötige Kurskorrektur vorgenommen und ihm gesagt, dass ich noch Jungfrau bin.

Hm … das einzige, was mir einfällt, um die Operation Rette Polly zu einem Erfolg zu machen, ist, die heutige Schatzjagd zu gewinnen. Vielleicht ist der Schatz ja irgendetwas Wertvolles, wie ein Diamant, etwas, das ich für genug Geld verpfänden kann, um einen guten Anwalt zu engagieren. Ich kann ein wehrloses Täubchen wie Polly doch nicht in einem Käfig sitzen lassen.

Der echte Butler, Nolan, tritt vor (nicht ganz der erhoffte Jeeves, Nigel oder Edwin – noch eine königliche Fantasie zerstört). Er ist Mitte vierzig mit dunklen Haaren, die zu einem präzisen Seitenscheitel gekämmt sind. Ernst und würdevoll, doch nicht spießig. Zumindest trägt er einen schwarzen Anzug. „Wenn Sie sich bitte alle in die Eingangshalle begeben würden. Die Königin wird Sie dort begrüßen."

Ich trinke den letzten Schluck Kaffee, während die Prinzessinnen in einem anmutigen Gänsemarsch zur Tür hinaus gehen. Alle mit perfekter Haltung und Manieren. Ha! Dabei habe ich sie gestern in Aktion gesehen. Es wird auch heute nicht lange dauern, bevor sie wieder zu Wilden werden, besonders jetzt nicht, wo sie wissen, dass Gabriel der Preis ist. Mein Magen zieht sich zusammen, und ich zwinge meine

Gedanken zum Grund meines Hierseins: Gewinne den Schatz, rette Polly.

Ich hole die Gruppe in der marmornen Eingangshalle. Während wir auf die Königin warten, wende ich mich Elizabeth, der rothaarigen Prinzessin, zu. „Was glaubst du, was der Schatz ist?"

Sie presst die rosa geschminkten Lippen aufeinander und starrt geradeaus. „Es gehört sich nicht, über Geld zu sprechen."

„Du glaubst, es ist Geld?"

„Nein."

„Juwelen?"

Sie schüttelt den Kopf und senkt die Stimme. „Nichts ist so, wie es scheint. Du musst tiefer blicken."

Ich nicke weise. „Richtig." Offensichtlich versucht sie, mir zu helfen. Was sieht sie, was ich nicht sehe? Ich bin fasziniert vom königlichen Ränkespiel. Und irritiert. Ich brauche Antworten. Ich muss wissen, ob das hier meine Zeit wert ist. Vielleicht sollte ich nach Hause gehen und Polly anflehen, ihre Familie um Hilfe zu bitte, auch wenn sie nicht will, dass sie es mitbekommen. Doch was, wenn sie sie enterben, wie sie befürchtet? Die Bürde ihrer möglichen Inhaftierung lastet schwer auf mir. Sie ist meine einzige Verwandte, und im Moment bin ich alles, was sie hat. Halte durch, Polly!

Die Königin kommt, gefolgt von denselben Bediensteten, die ihr beim gestrigen Spiel geholfen haben. Mir wird bewusst, dass tägliche Wettbewerbe die Zahl der Kandidatinnen bis Ende der Woche reduziert haben dürfte. Was passiert mit der letzten Prinzessin in den übrigen zwei Wochen? Ein königlicher Spießrutenlauf von Tests? Sex auf Befehl, um die Kompatibilität zu testen? So viele Fragen, von denen ich mir nicht sicher bin, ob ich die Antwort wissen will.

„Guten Morgen." Die Königin scheint bester Stimmung zu sein. „Heute werden Sie zum Hafen gebracht, wo am Pier Fahrräder auf Sie warten."

Ein paar Prinzessinnen tauschen besorgte Blicke aus.

Marguerite meldet sich zu Wort. „Aber Majestät, gestern Abend haben wir von Pferden gesprochen."

Die Königin kneift die Augen zusammen. „Ich bin die Richterin dieses Wettbewerbs, darum mache ich die Regeln."

Marguerite senkt den Blick. „Ich kann nicht Fahrrad fahren, Ma'am."

„Dann gehen Sie eben zu Fuß." Die Königin lässt den Blick über die übrigen Prinzessinnen schweifen. „Sonst noch jemand, der nicht Fahrrad fahren kann?"

Zaghaft gehen Hände in die Höhe. Vier an der Zahl, Marguerite eingeschlossen. Diese armen Prinzessinnen. Was sie wohl für eine Kindheit hatten?

Die Königin nickt dem älteren Bediensteten zu. „Albert wird Ihnen zeigen, wie es geht, und schon geht's los."

Verdammt, das ist hart. Arme Dinger.

Die Prinzessinnen, die nicht Fahrrad fahren können, sind still und blicken betreten drein, doch die drei anderen Kandidatinnen unterhalten sich angeregt. Die Königin scheint sich an ihrem Geplapper zu stören. Solange sie von den anderen verärgert ist, nutze ich die Gelegenheit, meine Frage zu stellen. „Majestät, was ist das für ein Schatz?"

Die Königin schürzt die Lippen, als hätte sie eine Zitrone ausgesaugt. Das war wohl eine Frage zu viel. „Das wird die Siegerin schon herausfinden."

„Können Sie verraten, was der Schatz ungefähr wert ist?", platze ich heraus.

„Noch eine derart vorlaute Bemerkung, und Sie sind raus", zischt die Königin.

Die Frauen starren mich geschockt an. Scheinbar ist es wirklich verboten, über Geld zu reden, selbst wenn man auf einer Schatzjagd ist. Doch ein Schatz wird doch was wert sein, oder?

Die Königin schickt uns mit herablassender Geste davon, doch mir entgeht nicht das kleine Lächeln auf ihrem Gesicht. Das Spiel macht ihr sichtlich Spaß.

Zu acht begeben wir uns aus dem Palast zu den drei schwarzen Mercedes-Limousinen mit getönten Scheiben. Ich steige mit Francesca und Marguerite in den ersten Wagen ein und nehme auf der Rückbank Platz. Auf dem mittleren Platz komme ich mir vor wie ein Prinzessinnensandwich.

Francesca ist eine dunkelhaarige Prinzessin aus einem Königreich im Mittleren Osten, von dem ich noch nie gehört habe. Sie ist still, doch ihre dunklen Augen sind scharf und berechnend. Da dachte ich doch, dass Marguerite diejenige ist, auf die ich achten muss, dabei, aus der Nähe betrachtet gibt es da noch mehr Prinzessinnen, die ich als ernste Konkurrenz betrachten muss. Elizabeth hatte Recht. Ich muss tiefer blicken.

Ein furchtbarer Gedanke kommt mir angesichts dieser „tiefer blicken"-Sache. Scheiße. Jetzt sag bloß nicht, dass dieser „Schatz" auch symbolischer Natur ist. Ich flippe aus, wenn ich diese verdammte Schatzjagd hinter mich bringe und irgendwelchen tiefschürfenden Mist wie „der Schatz liegt in dir" oder „die Natur ist der Schatz" finde.

Ich wende mich Marguerite zu. „Ich hätte gedacht, dass du, nachdem du dir das heutige Spiel ausgesucht hast, Immunität bekommst und heute nur zusiehst."

Sie schüttelt den Kopf. „Die Königin tut, was ihr gefällt. Ich wette, die Hinweise haben auch nichts mit der Natur zu tun, wie ich vorgeschlagen habe. Sie hat die Pferde bereits gegen Fahrräder ausgetauscht. Wer weiß, ob es überhaupt einen Schatz gibt?"

„Du denkst, da ist gar keiner?"

Francesca mischt sich ein. „Das einzige, was zählt, ist, wer gewinnt."

„Oh, halt die Klappe", blafft Marguerite.

Francesca wirft Marguerite einen tödlichen Blick zu, und plötzlich wäre mir lieber, wenn ich nicht zwischen ihnen sitzen würde. Ich habe diese Frauen in Aktion gesehen. Sie sind auf Blut aus und kämpfen schmutzig.

Eisiges Schweigen breitet sich aus, und die beiden Frauen blicken aus ihrem jeweiligen Fenster.

Ich seufze erleichtert. Kurz darauf wandern meine Gedanken zurück zu Gabriel, was nur natürlich ist, wenn man ihn quasi nackt gesehen hat mit diesen muskulösen Schultern, der fantastischen Brust, seiner riesigen … Beule. Ich will ihn, auch wenn ich es nicht sollte. Er ist kein steifer, ewiggestriger Adliger. Er ist ein Mann in komplizierten

Umständen, der trotzdem seine Pflicht erfüllt. Ein Mann von Ehre. Verdammt, ich hätte nicht sagen sollen, dass ich Jungfrau bin, denn ein Mann von Ehre würde diese Grenze nie überschreiten. Vielleicht kann ich ihn davon überzeugen, anderes zu tun. Oh Mann, ich bin furchtbar. Polly sitzt im Knast, und ich denke an meine eigenen Begierden. Was tat es schon zur Sache, dass ich seit einem Jahr keinen Sex mehr gehabt habe? Das bedeutet nicht, dass ich aus der Rolle falle und es mit dem Kronprinzen mache. Es sei denn …

Was, wenn ich es tun würde? Würde ich dadurch aus dem Wettbewerb fliegen? Würde er mich persönlich rauswerfen?

Hör auf damit! Du bist für Polly hier, nicht für dich!

Aber ich bekomme vielleicht nie wieder die Chance, diesen spektakulären, heißen Body zu sehen. Und natürlich würden wir reden. Mir geht's nicht nur um seinen Körper. Verbalerotik hat auch was.

Ich schrecke aus meiner nicht ganz jugendfreien Fantasie hoch, als der Wagen anhält. Ich war noch nicht mal beim guten Teil angekommen. Doch so oder so haben wir gerade am Pier angehalten, und es ist wieder ein perfekter, sonniger Junitag auf der Insel. Das Meer glitzert blaugrün, und am hellblauen Himmel sind nur vereinzelte Wattebauschwolken zu sehen. Paradies. *Es ist nicht Tampa, doch …*

Ich gehe mit den Prinzessinnen zu den wartenden Fahrrädern. Die sind niedlich, rot mit gerader Lenkstange, einem breiten, gepolsterten Sitz und einem Korb an besagter Lenkstange. Ich nehme mir eines und muss warten, während Albert versucht, vier Prinzessinnen auf die Schnelle das Fahrradfahren beizubringen. Albert ist zu alt und zu gebückt, als dass er ihnen hinterherrennen und den Sitz geradehalten könnte, während sie radeln, so wie die meisten Kinder es lernen. Stattdessen erklärt er es ihnen und sieht ihnen hoffnungsvoll zu.

Strampel, strampel … und Krach! Eine Prinzessin am Boden.

Quietsch, krach, knirsch! Die nächste. Sie hat noch nicht einmal in die Pedale getreten.

Die anderen zwei Prinzessinnen geben auf, ohne es auch nur versucht zu haben.

„Sie müssen es versuchen, meine Damen", fleht Albert.

„Die Hinweise sind auf der ganzen Insel verteilt. Es ist viel zu weit, um alles zu Fuß zu finden." Als sich niemand bewegt, fügt er hinzu: „Ihrer Majestät wird es gar nicht gefallen, wenn Sie nicht die Regeln befolgen."

Das bringt sie in Bewegung. Eines muss ich ihnen zugutehalten: sie versuchen es wirklich. Aufgeschürfte Knie und Ellbogen sind die Konsequenz und sogar ein paar kreative Flüche. Doch nach einer Stunde sehe ich, dass einfach nichts daraus werden wird. Und der arme Albert ist schon hochrot im Gesicht von der Anstrengung, und seine schütteren weißen Haare sind zerzaust, so oft hat er sie vor Frustration gerauft.

Nachdem ich eine Weile im Schneidersitz am Boden gesessen habe, stehe ich auf und strecke mich. „Was, wenn die von uns, die fahren können, die anderen auf dem Gepäckträger oder auf der Lenkstange mitfahren lassen?"

Marguerite, eine der Nichtfahrerinnen, zeigt mit dem Finger auf mich. „Das ist es! Lasst es uns so machen."

Die anderen drei, die fahren können, weigern sich. Hier ist sich jede Prinzessin selbst die nächste.

Am Ende fahren wir vier auf unseren Fahrrädern los, und die anderen vier, ja, sie rennen. Das ist eine nette Show für die Einheimischen, die aus ihren niedlichen Häuschen kommen, um zu beobachten, wie die Prinzessinnen jegliche Würde hinter sich lassen und sich das unbeholfenste Rennen liefern, das ich je gesehen habe. Sie sehen aus wie ein Haufen Fünfjähriger, die mit fliegenden Armen eher stolpern als rennen. Wenn ich doch nur mein Handy hätte, um sie dabei zu filmen. Das Video wäre Gold wert.

~

Gabriel
Wenn mein Vater nicht so krank wäre und meine Mutter nicht so verzweifelt, würde ich nie bei diesem lächerlichen Spiel mitspielen. Doch meine Eltern sind glücklich, und ich sehe sie zum ersten Mal seit fast einem Jahr lächeln, was der einzige Grund ist, weswegen ich jetzt im Schatten einer Höhle

auf der anderen Seite der Insel stehe und auf die Prinzessin – die Siegerin dieses Spiels – warte, die das letzte Rätsel gelöst hat. Mein einziger Trost ist, dass der Wettbewerb bald vorbei sein wird. Meine Mutter kann nicht anders und muss die Prinzessinnen jeden Tag in eine neue Herausforderung hetzen. Mein Vater und sie amüsieren sich köstlich dabei. Gestern haben sie zwei Prinzessinnen nach Hause geschickt. Wenn sie so weitermacht und jeden Tag zwei gehen, sind bis zum Wochenende nur noch zwei übrig. Was sie mit den letzten beiden für die kommenden zwei Wochen vorhat, weckt ein gewisses Unbehagen in mir. Sie könnte sie gegeneinander aufhetzen. Sie könnte jede einzeln auf die Probe stellen. Oder, was wahrscheinlicher ist, woran ich jedoch gar nicht denken will, ist, dass sie sie mit mir auf Dates schickt – à la *The Bachelor*. Da ich weiß, dass die letzte Entscheidung nicht bei mir allein liegt, sehe ich nicht ein, warum ich das ausschließlich zur Unterhaltung meiner Eltern tun soll. Polly würde mich unterhalten, indem sie einfach sie selbst ist. *Hör auf, dich so auf sie zu versteifen. Versteifen, ugh!* Ich weiß, dass sie nicht Königin werden kann, doch seit unserem Kuss – Gott, sogar schon davor, genau genommen vom ersten Moment an – habe ich mich zu ihr hingezogen gefühlt. Ich habe davon geträumt, dass sie mich in der Hitze der Leidenschaft versehentlich mit ihren Leopardensandalen ohrfeigt – und das in der ersten Nacht nach ihrer Ankunft!

Ich habe sie gestern Abend gegoogelt. Sie kommt von Beaumont, einer Kette tropischer Inseln in der Karibik mit einer blühenden Tourismusindustrie. Die paar Bilder, die ich von ihr gefunden habe, zeigen sie mit Hut und Schleier vor dem Gesicht, lächelnd, die dunklen Haare zurückgebunden. Die Königsfamilie von Beaumont lebt nach wie vor im Einklang mit den Traditionen, und das Volk verehrt sie. Meine Gedanken wandern zu dem Rätsel, das Polly für mich darstellt. Wenn sie aus einer so guten, traditionellen Familie stammt, warum ist sie dann so ganz anders, als man sich eine Prinzessin vorstellt? Das einzige, was mir einfällt, ist, dass ihr ihr Studium in den USA einen Einblick in ein anderes Leben gegeben hat, und als sie nach Hause zurückgekehrt ist, hat sie eine rebellische Phase durchgemacht. Wie sonst soll ich mir die offenherzigen Kleider und ihren Mangel an Zurückhaltung erklären? Sie sagt, was sie will, und tut, was sie will. Sie scheint sehr aufgeschlossen und frei zu sein.

Könnte sie die Rolle der Königin bewältigen? Oder würde diese Rolle alles repräsentieren, wovon sie sich zu distanzieren versucht?

Ich setze mich auf einen flachen Felsen. Das muss die seltsamste Schatzjagd in der Geschichte der Schatzjagden sein – eine Reihe von sportlichen Herausforderungen, die jeweils zu Hinweisen führen, die sie dann letzten Endes zum Schatz bringen. Meine Mutter hat Marguerites langweiligen Vorschlag, die Natur als Hinweise zu benutzen, vollkommen ignoriert. Mein Vater hat sich die sportlichen Herausforderungen einfallen lassen, und ich habe gehört, er freut sich wie ein Kind darauf. Im Herzen ist er immer ein Athlet geblieben. Doch unglücklicherweise sind die Prinzessinnen nicht dazu erzogen worden, sportliche Höchstleistungen zu erbringen. Reiten mag ja noch akzeptabel sein, aber Radfahren? Kugelstoßen? Tore schießen? Ich weiß gar nicht, was sie sonst noch alles tun sollen. Ich habe aufgehört, mir die Übertragung anzusehen, als Marguerite dem Tormann (armer William!) das Knie in die Eier gerammt, den Ball aufgehoben und ihn ins Netz geworfen hat. Scheinbar hat sie vergessen, dass man beim *Fußball* den Ball ins Tor *kickt*. Sie sollte für unsportliches Verhalten disqualifiziert werden, doch meine Eltern finden sie zu unterhaltsam, um das zu tun. Mein Vater hat Tränen gelacht.

Dahingegen war es eine Freude, Polly zuzusehen. Sobald sie mitbekommen hat, dass sie sportliche Herausforderungen zu bewältigen hat, hat sie ihre hochhackigen Sandalen in den Korb ihres Fahrrads geworfen und alles barfuß erledigt. Und gekickt hat sie richtig gut. Der Ball ist mit Schmackes an William vorbeigesegelt.

Ich habe gehört, dass drei der Prinzessinnen am letzten Hinweis arbeiten, der sie auf eine Wanderung zu meiner Höhle schicken wird, bei der sie Bausteine auf dem Kopf balancieren müssen. Die Ideen, die mein Vater für diesen

Wettbewerb hatte! Doch ich bin froh, dass sein Verstand noch so gut arbeitet, wenn schon sein Körper nicht mehr mitmacht.

Ich stehe im Schatten, damit sie mich nicht sehen, bis ich gesehen werden will. Die Kamera ist auf den Eingang der Höhle gerichtet, darum kann ich mich entspannen. Als Kind habe ich mit meinen Geschwistern in dieser Höhle gespielt. Es gibt Vorsprünge und Verstecke, perfekt für ein „Clubhaus" und vor allem später, als wir älter waren, reichlich Privatsphäre, um sich mit einem Mädchen zu treffen. Das war vor Verschwiegenheitserklärungen und Geheimnistuerei. Ah, die dummen, sorglosen Tage der Jugend.

Plötzlich taucht mein ein Jahr jüngerer Bruder Phillip auf. Er grinst übers ganze Gesicht. „So, so", gluckst er, als er in die Höhle kommt.

Bevor er anfangen kann, über meine aktive Teilnahme an diesem Affenzirkus zu lästern, gehe ich zu ihm und knurre: „Wo bist du gewesen?"

Er hat eine wahnsinnige Hochzeitsplanerin in unseren Palast gebracht und sie eine Hochzeit mit einem Haufen Verrückter in Plüschkostümen planen lassen. Und dann hat diese Hochzeitsplanerin, die behauptet, ein Bastard eines vorherigen Königs zu sein, auch noch die zweite Hochzeit, die am selben Tag stattfand (und die einzige hätte sein sollen, doch davon will ich gar nicht erst anfangen …), sabotiert. Der Palast war ein einziges Chaos, und nachdem alles vorbei war, ist Phillip verschwunden – und diese Hochzeitsplanerin zum Glück auch.

„Freut mich auch, dich zu sehen", sagt er. „Ich wusste, dass du wegen dieser Hochzeitsplanerin, die ich eingestellt habe, auf hundertachtzig warst, und wollte nach dem Hochzeitsdebakel mit den Furrys ein bisschen den Ball flach halten. Ich bin nach Monte Carlo gegangen, um Adrian zu besuchen."

Adrian, unser jüngster Bruder, ist ein Spieler. Er lässt sich kein gutes Pokerspiel mit hohen Einsätzen entgehen.

Ich fahre mir mit der Hand durchs Haar. „Wusstest du von diesem Wettbewerb?"

Als er zögert, habe ich meine Antwort schon.

„Fuck, warum hast du mich nicht gewarnt?"

„Ich konnte es dir nicht sagen. Du bist schon so wütend gewesen wegen der Hochzeit. Ich dachte, du würdest einen hysterischen Anfall bekommen, und das konnte ich nicht verantworten. Außerdem war es nicht *meine* Idee."

Ich schüttele den Kopf. Wir haben uns seit Jahren nicht mehr geschlagen. Und jetzt stehe ich über diesen Dingen. Weitgehend.

Er dreht sich um, um aus der Höhle zu blicken – immer noch keine Prinzessinnen –, und wendet sich schließlich wieder mir zu. „Da sind wir also. Was hat dich dazu gebracht, mitzuspielen?"

Ich straffe meine Haltung. „Es ist meine Pflicht."

„Es ist deine Pflicht, dich in einer Höhle zu verstecken?"

„Fick dich." Ich lasse mich nicht aus der Ruhe bringen, denn um ehrlich zu sein, bin ich froh, dass er wieder hier ist. Da wir nur ein knappes Jahr auseinander sind, haben wir uns immer nahegestanden. Und er ist einer der wenigen Leute, die sich nicht von meiner barschen Art abschrecken lassen. Ich gebe meinen Wikingervorfahren die Schuld daran. Ich sollte Männer in die Schlacht führen oder neue Welten erobern. Stattdessen binden zivilisierte königliche Traditionen mir die Hände. Man muss stark sein, um seine Pflicht zu erfüllen, an das übergeordnete Wohl des Landes, der Familie zu denken, bevor man an sich selbst denkt. Das heißt aber nicht, dass es leicht ist.

Er lächelt. „Eines noch. Unsere Brüder und Schwestern sind herbeordert worden. Sie sollen sich am Wochenende die zwei verbliebenen Kandidatinnen ansehen."

Mir wird kalt. Ich bin mir sicher, dass sie hauptsächlich wegen der nachlassenden Gesundheit unseres Vaters herbeordert worden sind. Es dürfte für alle Beteiligten schwer und schmerzlich werden. Ich muss das für mich behalten.

„Großartig", knurre ich. „Alle sollten ein Mitspracherecht bei der Auswahl meiner künftigen Ehefrau haben."

Er klopft mir auf die Schulter. „Sei stark, Bruder."

Ich kann das Grinsen in seiner Stimme hören, auch wenn er intelligent genug ist, es nicht auf seinem Gesicht zu zeigen.

Ich kann kaum widerstehen, ihm einen Klaps auf den Hinterkopf zu versetzen. „Verpiss dich."

Er lacht leise und geht. Ich kehre in den Schatten zu meinem flachen Felsen zurück, um über die Unwürdigkeit meines Lebens nachzudenken.

Kurze Zeit später sehe ich Marguerite, die vorsichtig über den weichen Sand der Düne balanciert. Niemand sonst in Sicht. Einer der drei Bausteine fällt ihr vom Kopf, doch sie hört nicht auf, wie sie es hätte tun sollen, wenn sie eine Aufgabe nicht meistern kann, sondern geht weiter. Ich sehe jetzt, dass das der wahre Test ist. Volle Anstrengung im Rahmen der Regeln oder ausscheiden. Die Königin von Villroy tut nichts halbherzig und muss den Regeln, die die königliche Tradition vorschreibt, folgen. Marguerite kann jetzt definitiv nicht gewinnen, unterhaltsam oder nicht.

Ich sehe eine blonde Frau ein Stück hinter Marguerite, und ich bin auf schockierende Weise enttäuscht, keine wilden dunklen Locken zu sehen. Ich dachte, dass Polly dieses Spiel mit links gewinnen würde, da sie die Sportlichste von allen ist. Plötzlich verdreht sich die blonde Frau den Knöchel, und als sie stürzt, fallen die Bausteine um sie herum auf den Boden. Sie rappelt sich vorsichtig auf, und wie die Regeln es verlangen, gibt sie sich geschlagen und geht.

Marguerite hat mich schon fast erreicht, als Polly die Düne hinaufkommt. Ich stehe auf und feuere still mein Pferd in diesem Rennen an.

Innerhalb von Sekunden sind sie auf gleicher Höhe, denn Polly ist stark und entschlossen. Beide bleiben kurz vor dem Höhleneingang stehen. Marguerite neigt den Kopf und lässt die übrigen Bausteine fallen. Die Herausforderung war, die Sanddüne mit den Bausteinen auf dem Kopf zu erklimmen. Mission erfüllt, die Steine sind nicht mehr nötig.

Polly nimmt ruhig die Steine von ihrem Kopf und stapelt sie am Boden. „Das ist der letzte Hinweis, die Höhle."

Marguerite runzelt die Stirn. „Der Schatz ist in einer Höhle. Geh du rein."

„Dann gibst du auf?"

„Sieh nur nach, ob da Fledermäuse oder Schlangen drin sind. Dann gehen wir beide rein."

Polly schüttelt den Kopf. „Wenn ich reingehe, hole ich mir den Schatz", sagt sie sachlich und nicht einmal ansatzweise verärgert darüber, dass Marguerite sie drängt, die Gefahren der unbekannten Höhle auszuloten. Wie ich. Ha.

Beide betreten die Höhle. Ich warte und flehe Polly schweigend an, vorauszugehen. *Hier drin ist nichts außer uns hungrigen Wölfen.*

Polly wendet sich Marguerite zu. „Glaubst du, hier gibt es Spinnen? Ich meine, Fledermäuse interessieren mich nicht. Am Tag schlafen sie wie putzige kleine Mausvampire. Aber Spinnen?" Sie schaudert.

„Das ist albern", sagt Marguerite. „Ich gehe." Sie geht einen Schritt voraus, dann dreht sie sich zu Polly um. „Gibt es hier auf der Insel giftige Schlangen?"

„Entspann dich. Ich gehe vor. Wenn irgendjemand von einer riesigen Anakonda verschlungen wird, dann sollte ich das sein. Schließlich bin ich die niedrigste Prinzessin in der Hackordnung."

Ich beiße meine Zähne zusammen. Sie sollte nicht so über sich selbst reden.

Marguerite versucht erneut, sie zu manipulieren. „Bring den Schatz raus, und du kannst den Großteil davon haben."

Newsflash, meine Damen. Man kann nicht nur einen Großteil *von mir haben.*

Polly nickt. „Wenn ich das tue, bin ich die Siegerin und du die Zweite."

„Das ist okay. Ich mache mir keine Sorgen. Es sind noch Wochen bis zum Ende des Wettbewerbs, und ich hatte gestern den ersten Platz." Die gesamte Verhandlung ist überraschend freundlich und beherrscht.

Eine weitere Frau erscheint auf der Düne.

„Geh!", zischt Marguerite und versetzt Polly einen Stoß.

Polly stürmt in die Höhle.

Als ich aus dem Schatten trete, reißt sie die Arme in die Höhe und schreit wie am Spieß.

„Entspann dich. Ich bin's nur", sage ich.

Sie schlägt mich gleich mehrmals auf den Oberarm. „Du hast mir einen Riesenschrecken eingejagt! Was lungerst du hier in der Höhle herum? Wo ist der Schatz?"

Irgendwie weiß ich, dass ihr das nicht gefallen wird. Sie will irgendeine Kompensation für ihre Mühe. Ich weiß nicht warum, doch ich will einfach einmal annehmen, dass sie gute Gründe dafür hat. Ich bin dabei, mich in sie zu verlieben. Eine Umarmung und ein Kuss, und es ist um mich geschehen. Und alles wegen diesem aufsässigen Freigeist.

Ich nehme ihre Hand. „Komm mit."

Sie folgt mir in die Dunkelheit, und ich ziehe sie an mich, die Arme sanft um sie gelegt. Sie zittert. Ich habe ihr scheinbar wirklich Angst gemacht. „Tut mir leid, dass ich dich erschreckt habe."

Sie schlingt ihre Arme um meine Taille und schmiegt ihre Wange an meine Brust. Dann, als würde ihr plötzlich bewusst, dass sie mich umarmt, lässt sie die Arme abrupt sinken und hebt den Kopf. „Schon gut. Zeig mir einfach, wo der Schatz ist."

Ich halte sie fester, ob ich sie umarme oder bändige, da bin ich mir in diesem Moment nicht sicher. Ich weiß nur, dass sie explodieren wird, wenn sie hört, wer oder was der Schatz ist. Ich tue das einzige, was mir unter diesen Umständen einfällt. Ich halte die sexy, temperamentvolle Frau in meinen Armen und küsse sie, eine Hand an ihrer Wange, die andere um ihre Taille. Es ist ein gieriger, fordernder Kuss, der sie ablenken soll, und sie reagiert, als hätte ich ein Feuer in ihr entfacht. Unsere Zungen ringen miteinander, während sie ihre Finger in meine Haare gräbt und ihr Bein um meine Beine schlingt. Es ist der heißeste Kuss meines Lebens, eindringlich und wild. Ich bin steinhart. Ich lege eine Hand auf ihren festen Po und presse sie an mich.

„Hast du ihn gefunden?", ruft Marguerite in die Höhle. „Polly, lebst du noch?"

Polly unterbricht schwer atmend den Kuss. „Fuck", flüstert sie leise. „Du bist der Schatz, nicht wahr?"

Ich lasse sie los und muss mich bemühen, nicht wütend zu

werden. „Du musst dich nicht *so* enttäuscht anhören", zische ich gereizt.

Sie antwortet genauso gereizt. „Ich brauche einen *echten* Schatz. Gold, Juwelen, Cash."

Ich erstarre, denn zum ersten Mal kommen mir Zweifel. Sie klingt geldgierig, doch ich weiß, dass die Wirtschaft ihres Königreichs floriert. „Wofür brauchst du das?"

„Mein Königreich."

„Dem geht es doch sowieso gut bei all dem Tourismus."

„Es ist nicht das Land, dem ich helfen muss. Es ist eine Person. Eine Person, die wirklich wichtig ist für das Königreich."

Und ich bin in derselben Position, mache dasselbe durch, um meinem Vater, dem König, zu helfen, ihm ein bisschen Freude in seinen letzten Tagen zu bringen und Seelenfrieden durch das Wissen, dass der Fortbestand unserer Familie gesichert ist. Polly und ich sind aus demselben Holz geschnitzt – Pflicht- und Ehrgefühl prägen uns. Zuerst andere, dann wir.

Polly legt die Hände auf meine Schultern, stellt sich auf ihre Zehenspitzen und flüstert mir ins Ohr. Ihre Brust drückt dabei gegen meine Brust und meinen Arm. Das hat durchaus eine Wirkung auf mich. „Verstehst du jetzt, warum mein Angebot Sinn ergibt? Du hilfst mir zu gewinnen, bezahlst mich und bist frei, die Frau deiner Wahl zu heiraten."

Sie will mich nicht heiraten, und das sollte alles leichter und klar machen, nur, dass ich nicht bereit bin, sie gehen zu lassen. Meine Hände wandern an ihre Taille, und ich spreize die Finger, um so viel wie möglich von ihrer Hitze zu spüren. „Ich habe nie die Freiheit gehabt, die Frau meiner Wahl zu heiraten. Lass uns gehen. Du bist die Gewinnerin."

„Was habe ich gewonnen?", fragt sie leise.

Irritiert von ihrem Mangel an Wertschätzung und von der vollkommen absurden Situation, die mein Leben gerade ist, nehme ich sie bei der Hand und ziehe sie aus der Höhle ins Licht. Drei Prinzessinnen stehen da, die Augen weit aufgerissen, als sie mich sehen. „Polly hat gewonnen. Ich bin der Schatz. Sie wird heute mit mir zu Abend essen."

„Glückwunsch", brummen alle drei und werfen ihr eifersüchtige Blicke zu. Jede von ihnen wäre glücklich gewesen, mich als Schatz gefunden zu haben.

Polly blickt in die Ferne, und ich kann beinahe die Rädchen in ihrem Kopf rattern sehen. Sie ist wild entschlossen, Geld nach Hause zu dieser Person zu schicken. Ich werde ihr helfen, aber erst, wenn ich bereit bin, mich von ihr zu verabschieden.

7

____

Anna

Ich habe den zweiten Wettkampf gewonnen, doch es ist ein schaler Sieg. Ich kann Polly immer noch nicht mehr helfen als bei meiner Ankunft. Die Königin hat mich diskret zu einem Tee in ihren privaten Salon eingeladen, wo ich als Siegerin zwei Prinzessinnen nennen soll, die dann von der Insel geworfen werden. Das interessiert mich alles nicht. Alles, was mich interessiert, ist, dass ich ein Mitspracherecht im nächsten Spiel habe, damit ich dafür sorgen kann, dass wir um einen Preis von Wert spielen. Dann scheide ich freiwillig aus, bevor nur noch zwei Kandidatinnen übrig sind. Darauf wird es bei diesem Tempo von Spielen und Eliminierungen hinauslaufen.

Meine Zofe, Anna, führt mich auf den langen gewundenen Weg durch den Palast – ich brauche wirklich einen Lageplan – und bringt mich in ein überraschend maskulines Zimmer. Dunkle Holztäfelung, raumhohe Regale auf der einen Seite, ein bordeauxrotes Sofa auf der anderen Seite mit passenden Ohrensesseln. Die Beleuchtung ist warm und gedämpft von ein paar Lampen auf Beistelltischen. Ich drehe mich zu Anna um und will sie fragen, ob das der Salon des Königs ist, doch ich sehe nur noch ihren Rücken, als sie zur Tür hinaus verschwindet.

Ich drehe mich wieder um und lasse den Blick über den gemütlichen Raum schweifen. Einen Kamin und eine kleine Bar gibt es auch. Es duftet wunderbar hier – nach Büchern, Leder und Holz, männlich. Ich lächele und gehe hinüber zum Bücherregal. Die Bücher sind alt, einige davon haben bestickte Ledereinbände. Ich streiche mit dem Finger über einen dieser Buchrücken.

„Das ist ein langweiliges Buch", sagt eine tiefe, maskuline Stimme, und ich zucke zusammen.

Ich wirbele herum, meine Wangen glühend heiß. „Ich habe dich nicht reinkommen hören."

„Ich weiß." Gabriel kommt mit selbstbewussten Schritten auf mich zu. „Zu fasziniert von der Geschichte der Pferdezucht auf der Insel, um mich zu bemerken."

Ich schlucke, und plötzlich kommt es mir so vor, als wäre alle Luft im Raum verschwunden, als er direkt vor mir stehen bleibt. „Wo ist die Königin?"

„Nimm doch Platz." Er deutet auf das rote Ledersofa. „Branntwein?"

„Nein, danke." Ich brauche einen klaren Kopf, doch andererseits reicht ein Blick in seine sexy Augen mit diesem verführerischen Schlafzimmerblick, und mein Verstand versinkt im Nebel, während mein Herz zu pochen beginnt. Es pumpt *ja bitte, ja bitte*. Ich spiele die Coole, auch wenn seit gestern Nacht in meinem Kopf in Endlosschleife nicht jugendfreie Fantasien ablaufen. „Bitte sag mir, dass du mich nicht verführen willst."

„So unverblümt", murmelt er, dreht sich um und geht zum Sofa. „Keine Sorge, Polly. Ich werde diskret sein."

Er sagt es, als wäre es sowieso klar, dass er mich verführen *wird*. Ich bemühe mich, empört zu reagieren, doch es klappt nicht. Stattdessen betrachte ich ihn. Er hat sich umgezogen und trägt jetzt ein hellblaues Hemd, das über seinen breiten Schultern spannt, eine graue Stoffhose und schwarze Lederschuhe. Ich habe ein pinkfarbenes Halternecktop und einen weißen Bleistiftrock an, dazu nudefarbene Sandalen. Ich fühle mich underdressed, als ob mir ein riesiges Schild um den Hals hängt, auf dem *Bürgerliche* steht. Wie ist es zu alldem gekommen? Adliger vs. Bürgerliche in einem Kampf der Lust. Auch das fühlt sich selbstverständlich an, als hätte es so kommen müssen.

Er hat mich hierher beordert. Das muss sein privater Salon sein. Warum nicht sein Schlafzimmer? Habe ich die Signale falsch interpretiert? Vielleicht will er mit mir reden, um Vorkehrungen für meinen Sieg zu treffen.

Mein Verstand ist zu benebelt von Lust, um mir darüber klar zu werden, darum wähle ich den Weg des geringsten Widerstandes und ziehe ihn im Geiste aus. Es ist so viel lebhafter, wenn er im selben Raum ist. Zu dumm, dass er herkommt, woher er kommt, und ich nicht die bin, für die er mich hält. Mein Magen dreht sich langsam, und ich wende den Blick ab und zupfe am Saum meines Rocks. Mein schlechtes Gewissen meldet sich zu Wort. Ich habe ihn die ganze Zeit angelogen. Er ist gut zu mir gewesen, geradezu zärtlich, auf seine barsche Art und Weise. Wir haben ein paar intime Momente geteilt, nicht nur körperlich, sondern eine echte Bindung. Wenn er herausfindet, dass ich nicht Polly bin, wird er platzen vor Wut. Ich schaudere bei dem Gedanken, was dann aus mir wird – oder aus der echten Polly. Verbannung und Knast wahrscheinlich, oder noch schlimmer.

Ich wünschte, ich müsste diese Rolle nicht mehr spielen. Ich wünschte, ich könnte einfach ich selbst sein. Ich werde versuchen, so sehr ich zu sein, wie ich kann, ohne Polly zu verraten.

„Polly."

Ich drehe mich um, als ich den Namen höre, doch das bin ich nicht. Wie es wohl wäre, meinen eigenen Namen aus seinem Mund zu hören?

Er macht eine lockende Bewegung mit dem Finger.

Ohne darüber nachzudenken, gehe ich zu ihm, und er wartet, bis ich mich auf dem Sofa niedergelassen habe, dann setzt er sich auch. Eines muss man ihm lassen, er hat tolle Manieren. Zwischen uns ist ein Abstand, und in der Luft liegt eine greifbare Anspannung.

Ich räuspere mich. „Was gibt's?"

Er streckt in einer entspannten Pose seine Arme entlang

der Rückenlehne des Sofas aus, doch mich kann er damit nicht täuschen. Er kontrolliert sich angestrengt. Ein Mann von Ehre, der eine Jungfrau nicht anfassen würde. „Ich will mit dir über den Wettbewerb reden."

Ich sehe mich nach Kameras um. „Werden wir gerade gefilmt?"

„Nein."

Ich entspanne mich ein bisschen und sehe ihn hoffnungsvoll an. Vielleicht wird er mir ja wirklich helfen zu gewinnen. Es wird mir schwerfallen zu gehen, wissend, dass ich ihn nie wiedersehen werde, doch zumindest werde ich dann Polly gerettet haben.

„Welche zwei Prinzessinnen würdest du heute nach Hause schicken? Viele haben die Herausforderung heute nicht bestanden."

Es ist nicht, was ich zu hören gehofft habe, doch ich bin ehrlich. „Ich würde alle außer Marguerite und Francesca rauswerfen. Die haben Rückgrat."

Er zieht zynisch eine Augenbraue hoch. „Und ich brauche eine Frau mit Rückgrat?"

Ich straffe meine Schultern. „Gott, ja, sonst wird sie jede Nacht in ihr Kissen heulen und sich Sorgen machen, dass du sie nicht liebst."

Er sieht verhalten amüsiert aus, und seine vollen Lippen flirten mit einem Lächeln, das ich plötzlich unbedingt sehen möchte. Er nimmt die Arme von der Rückseite des Sofas und beugt sich zu mir vor. „Und warum sollten sie das denken?"

„Weil sich deine Verachtung für ihre Schwäche zeigen würde."

Sein Kopf zuckt zurück, als hätte ich ihn geschockt. Doch schließlich scheint er sich zu erholen und informiert mich sachlich: „Ich hätte mich mit einer arrangierten Hochzeit über königliche Kanäle zufriedengegeben, so wie es immer gehandhabt wurde."

„Das ist so traurig. Willst du nicht Liebe und Leidenschaft?"

Seine Stimme ist heiser, seine atemberaubenden blaugrünen Augen ruhen warm auf meinen. „Was weißt du über

Liebe und Leidenschaft? Hast du nicht gesagt, dass du Jungfrau bist?"

Mein Magen zieht sich zusammen. Das ist ein gefährliches Spiel. Ich bin hier nicht ich. Ich kann lustvollen Impulsen nicht nachgeben. Es ist die echte Polly, die mit den Konsequenzen meiner Handlungen leben wird. Ich verschränke die Arme und demonstriere unverhohlene Feindseligkeit. „Ich weiß aber, dass ich das will."

„Tust du?", fragt er geschmeidig.

„Ist das alles, worüber du mit mir reden wolltest?" Ich kann mich nicht dazu bringen, schon wieder das Thema Finanzen anzuschneiden, besonders, wenn die Hitze, die zwischen uns knistert, nur auf den kleinsten Funken wartet, um sie zu entzünden. Ich weiß, dass es zwischen uns wahnsinnig heiß werden würde, und ich weiß auch, dass es im Grunde falsch wäre. Egal, wie sehr ich es mir wünsche, es wäre nicht real. Ich kann nicht beides haben — eine jungfräuliche Prinzessin spielen (um eine echte jungfräuliche Prinzessin zu retten) und mir nehmen, was ich selbstsüchtig will.

„Heute Abend werden wir in meiner Suite zu Abend essen", sagt er. Das ist keine Frage. Er ist es gewohnt, dass seine Forderungen schnell und vollständig erfüllt werden. Er ist der gottverdammte Kronprinz von Villroy. Eines Tages wird er König sein.

Ich ignoriere seine Forderung, da er nicht *mein* König sein wird. Eines Tages wird er nicht mehr als eine Fantasie für mich sein, eine schmerzliche Erinnerung, eine Sehnsucht, die unbefriedigt bleiben muss. „Wie wäre es damit? Der nächste Wettbewerb ist alles oder nichts. Es geht um die Wurst, nur eine Prinzessin bleibt übrig. Und dann hat sie die Wahl zwischen dir oder Diamanten."

Er knirscht so laut mit den Zähnen, dass ich fürchte, er wird einen Backenzahn anknacksen. „Also entweder ich oder mein Gegenwert in Cash? Und wieviel sollte es sein?"

Ich presche weiter und bin mir sehr bewusst, dass er kurz davor ist, mich rauszuschmeißen. „Du bist ziemlich wertvoll. Ich meine Millionen, Milliarden, Billionen wert. Praktisch unbezahlbar."

„Und wenn der Gewinner die Millionen auswählt, wer wäre dann meine Braut?"

„Die Zweitplazierte?"

Er lächelt mich kühl an. „Ich glaube, die nächste Herausforderung sollte Spinnen beinhalten."

„Damit machst du allen Frauen Angst." Ich hasse es, dass meine Stimme zittert. Spinnen sind meine eine Phobie. Und irgendwie glaube ich nicht, dass Francesca Angst haben würde. Was würde sie mehr wertschätzen – den Kronprinzen oder das Bargeld?

Er steht auf. „Nur den Schwachen."

Beleidigt springe ich auf, drehe mich um und gehe zur Tür. Mit Stolz wende ich mich ihm wieder zu, um ihm den Kopf zurechtzurücken. „Es ist nicht schwach, eine legitime Phobie zu haben. Schlag es nach. Man nennt es Arachnophobie."

Er überwindet die Distanz zwischen uns alarmierend schnell und blickt auf mich herab. „Meine Königin muss furchtlos und stark sein und sich strikt an die Regeln halten. Es ist klar, dass du nicht so bist."

Ich hebe mein Kinn. „Ich wollte auch nie deine Königin sein. Ich bin wegen eines Erbes hergekommen. Warum können wir es nicht einfach mit echten Preisen machen?"

Er lächelt mich selbstgefällig an. „Es gibt da ein paar Frauen, die sagen würden, dass ich der wahre Preis bin."

„Ich fange an, dich ein bisschen zu hassen, was eine Schande ist, weil ich eine wirklich gute Fantasie über dich hatte."

Seine Mundwinkel verziehen sich zu einem Lächeln. Mein Magen verknotet sich, und ich kann mich plötzlich nicht mehr erinnern, warum ich so wütend war, dass ich bereit war, zur Tür hinaus zu marschieren.

Seine Augen tanzen gut gelaunt. „Darf ich annehmen, dass ich in dieser Fantasie nackt bin?"

Ich presse meine Lippen aufeinander und wünsche mir, dass sich vor mir ein Loch auftut und mich verschlingt. Die Stimmung ist umgeschlagen, flirrende Hitze liegt in der Luft. *Du kannst ihn nicht haben.*

Seine Finger wandern sanft über meinen Hals, und ich schlucke. „Die jungfräuliche Prinzessin hat Fantasien von mir."

„Es war metaphorisch."

Sein Blick frisst mich auf, wandert zu meinen Lippen, meinem Hals, meinen nackten Schultern, zurück zu meinen Augen. Er ist ganz nah, berührt mich aber nicht. Sengende Hitze strahlt von ihm aus. „War es das?"

Er will mich wieder küssen, und Gott helfe mir, ich will es auch. Was an diesem Mann bringt mich dazu, mich selbst zu vergessen? Ich habe mich normalerweise viel besser im Griff.

Ich brabbele weiter. „Ich meine, ja, du warst nackt, aber ich glaube wirklich, das liegt daran, dass ich dich so gesehen habe, du weißt schon, in deiner Schlafzimmerunterwäsche, ich meine … nicht nur für das Schlafzimmer … du hast sie wahrscheinlich gerade an." Ich huste und bemühe mich, nicht den Blick zu senken. „Und die Metapher ist, dass ich dich heimlich nackt sehen wollte, um … dich besser kennenzulernen." Ich bin atemlos, als ich das Lodern in seinen Augen sehe. „Wir könnten … Freunde sein", ende ich nicht überzeugend. „Eine Allianz der Königreiche wäre überaus …" Ich verstumme, denn ich nehme es mir selbst nicht ab.

Der Lust nachgeben oder davonlaufen, Kampf oder Flucht. Ich bin im Ringen von Urinstinkten gefangen, die mächtiger sind, als ich es jemals zuvor empfunden habe, weil … ja, Gabriel. Er scheint sich der Lust, die ich verzweifelt versuche, nicht zu entfesseln, vollkommen bewusst zu sein. Vielleicht, weil es ihm genauso geht.

Ich atme tief ein und unternehme einen letzten Versuch für Polly, bevor ich das Richtige tue und die Flucht ergreife. „Hoheit, ich empfehle Ihnen dringend, die Spinnen zugunsten einer weiteren sportlichen Herausforderung zu überdenken. Vielleicht ein Triathlon." Als könnte ich erfolgreich einen Triathlon zu Ende bringen. Ich weiß nicht, was ich da rede!

Er hebt eine Hand und zupft an einer Haarsträhne. „Elastisch." Er streichelt mein Haar, schiebt es mir über die Schulter. Seine Finger gleiten sanft über meine Haut und hinterlassen einen heißen Schauer. „Nenn mich Gabriel."

„Gabriel", hauche ich. Und dann geht mir die Luft aus, weil Gabriel Rourke mich küsst.

Unsere Körper klatschen aneinander. Wir sind wild, verschlingen uns gegenseitig und krallen uns aneinander. Wahnsinn. Meine Welt dreht sich, und ich umklammere seine Schultern, Gabriel, mein einziger Anker.

Lange Minuten später unterbricht er den Kuss. Wir atmen beide schwer. Er wendet sich meinem Hals zu und küsst meinen Nacken und kratzt mit den Zähnen an mir. Ich brenne.

„Ich bin Jungfrau", keuche ich in einem letzten verzweifelten Versuch, das Feuer einzudämmen.

Er lächelt mich wild an. „Dann lass mich machen, was ich normalerweise mit Jungfrauen mache." Er hebt mich hoch und trägt mich zum Sofa.

„Machst du es oft mit Jungfrauen?"

Er antwortet nicht, stellt mich nur vor dem Sofa auf meine Füße und küsst mich wieder atemlos. Seine Finger lösen gekonnt den Reißverschluss meines Rocks, und er fällt auf meine Füße. Er beißt sanft auf meine Unterlippe, bevor er vor mir in die Hocke geht und mir hilft, aus dem Rock zu steigen.

Er blickt zu mir auf und starrt meinen Tanga mit Leopardenmuster an. Was soll ich sagen? Leoparden sind mir einfach sympathisch. Wenn sie es im Leopardenmuster machen, will ich es haben.

„Rassig für eine jungfräuliche Prinzessin", murmelt er und zieht auch schon den Tanga an mir herunter. Ich steige auch aus dem Tanga. Er ist immer noch angezogen, und ich mag, wohin das führt.

„Niemand außer meiner Zofe sieht meinen Tanga, und sie versteht mich."

Ich bin mir nicht sicher, ob er es mir abnimmt. Vielleicht ist er so verloren wie ich, denn dann stößt er mich aufs Sofa, packt mich an den Hüften und zieht mich an die Kante. Er kniet vor mir nieder. Seine großen, warmen Hände gleiten über meine inneren Schenkel und spreizen meine Beine.

Unsere Blicke begegnen sich, ein Moment des Zögerns, seine Stimme rau. „Darf ich dich küssen?"

„Gott, ja."

Und dann küsst er mich ganz sanft, x markiert den Schatz, und die Prinzessin gewinnt einen Preis. Scheiße ja. Ich packe ihn an den Haaren und stöhne. Selbst eine jungfräuliche Prinzessin würde in dieser Situation stöhnen, beruhige ich mich.

Und dann ist da nichts anderes als sein heißer, hungriger Mund, der mich fachmännisch auf jene höchsten Höhen treibt, die ich allzu lange nicht gesehen habe. Er macht weiter und weiter, mein Stöhnen laut und lustvoll. Ich könnte mich nicht zurückhalten, selbst wenn ich es wollte. Und dann bringt er seine Finger ins Spiel und ich winde mich. Er presst seine Hand auf meine Hüfte und hält mich still. Die Intensität nimmt sofort zu, und ich bin *erledigt*. Ich schreie auf, als ein Monster-Orgasmus durch mich hindurch schießt, eine Explosion, die mich noch lange beben lässt. Er küsst meinen inneren Oberschenkel, und dann zwickt er hinein.

Ich lache, übermütig angesichts des euphorischen Rausches. Ich halte sein wunderschönes Gesicht in beiden Händen und gebe ihm einen leidenschaftlichen Kuss. „Du bist ein Rockstar, Gabriel Rourke."

Er lächelt, und es ist, als würde die Sonne zwischen den Wolken hervortreten. Er sollte immer so glücklich sein. Ich bin im Begriff, mich zu revanchieren, als mir einfällt, dass die echte Polly wahrscheinlich nicht weiß, wie man jemandem einen Blowjob gibt, und dafür vielleicht sogar echten Ärger bekommen könnte. Ihre Monarchie ist von der alten Schule.

„Zeig mir, wie ich dir Lust bereiten kann", sage ich stattdessen.

Er stöhnt und zieht mir meinen Tanga wieder an. „Darauf werden wir hinarbeiten."

„Ich bin bereit und willens, Gabriel." Ich benutze seinen Namen, weil ich weiß, dass ihm das gefällt. Ich glaube nicht, dass viele Leute ihn bei seinem Vornamen nennen. Meistens höre ich *Hoheit* und *Sir,* wenn jemand mit ihm spricht. „Und ich bin mir nicht sicher, wie viel Zeit ich noch hier habe. Bitte lass es zu, dass ich mich bei dir revanchiere."

Er begegnet meinem Blick einen kurzen Moment lang, schüttelt den Kopf und zieht dann meinen Rock wieder hoch. Ich stehe auf und ziehe den Rock über meine Hüften. Dann dreht er mich um und schließt den Reißverschluss für mich.

„Nein?" Ich bin schockierend enttäuscht.

Er packt meinen Po mit beiden Händen und drückt mich. „Ich habe dich schon schrecklich kompromittiert. Das bleibt zwischen uns, okay?"

„Okay."

Er dreht mich zu sich um und küsst mich grob. Ich schmecke mich selbst, und es ist so erotisch, dass ich versuche, ihn zu besteigen. Er zieht sich zurück, bevor ich Halt finden kann.

Dann starre ich seinen Rücken an, als er ohne ein einziges Abschiedswort geht nach allem, was wir geteilt haben.

„Wir sehen uns beim Triathlon!", rufe ich ihm nach.

„Vogelspinnen auf der Ziellinie", gibt er zurück, und dann ist er weg.

Ich erschaudere. Hier gibt es keine Vogelspinnen, oder?

8

Anna

Ich erinnere mich ein wenig spät daran, dass Gabriel mich zum Abendessen in sein Zimmer eingeladen hat, und am späten Nachmittag bin ich wirklich nervös, als wäre es ein echtes Date oder so. Ich stelle mir vor, wie wir bei Kerzenlicht speisen und wie er sich entspannt, während er endlich die Maske des Kronprinzen fallen lässt. Zumindest nehme ich an, dass er in der Privatsphäre seiner Suite er selbst sein würde. Er schien letzte Nacht definitiv anders zu sein, als ich mit meinem Plan, ihn und Polly zu retten, in seinem Zimmer aufgetaucht bin. Und er war göttlich schmutzig in seinem privaten Salon.

Ich stehe vor dem Schrank und suche in meiner kargen Garderobe nach dem perfekten Outfit, sexy und doch angemessen, als es an der Tür klopft.

„Herein!", rufe ich und drehe mich zur Tür.

Anna tritt ein und macht einen schnellen Knicks. „Hoheit, der Kronprinz möchte sich entschuldigen, da er Sie heute Abend nicht zum Abendessen treffen kann."

Meine fröhliche Blase platzt, und ich lasse die Schultern hängen, meine Glieder sind plötzlich schwer. „Oh." Ich straffe meinen Rücken und meine Schultern. „Hat er gesagt warum?"

„Nein, Ma'am."

Ich nicke mit dem Kopf. Meine Brust ist eng, als hätte sich eine große Hand darum geschlossen. Ich rede mir zu, dass ich mich nicht verletzt oder enttäuscht fühlen sollte. Ich habe einen Traum gelebt, in dem ich, Anna Hebert, tatsächlich auf ein Date mit Gabriel, dem Kronprinzen, gehen würde. Ich wende mich wieder dem Schrank zu und schließe die Tür. Jetzt brauche ich kein perfektes Outfit.

Anna fährt mitfühlend fort: „Ich habe gehört, er ist abgereist. Vielleicht musste er sich um etwas kümmern."

Er ist abgereist? Tränen steigen in meine Augen, und ich kämpfe dagegen an. Ich habe noch nie viel vom Heulen gehalten. „Hat er gesagt, wann er zurückkommt?"

„Nein, Ma'am."

Ich drehe mich zu ihr um und lächele sie schwach an. „Danke, Anna."

Sie nickt, macht einen Knicks und geht schnell zur Tür hinaus.

Ich gehe zum Bett und lasse mich rückwärts darauf fallen. Ich sollte mich davon nicht so fertig machen lassen. Aber was, wenn ich ihn nie wiedersehe? Ich habe keine Gelegenheit gehabt, mich von ihm zu verabschieden oder ihm für seine Großzügigkeit zu danken, mir einen spektakulären Orgasmus zu schenken und nichts dafür zu verlangen. Oh Scheiße. Was ist, wenn das der Grund ist, warum er abgereist ist? Er hat sich zurückgehalten, um Polly nicht die Unschuld zu nehmen. Ob er jetzt zu einer anderen Frau geht, die sich um seine unbefriedigte Lust kümmert? Mein Bauch rebelliert. Ich habe kein Recht, eifersüchtig zu sein, nicht das geringste Recht auf Gabriel, und doch schreit alles in mir bei dem Gedanken daran, dass er bei einer anderen Frau sein könnte.

Und dann trifft es mich. Die schreckliche, unglaublich dumme Wahrheit – ich bin dabei, mich in ihn zu verlieben.

Ich schiebe die Schuld voll und ganz auf ihn. Mit seinen schwelenden Blicken und seiner rauen Zärtlichkeit muss es jeder Frau schwerfallen, ihm zu widerstehen. Und das Schlimmste ist, ich weiß, dass aus uns nichts werden kann. Selbst, wenn er mir vergeben würde, dass ich gelogen habe, was keineswegs sicher ist, muss er eine Adelige heiraten. Warum hätten wir sonst diesen Wettbewerb unter Prinzessinnen? Weiter als ich kann man kaum vom Adel entfernt sein. Ich bin ein amerikanisches Waisenkind, und ich könnte niemals in die traditionelle Gussform einer Königin passen. Meine entfernte Verwandtschaft mit Polly – Cousine sechsten Grades, das heißt, dass unser gemeinsamer Vorfahr irgendwann vor sechs Generationen gelebt hat – reicht nicht, um als adelig zu gelten. So ist es nun einmal. Ich bin bürgerlich.

Ich setze mich auf und schwinge meine Beine über die Bettkante. Genug gegrübelt. Ich bin mit einem bestimmten Ziel hierhergekommen. Darauf muss ich mich konzentrieren. Ich bleibe hier, bis ich etwas Wertvolles gewonnen habe, dann nehme ich das Geld und verschwinde. Ich muss Polly retten. Das ist alles, was zählt.

Doch was, wenn der Wettbewerb endet, während Gabriel nicht hier ist?

Ich habe furchtbar geschlafen und schleppe mich zum Frühstück in den Salon. Ich sollte mich freuen, denn Anna hat mir heute Morgen gesagt, dass die Königin mit uns frühstücken würde, um uns weitere Anweisungen zu geben, was bedeutet, dass der Wettbewerb fortgesetzt wird. Oder es könnte bedeuten, dass die Königin in Abwesenheit von Gabriel eine Braut auswählen und den Rest von uns packen schicken wird. Ich bin mir nicht sicher, was es bedeutet. Ich bin irritiert, müde und möchte jemanden schlagen.

Ich hole mir eine Tasse Kaffee, streiche Butter auf einen Toast und lasse mich auf einen Platz fallen. Am dritten Tag sind nur noch sechs von uns übrig. Die beiden Prinzessinnen mit Rückgrat, Marguerite und Francesca, die ich als ideale Partner für Gabriel vorgeschlagen habe, sind noch hier. Ich bin wahnsinnig eifersüchtig auf beide. Wenn der Wettbewerb weitergeht, weiß ich, dass eine von ihnen den ultimativen Preis gewinnen wird. Eine von ihnen wird bekommen, was ich nie haben kann.

Der heutige Wettbewerb, falls es einen gibt, wird mein letzter sein. Ich habe wirklich mein Bestes versucht, aber ich kann nicht hier bleiben, wenn mich alles an diesem Ort an *ihn* erinnert.

Ich zwinge mich, meinen Toast zu essen, und trinke meinen Kaffee, während die Prinzessinnen sich höflich miteinander unterhalten. Als ich fertig bin, sehe ich mich um und ein Blick auf die hübschen Prinzessinnen, die am Tisch sitzen und an ihrem Tee nippen, lässt mich schuldbewusst an Polly denken.

Ich atme scharf aus. Das ist alles Gabriels Schuld. Wenn er nicht so eine unwiderstehliche Versuchung wäre, wäre ich nie in diese schreckliche Lage gekommen. Verdammt, Gabriel Rourke! Ich schwöre, wenn ich dich jemals wiedersehe, werde ich dich in der Luft zerr...

„Gabriel!" Ich springe überrascht auf.

Er geht hinter der Königin her, doch ich kann mich nur auf ihn konzentrieren. Seine durchdringenden blaugrünen Augen fixieren mich einen intensiven Moment lang, bevor er weiter zum Kopf des Tisches geht.

Die Königin blickt säuerlich drein. Die Prinzessinnen stehen auf und werfen mir schiefe Blicke zu, als hätte ich wieder irgendetwas falsch gemacht. War es, Gabriel bei seinem Vornamen zu nennen anstatt Hoheit? Oder hatte es was mit der Königin zu tun? Mist. Ich habe vergessen, vor der Königin zu knicksen.

Ich hole es nach. „Guten Morgen, Majestät."

Sie sagt nichts und nimmt lediglich ihren Platz am Kopfende des Tisches ein. Wir alle folgen ihrem Beispiel, außer Gabriel, der stehen bleibt.

Die Königin hebt eine Hand. „Um es ein wenig interessant zu machen und Sie an den wahren Preis zu erinnern, wird heute eine von Ihnen eine Diamantkette gewinnen, die einer Königin würdig ist."

Ich hole scharf Luft. Ja! Ich begegne Gabriels Blick. Eine Seite seines Mundes kräuselt sich zu einem kleinen Lächeln, das mich bis in die Zehen wärmt. Vielleicht hat er sich letzte Nacht nicht mit einer anderen Frau getroffen. Vielleicht musste er sich um eine Wohltätigkeitsveranstaltung oder irgendeine andere königliche Aufgabe kümmern. Vielleicht hat er versucht, sich der Versuchung der Jungfrau Polly zu entziehen, während er den heutigen Preis speziell für mich arrangiert hat. Vielleicht wird er mir auch dabei helfen, ihn zu gewinnen. Die Spannung fällt von mir ab, ich fühle mich fast benommen. Vielleicht bin ich auf dem besten Weg, mich in ihn zu verlieben, was natürlich dumm und falsch ist, doch wenn er mich so wie jetzt überrascht, kann ich einfach nicht anders.

Die Königin fährt fort. „Um zu gewinnen, müssen Sie ein Geduldspiel lösen. Jedes ist anders. Die erste, die ihres richtig löst, erfährt, wo der Preis zu finden ist. "

„Ein Geduldspiel, Majestät?", frage ich.

Ihre Lippen sind nicht mehr als ein missbilligender Strich. „Alles wird zu gegebener Zeit beantwortet." Sie gibt den Bediensteten, die in der Nähe warten, ein Zeichen. Der Tisch wird schnell abgeräumt.

Wir alle sehen zu, wie ein anderer Bediensteter mit einem großen, offenen Korb vortritt und ordentlich Papier, Bleistift und einen Notizblock vor jede Prinzessin legt. Mein Herz pocht. Es ist kein Geduldspiel in dem Sinne. Denksportaufgaben sind nicht mein Ding. Mein Gehirn mag sich nicht verbiegen. Es befasst sich lieber mit realen Fragen und Antworten.

„Dann überlasse ich Sie jetzt Ihrer Aufgabe", sagt die Königin und steht auf. Alle stehen sofort auf und senken die Köpfe. Sie geht, und Gabriel folgt ihr, nachdem er mir einen mitfühlenden Blick zugeworfen hat. Das kann kein gutes Zeichen sein.

Ich nehme wieder Platz. Auf meinem Papier steht fett gedruckt „Heimatmarktneigung im Handel". Mein Magen dreht sich, als ich die Anweisungen lese. Es ist eine Denksportaufgabe, bei dem es um den Widerspruch von Theorie und Praxis der Wirtschaft geht. Hallo? In der Schönheitsakademie haben wir keine Wirtschaftswissenschaften für Fortgeschrittene behandelt. Ich werfe einen Blick auf Elizabeths Aufgabe zu meiner Rechten. Auf ihrem Blatt steht Backus-

Smith-Puzzle. Das war definitiv die fiese Idee der Königin. Gabriel würde es mir leicht machen, denke ich. Er würde mir etwas geben, womit er mir einen Vorteil verschaffen und mir helfen könnte, zu gewinnen. Es schien ihm geradezu Leid zu tun, dass ich mich mit einer Wirtschaftsaufgabe befassen muss.

Ich bin sowas von am Arsch. Ich blättere beiläufig im Notizblock, für den Fall, dass Gabriel mir irgendwelche Hinweise hinterlassen hat. Nichts. Ich sehe mich um und betrachte die gerunzelten Stirnen der anderen Prinzessinnen, in der Hoffnung, dass auch in ihrer Ausbildung Volkswirtschaft eher Nebensache war.

Wir sind weitgehend allein, um unsere Aufgaben zu bearbeiten. Nur Albert, der alte Mann, der wenig erfolgreich versucht hat, den Prinzessinnen das Fahrradfahren beizubringen, beaufsichtigt uns. Die Frauen schweigen, der einzige Laut, den man hört, ist das Kratzen der Bleistifte auf dem Papier. Mein Bleistift liegt immer noch auf dem Tisch, denn ich weiß nicht einmal, wo ich anfangen soll.

Die Zeit verstreicht. Ich bin mir nicht sicher, wie viel, doch mein Hintern tut mir vom langen Sitzen auf den harten Holzstühlen weh, und ich bekomme Flashbacks aus meiner Zeit in der Highschool, klamme Hände, die Nerven zum Zerreißen gespannt, da ich weiß, dass ich eine dicke fette 6 mitten auf mein unbeschriebenes Blatt bekommen werde. Das Schlimmste ist jedoch, dass ich heute nicht nur für mich versagt habe, sondern auch für Polly. Das wäre die Art von Preis gewesen, der für ihre Freiheit gesorgt hätte.

Plötzlich springt Francesca auf und bringt Albert ihre Lösung. Er gibt ihr einen kleinen Zettel, und sie eilt sofort hinaus.

Ich springe auf, um ihr zu folgen, und alle anderen tun es auch. Die Königin hat das sicher kommen sehen. Es gibt einen Preis und Francesca führt uns hin.

Francesca blickt über ihre Schulter in Richtung der Horde von Prinzessinnen, die ihr folgt und rennt los, einen langen Flur hinunter, der in den Hof führt. Jetzt rennen wir alle. Sie stürmt an manikürten Rasenflächen vorbei bis zu einem kleinen Kinderspielplatz mit einem Sandkasten. Sie lässt sich auf die Knie fallen und fängt an, mit den Händen im Sand zu graben. So sehr will sie diese Diamantkette. Die würdige, gleichmütige Francesca buddelt im Sand wie ein Kind. Aber wisst ihr was? Ich will die Kette mehr.

Ich stürze mich in den Sandkasten, grabe herum und taste nach einer Schachtel. Es dauert nicht lange, bis alle sechs in dem kleinen Sandkasten sitzen und wie die Verrückten graben. Sand fliegt in alle Richtungen, Ellbogen stoßen. Wir sind Wilde, barbarische Konkurrentinnen, gierig nach dem Preis. Jemand rammt mir einen Ellbogen gegen die Schulter, doch ich mache weiter.

Aus dem Augenwinkel sehe ich Elizabeth eine kleine Holzkiste hochheben. Wir drehen uns um, wie eine gut geölte räuberische Maschine, die Augen auf die Kiste gerichtet. Ich stürze mich gleichzeitig mit den anderen darauf, Arme, Beine, wild verflochten, während wir um die Kiste kämpfen. Elizabeth verliert den Halt und hat nun nur noch eine Hand an der Kiste. Bevor ich zupacken kann, reißt Francesca so hart an Elizabeths Arm, dass sie die Kiste fallenlässt und einen Schrei ausstößt, als wollte sie jemand umbringen.

Einen Moment lang erstarren wir. Elizabeths Arm sieht seltsam aus und hängt in einem eigenartigen Winkel herunter. Plötzlich wird sie kreidebleich und sackt vor Schmerzen ohnmächtig zu Boden.

„Hilfe!", schreie ich und springe aus dem Sandkasten. „Wir brauchen einen Arzt!" Ich bin mir nicht sicher, ob der Arm gebrochen oder ausgekugelt ist. Bei den Schmerzen ist es wahrscheinlich besser, dass sie ohnmächtig geworden ist.

Albert kommt hinter einem Busch hervor. „Ich rufe einen." Er holt ein Handy aus der Tasche, fordert Hilfe an und geht zu Elizabeth.

Francesca hat den Sandkasten verlassen und hält die Kiste in ihren Händen, doch Marguerite ist schon da und krallt wie eine Wilde danach. Die anderen Prinzessinnen stehen um Elizabeth herum und starren flüsternd auf sie herab.

Da ich mir sicher bin, dass Elizabeth die Hilfe bekommt, die sie braucht, verschwende ich keine Zeit und stürme zu

Francesca, um mir die Kiste zu schnappen. Sie ist stark und schlägt sich wacker, doch Marguerite hält sie fest, und die Kiste gehört mir. Ja!

Ich sprinte zurück durch den Garten, durch die Flure des Palastes und direkt hinauf in die Sicherheit meines Zimmers. Ich schließe die Tür und verbarrikadiere sie mit einem Stuhl unter der Klinke.

Endlich, immer noch schwer atmend und mit pochendem Herzen, öffne ich die Kiste. O mein Gott. Die Kette ist wunderschön. Eine Reihe glitzernder Diamanten mit einem riesigen Tropfen in der Mitte. Sie sollte in einem Museum sein. Der Tropfen allein dürfte mehr als genug sein, um Polly zu helfen. Mit zitternden Händen hole ich die Kette aus der Schatulle, die in der Holzkiste ruht, und lege sie an. Ich gehe zum Spiegel über der Kommode, um sie zu bewundern, und stelle mir einen Moment lang vor, eine echte Prinzessin zu sein, die gleich zu einem königlichen Ball geht.

Jemand rüttelt grob an der Tür, und ich erschrecke. Es klopft. „Sicherheit", bellt eine Männerstimme. „Öffnen Sie die Tür."

Mein Herz pocht mir bis zum Hals. Der Sicherheitsdienst wird mich beschuldigen, die Kette gestohlen zu haben. Es war alles ein abgekartetes Spiel, um mich ins Kittchen zu werfen und den Schlüssel wegzuwerfen. Die Rache der Königin für meine Impertinenz.

„Komme gleich!" Ich nehme schnell die Kette ab und lege sie zurück in die Schatulle. Dann verstecke ich sie hinten in der obersten Schublade der Kommode.

„Wir brechen die Tür auf!", blafft der Sicherheitsmann.

„Ich mach ja schon auf!" Ich renne zur Tür, nehme den Stuhl weg und schließe auf. Ich springe gerade rechtzeitig aus dem Weg, um nicht von der Tür getroffen zu werden. Vier Sicherheitsmänner stürmen in mein Zimmer, gefolgt von der Königin und Gabriel.

Die Männer durchwühlen mein Zimmer und werfen meine jämmerliche Garderobe zu Boden, als sie die Schubladen auslehren und den Kleiderschrank durchsuchen. Einer der Sicherheitsmänner findet das Corpus Delicti in der Schublade. „Hab sie", sagt er, und die anderen hören auf, meine Sachen zu durchstöbern.

Alle beobachten, wie er die Kiste öffnet und wieder zuklappt. „Sie ist hier, Majestät."

„Sehr gut", sagt die Königin. „Sorgen Sie dafür, dass Francesca sie bekommt. Sie können gehen." Die Sicherheitsmänner verlassen das Zimmer, und sie wendet sich mir zu. „Sie haben Ihre Aufgabe nicht gelöst. Das war ein Test für den Verstand, nicht für den Körper."

Ich halte den Atem an und warte auf den großen Knall. Was hat die Königin gegen mich? Dieser Preis hätte nicht bedeutet, dass ich Gabriels Braut werde. Es sind immer noch sechs von uns übrig, und das war nicht der letzte Wettbewerb. Und *verdammt nochmal*, ich habe diesen Sieg gebraucht.

Die Königin starrt mich an. „Was haben Sie zu Ihrer Verteidigung vorzubringen?"

Ich koche innerlich angesichts ihres vorwurfsvollen Tons. Ich habe mich nicht anders verhalten als die anderen Prinzessinnen auch. Wir haben alle um den Preis gekämpft. Ich werfe Gabriel einen Blick zu. Er sagt nichts, sieht jedoch nicht so aus, als würde er mich dafür verurteilen.

Ich wende mich in gesittetem Ton an die Königin. „Majestät, ich habe keine wirtschaftswissenschaftliche Ausbildung genossen. Geben Sie mir ein praktisches Problem, und ich kann Ihnen eine Lösung dafür geben."

„Sie hat ihren Verstand benutzt, um die anderen zu schlagen", meldet sich Gabriel zu Wort, um mich zu verteidigen. Das stimmt allerdings nicht. Ich habe meine Instinkte benutzt, die von all den Jahren, in denen ich mich in Pflegeheimen gegen Bullys zur Wehr setzen musste, geschärft sind. Er scheint zu wollen, dass ich gewinne. Will er mich jetzt etwa zur Frau? Der Gedanke erfüllt mich gleichzeitig mit Freude und Angst. Er kennt mein wahres Ich nicht. Er weiß nicht, dass es unmöglich ist.

Die Königin schnaubt. „Sie hat der wahren Siegerin den Preis aus der Hand gerissen wie ein Rabauke auf dem Spielplatz!"

Gabriel feuert zurück. „Und was ist mit Francesca? Sie hat

Elizabeth die Schulter ausgekugelt. Und Polly war die einzige, die sich nicht weiter gebalgt und nach einem Arzt gerufen hat."

Die Königin schneidet eine Grimasse. „Das ist bedauernswert. Marguerite hat auch einen Zahn verloren." Sie schüttelt langsam den Kopf. „Das läuft ganz und gar nicht so, wie ich mir das vorgestellt habe. Wir werden das korrigieren und weitermachen." Damit geht sie.

Gabriel formt lautlos *Tut mir leid* mit den Lippen und folgt ihr.

Er ist jetzt auf meiner Seite. Irgendwie bedeutet es mir so viel mehr als eine Diamanthalskette. Heute Nacht werde ich in sein Zimmer gehen, und zusammen werden wir uns einen Plan zurechtlegen, wie wir diesen verrückten Wettkampf zu unser beider Nutzen beenden können. Wenn nicht, werde ich mich verabschieden müssen.

Mein Magen rebelliert, meine Brust ist eng. Vielleicht ist der Abschied die einzige Option. Eine Zukunft mit Gabriel ist eine königliche Fantasie, und sind die nicht alle zerschmettert worden?

9

———————

Gabriel

Ich liege in meinem Bett, starre an die Decke und hoffe, dass Polly kommen wird. Ich quäle mich, denn ich weiß, ich sollte mich nicht an eine Jungfrau heranmachen. Wenn sie von selbst zu mir kommt, dann heißt das, dass sie mich genauso will wie ich sie, und ich muss kein schlechtes Gewissen haben. Ich will sie, auch wenn ich weiß, dass das nicht weitergehen kann. Ich kann sie nicht bitten, meine Frau zu werden, und ihren freien Geist zerstören mit demselben traditionellen Leben, von dem sie sich in ihrem eigenen Königreich abgewandt hat. Ganz zu schweigen davon, dass meine Mutter eine intensive Abneigung gegen sie entwickelt hat. Sie hat den verdammten Sicherheitsdienst auf sie gehetzt!

Ich wische mir mit der Hand übers Gesicht. Gestern Nacht habe ich Villroy verlassen müssen, um der Versuchung zu entgehen, die von Polly ausgeht. Ich habe mich mit einer meiner üblichen Liebhaberinnen in Paris zum Abendessen getroffen, und dabei ist es geblieben. Ich konnte nicht. Plötzlich war mir die ruhige, gebildete Katerina zu still, zu zurückhaltend und ihren dünnen blonden Haaren haben die Locken gefehlt. Ich wollte, dass sie Polly war.

Ich bin direkt nach Hause zurückgekehrt und habe mir einen Plan überlegt. Ich dachte, wenn ich den heutigen Wettbewerb so auslege, dass Polly leicht einen Preis von einem gewissen Wert gewinnen kann, sie mir so dankbar sein würde, dass wir eine Nacht miteinander verbringen würden, bevor sie ging. Ja. Mit meinem Schwanz zu denken hat zu einem vorhersehbar armseligen Resultat geführt.

Es war meine Idee, die Kette als Preis zu verschenken. Die Wirtschaftsaufgaben waren es nicht. Ich weiß nicht, worauf meine Mutter damit hinauswollte. Natürlich musste es zu einem Handgemenge kommen. War das das Ziel? Vielleicht hat sie geglaubt, dass ein kleiner Zickenkrieg unterhaltsam wäre. Sie hat wahrscheinlich nicht damit gerechnet, dass die Sache derart aus dem Ruder laufen würde. Jetzt hatten wir zwei verletzte Prinzessinnen – Elizabeth und Marguerite – und beide hatten die Insel freiwillig verlassen, da sie die Nase voll hatten von den barbarischen Spielen, und wer konnte ihnen einen Vorwurf daraus machen? Ich habe die Prügelei am Bildschirm verfolgt und die ganze Zeit insgeheim Polly angefeuert. Und mein Mädchen hat gewonnen.

Nicht mein Mädchen. Die Tatsache, dass meine Mutter ihr den Preis wieder abgenommen hat, kann nur bedeuten, dass dieses Spiel zu ihren Ungunsten manipuliert ist. Nicht gerade überraschend, nachdem meine Mutter ihrer Meinung, dass Polly nicht geeignet ist, um Königin zu werden, bereits kundgetan hat.

Ich drehe mich auf die Seite, starre die Tür and und wünsche mir, dass sie kommt. Lange Minuten verstreichen, und meine Hoffnung schwindet. Als ich meine Augen schließe, wandern meine Gedanken zurück zu meiner Zeit mit Polly. Als sie in diesem grellen, sexy Fummel in den Palast marschiert ist und mich für den Butler gehalten hat. Ungeheuerlich.

Polly im Bikini, als sie mir, ohne es zu wissen, eine sexy Show geliefert hat. Verführerisch.

Polly, als sie mich umarmt hat, als wir über unser Leid gesprochen haben. Rührend.

Polly, als sie in mein Zimmer geschlichen ist, um einen Deal mit mir zu verhandeln. Als ich sie geküsst, sie berührt und sie geschmeckt habe. Ich versuche, diese Erinnerung zu verdrängen, da das Verlangen schmerzt.

Die Dunkelheit der Höhle, als ich sie erschreckt habe und sie mich umarmt hat, als wäre ich ein Trost. Ich bin nie jemandes Trost gewesen.

Ich reiße die Augen auf, als ich die Schlafzimmertür knarzen höre. Der Umriss wilder Locken und eines kurzen Kimonos ruft nach mir in der Dunkelheit. Sie schließt die Tür und kommt langsam näher. Mir wird bewusst, dass sie mich nicht sehen kann, darum schalte ich die Lampe auf meinem Nachttisch ein.

Sie lächelt. Meine Brust schwillt von einer Welle der Zuneigung. Irgendwie ist es wirklich, als ob sie mich sieht, und nicht all das höfische Drumherum, das andere auf Abstand hält. Ich bin auf absurde Weise glücklich, dass sie hier ist.

Sie zieht ihre Sandalen aus und bleibt neben meinem Bett stehen. „Du bist wach."

„Warum kommst du erst jetzt?" Ich ziehe sie zu mir ins Bett und schalte das Licht aus.

„Du hast mich erwartet?", flüstert sie und schmiegt sich an mich. Ich habe nur meine Boxershorts an und diese warme, sexy Frau an meiner nackten Haut zu spüren, ist sinnliche Folter.

Ich lege meine Hand an ihre Wange und hebe ihr Gesicht, um sie zu küssen. „Ja." Ich schiebe mein Bein zwischen ihre Beine, und wir liegen einfach da, aneinandergeschmiegt, so nah, wie man einem anderen Menschen nur sein kann, wenn dieser andere Mensch Jungfrau ist.

„Dieser Wettbewerb ist außer Kontrolle", flüstert sie.

Ich antworte leise. „Das stimmt. Und du hättest heute gewinnen sollen." Ich weiß nicht warum, doch in der Dunkelheit zu liegen und mit ihr zu flüstern, fühlt sich intimer an als alles Körperliche.

Ihre Finger gleiten durch die Haare in meinem Nacken. „Die Königin kann mich nicht leiden."

Ich streichele ihren Rücken und versuche, sie zu trösten.

„Es ist nichts Persönliches. Sie will die beste Kandidatin für den Job der Königin. Sie weiß, was dazu nötig ist."

„Und sie glaubt, dass ich das nicht habe."

Ich streiche ihr die Haare aus dem Gesicht und genieße, wie sich ihre weichen Locken anfühlen. „Ich habe das Gefühl, dass meine Mutter bereits ihre ideale Kandidatin ausgesucht hat."

„Francesca."

„Vielleicht. Ich bin mir nicht sicher. Ich weiß nur, dass du es nicht bist."

Schweigen. Vielleicht habe ich ihre Gefühle verletzt.

Ich drücke sie sanft. „Dieser Wettbewerb ist das Letzte, was ich gewollt habe, doch er spendet meinem Vater Trost."

Einen Moment lang sagt sie nichts. „Ich habe ihn noch nicht gesehen. Gibt es versteckte Kameras, damit er zusehen kann?"

Ich zucke zusammen, denn es hört sich unheimlich an, doch es gibt mildernde Umstände – seinen Gesundheitszustand, die Notwendigkeit einer reibungslosen Erbfolge, die Zukunft des Königreichs. „Ja. Er ist sehr krank und schon fast das ganze Jahr ans Bett gefesselt. Er sieht sich alles mit Hilfe von Überwachungskameras an."

„Das dachte ich mir schon." Sie erstarrt. „Hast du auch welche in deinem Schlafzimmer?"

„Nein, nur, wo die Mahlzeiten und die Wettbewerbe stattfinden." Ich zögere, doch dann wird mir bewusst, dass ich mit ihr darüber sprechen will. „Kann ich dir etwas anvertrauen, das nur wenige Leute wissen?"

„Ja, es bleibt unter uns. Pfadfinderehrenwort."

Ich lächele. Sie ist unkonventionell und amüsant, etwas, von dem ich in meinem Leben nicht viel hatte.

„Geht es um deinen Dad?", fragt sie. „Ist es schlimm?"

Ich höre auf zu lächeln. „Ja. Bauchspeicheldrüsenkrebs im Endstadium. Die Ärzte sagen, er hat nicht mehr viel Zeit. Dieser Wettbewerb ist ungewöhnlich für meine Eltern. Normalerweise sind sie ein Ausbund an Anstand und Förmlichkeit. Doch der Krebs hat sie dazu getrieben. Sie suchen Freude, wo immer sie sie finden können."

„Das verstehe ich." Sie umarmt mich fest. „Es tut mir so
leid, Gabriel. Ich weiß, wie schwer das ist. Meinen Dad haben
sie zum Sterben nach Hause geschickt. Es ist furchtbar,
jemanden zu verlieren, den man liebt. Jeden Tag ein bisschen
mehr, und man muss hilflos zusehen."

Ich halte sie fest und seufze. Sie versteht es. Plötzlich fühle
ich mich nicht so allein mit meinem Leid.

Ich erzähle weiter. „Meine Mutter weigert sich, ohne ihn
zu herrschen. Darum muss dringend die Thronfolge gesichert
werden. Ich muss eine Frau heiraten, die bereit ist, Königin zu
werden und den nächsten Thronerben zu zeugen."

Sie streichelt meinen Rücken. „Warum lastet so viel Druck
auf dir? Was ist mit Phillip? Hast du nicht noch andere
Geschwister?"

„Ich habe vier jüngere Brüder und zwei jüngere Schwestern,
doch keiner von ihnen ist auf die Thronfolge vorbereitet. Sie
sind nicht wie ich von Geburt an darauf gedrillt worden. Mein
Vater hat sie ihr Leben leben lassen, wie er es als jüngerer
Bruder des Thronfolgers auch getan hat. Er ist unerwarteterweise König geworden, als sein älterer Bruder eine Bürgerliche
geheiratet und abgedankt hat. Es war ein ziemlicher Skandal.
So etwas ist in der Geschichte des Königreichs nie zuvor
passiert. Doch es war besonders hart für meinen Vater, der sich
abrupt von seinem sorglosen Leben verabschieden und sich an
die engen Konventionen des Lebens als König gewöhnen
musste. Er hat immer gewollt, dass meine jüngeren Geschwister
die Freiheiten hatten, die ihm genommen worden waren."

„Wow, das muss wahre Liebe gewesen sein, wenn dein
Onkel dafür den Thron aufgegeben hat."

„Ich denke schon, doch es ist für ihn nicht ohne Konsequenzen geblieben. Er ist aus Villroy verbannt worden, und
seine Familie bekommt keinerlei Finanzmittel aus dem königlichen Trust. Kein Geld, keine Privilegien. Mein Vater
bezeichnet sie als Pöbel."

„Wow, das ist hart."

Ich lasse mein Kinn auf ihrem Kopf ruhen. „Manchmal ist
das Leben eben so."

Sie sieht mich an. „Die ganze Sache ist dir gegenüber unfair. Deine Eltern wälzen den ganzen Druck des Regierens auf dich ab. Sie haben dir deinen Frieden genommen."

Ich liebe es, dass sie mich verteidigt, auch wenn es unnötig ist. Ich spiele mit einer Locke. „Sie wissen, dass ich der Aufgabe gewachsen bin. Es ist keine Bürde. Ich bin immer stolz gewesen auf mein Geburtsrecht und weiß, wo mein Platz ist."

„Ich finde trotzdem nicht, dass es richtig ist, dass deine Eltern dir nicht dieselben Freiheiten geben wie deinen Geschwistern und sie nicht auch zumindest die Grundlagen lernen müssen. Darum bist du so grimmig."

„Ich bin nicht grimmig."

Jetzt streichelt sie mich. Ihre Hand wandert über meine Schulter und meinen Rücken hinab. „Haben sie dich auf den Dachboden weggesperrt und dich gezwungen, pausenlos mit Privatlehrern zu studieren?"

Ich seufze. „Sie haben mich nicht weggesperrt, aber meine Ausbildung und mein Studium waren anders. Meine Geschwister sind nicht auf meine Rolle vorbereitet. Vielleicht hat es einem Teil von mir gefallen, sie als großer Bruder vor der Strenge und den Pflichten zu beschützen, doch eine meiner jüngeren Schwestern hat ein paar Pflichten übernommen."

Ihre Finger wandern zurück zu meinen Schultern und meinen Bizeps hinunter. „Verdammt, sieben Kinder. Deine Eltern waren produktiv im Bett, nicht wahr?"

Ich schmunzele. „Die zwei Jüngsten sind Zwillinge, ein Junge und ein Mädchen. Silvia und Adrian. Meine Mutter hat sich nach vier Söhnen in Folge so sehr eine Tochter gewünscht. Das war Emma, und nachdem Emma eine Schwester haben wollte, haben sie es nochmal versucht, und es hat funktioniert. Sie hat nur nicht damit gerechnet, dass aus Kind Nummer sechs Kinder Nummer sechs und sieben werden würden."

„Muss eine ziemliche Überraschung gewesen sein."

Wir schweigen ein paar Augenblicke und halten uns

einfach in der Dunkelheit aneinander fest. Ich bin zufrieden, ein seltenes Gefühl für mich.

„Gabriel."

Ich liebe es, wenn sie meinen Namen sagt. „Ja?"

„Ich bin hergekommen, um mich zu verabschieden. Es ist klar, dass sie mir nicht erlauben werden, den großen Preis zu gewinnen, wenn ich nicht einmal einen kleineren Preis wie eine Kette behalten darf."

Ich halte sie fester, denn ich bin noch nicht bereit, mich zu verabschieden. „Dann gibst du also zu, dass ich der große Preis bin?"

Sie lacht. „Du bist auf einer ganz anderen Ebene, ganz, ganz da oben, aber lass dir das bloß nicht zu Kopfe steigen, Hoheit." Ich höre den Humor in ihrer Stimme, doch dann wird sie ernst. „Tut mir leid, aber da es hier nichts von Wert für mich gibt, was ich mit nach Hause nehmen könnte, muss ich gehen und einen anderen Weg finden."

„Sag mir, wozu du das Geld brauchst. Wer ist diese Person, der du hilfst und warum?"

Ihre Finger auf meinem Arm spannen sich an. „Ich soll nicht darüber reden."

„Du kannst mir vertrauen, Polly. Ich schwöre es bei meinem Leben."

Sie fährt schnell fort. „Alles, was ich sagen kann, ist, dass sie in der Klemme steckt und ich ihr dringend helfen muss. Mir bleibt nicht viel Zeit. Sie ist wichtig für unser Königreich."

„Warum kann dein Königreich ihr dann nicht helfen? Ich dachte, eure Wirtschaft floriert."

„Es ist eine heikle Situation, die nicht über königliche Kanäle gelöst werden kann. Ich bin die einzige, die es richtigstellen kann. Ich schwöre, dass ich nur gute Absichten habe. Ich tue nur, was ich tun muss."

Wie ich tut sie, was sie tun muss, zum Wohl ihres Königreichs. Pflicht und Ehre. Das verstehe ich, und ich messe beidem großen Wert bei. Die Mauern, die ich immer um mein Herz aufrechterhalten habe, bröckeln, als ich es mir endlich eingestehe – ich liebe sie. Es ist zu schnell, geradezu verrückt, doch seltsamerweise kratzt mich das nicht im Geringsten. Ich stehe innerlich in Flammen, lebendig und mich ihrer überaus bewusst, vollkommen auf das pure Glück, sie zu halten, fixiert. Die Hitze ihres Körpers unter dem seidigen Kimono, ihr blumig-würziger Duft, die weiche, glatte Haut ihrer Beine an meinen. Mein Gott, ich bin tatsächlich glücklich.

Ich küsse sie zärtlich. „Ich werde dir helfen. Der Preis morgen wird etwas von Wert sein, das sie dir nicht wegnehmen können – einzig und allein zum Wohle deines Königreichs." Ich könnte ihr sofort ein Schmuckstück geben, doch ich bin egoistisch und will sie so lange wie möglich hierbehalten. Unsere Monarchie besitzt Reichtürmer in Form von Schmuck, Gold und wohl-platzierten Investments – es geht uns alles andere als schlecht – doch es reicht nicht, um damit die Wirtschaft der Insel aufrechtzuerhalten. Villroy muss in der Lage sein, sich selbst zu erhalten, um der künftigen Generationen willen.

„Danke." Sie schweigt einen Moment. „Morgen werden nur noch zwei von uns übrigbleiben, dann schätze ich mal, dass du diejenige heiraten wirst, die dann noch da ist, nachdem ich gegangen bin."

Ich will *sie* heiraten. Ich stelle mein Glück über das ihre, und das ist nicht ehrenwert. Ich kann nicht gegen den Willen meiner Eltern handeln, vor allem nicht, wenn mein Vater dem Tode so nah ist. Er wird sich gegen Polly auf die Seite meiner Mutter schlagen. Und ich kann nicht von Polly verlangen, ihren freien Geist anzuketten und sich der so eingeschränkten Welt einer Königin anzupassen, besonders mit der zusätzlichen Belastung unserer strauchelnden Wirtschaft. Oder doch?

„Vermisst du deine Heimat?", frage ich.

Sie antwortet nicht. Vielleicht ist das ein wunder Punkt.

„Ich frage nur, weil du anders wirkst als auf den Fotos von offiziellen Events. Freier und aufgeschlossener."

„Du hast mich gegoogelt?"

„Ja, ich war neugierig."

Sie schweigt so lange, dass ich schon glaube, dass sie nicht antworten will, doch schließlich sagt sie: „Ich vermisse sie nicht. Das Leben dort ist erdrückend. Ich musste weg und die

Freiheit erleben. Doch das bedeutet nicht, dass ich nicht das tun würde, was nötig ist, um ihnen zu helfen."

„Ich verstehe." Es ist, wie ich erwartet habe. Sie würde nie glücklich werden mit all den Einschränkungen, an die sie sich als Königin von Villroy gewöhnen müsste.

Sie seufzt. „Danke, dass du so verständnisvoll bist und mir hilfst."

Mehr gibt es nicht zu sagen. Wir haben nur das hier, und ich kann es mir nicht länger versagen. Ich rolle mich auf sie und küsse sie. Der Genuss, meinen Körper endlich ganz gegen ihren gepresst zu spüren, ist überwältigend. Sie erwidert meine Leidenschaft, gierig, begeistert, und ich sage mir, dass nichts, was zwischen uns passiert, falsch ist.

~

Anna

Das ist unsere letzte Nacht zusammen. Er wird mir geben, was ich brauche, um Polly zu helfen. Ich kann nie sein, was er als Frau braucht – eine Königin. Ich bin die Art von Bürgerlicher, die sie sofort rauswerfen würden, wenn sie davon erführen. Ich bin eine Waise. Ich rede mir ein, dass, was ich jetzt tue, nichts ausmacht. In der dunklen Privatsphäre von Gabriels Schlafzimmer kann ich ich sein. Wir beide verstehen, was das hier ist.

Er ist zärtlich zu mir, so zärtlich, als er mich auf den Rücken schiebt und mich küsst. Langsame, tiefe Küsse. Seine Hände streicheln über meinen Kimono, meine Arme hinunter, über meine Flanken, meine Beine. Ein geradezu dekadentes Gefühl, und ich schmelze in die Matratze. Er hebt seinen Kopf und stützt sich gerade lange genug ab, um den Gürtel zu lösen. Ich setze mich auf und ziehe alles aus – Kimono, mein dünnes schwarzes Nachthemdchen, meinen Tanga – und werfe sie auf die Seite seines Kingsize Betts. Ha! Kingsize für einen künftigen König. Doch er ist kein König, wenn wir unter uns sind. Dann ist er einfach nur Gabriel.

Er schaltet die Nachttischlampe ein, und ich blinzele. „Ich

muss dich sehen." Seine Stimme ist heiser. „Du bist schön, so schön."

„Danke." Ich genieße den Anblick seiner muskulösen Schultern, seiner breiten Brust, seines flachen Bauchs und seines harten Schwanzes, über dem sich seine Boxershorts spannen. „Du aber auch."

Er nimmt mein Gesicht in beide Hände und küsst mich innig, und dann legt er mich wieder auf die Matratze, sein Körper auf meinem. Er stützt sich mit den Ellbogen ab, während er Küsse über mein Kinn, meine Wange und unterhalb meines Ohrläppchens verteilt. Er kratzt mich dort mit seinen Zähnen, und ein heißer Schauer läuft über meine Haut, als er weiter meinen Hals hinunter und mein Schlüsselbein entlang wandert, bevor er meine Brüste mit Aufmerksamkeit überschüttet und sie küsst und kostet, als hätte er alle Zeit der Welt.

So bin ich noch nie im Bett behandelt worden. Als wäre ich kostbar, ein Juwel, das er erkunden will. Ich bin warm und köstlich entspannt mit einem Mann auf eine Weise, die mir fremd ist. Es ist, als wäre es uns schon immer bestimmt gewesen, auf diese Weise zusammenzukommen.

Ich grabe meine Finger in seine Haare und will, dass er mich wieder küsst. Er kehrt zu meinem Mund zurück, und ich küsse ihn leidenschaftlich. Seine Hände wandern meine Rippen hinauf zu meinen Brüsten, dann zwickt er meine Nippel. Das scharfe Gefühl nimmt mir einen Moment lang die Luft. Er wandert wieder an mir hinab und saugt einen harten Nippel in seinen Mund. Ich biege meinen Rücken durch, denn jedes Saugen lässt die köstliche Anspannung in mir wachsen.

Ich spreize einladend meine Beine, ich brauche ihn da. Er scheint mich wortlos zu verstehen. Während er von der einen Brust zur anderen wechselt, schiebt er seine Hand über meinen Bauch und zwischen meine Beine. Selbst jetzt ist er nicht in Eile und liebkost mich gemächlich mit seinen Fingern.

Ich hebe meine Hüften. „Mehr."

Er wirft mir ein verschlagenes Lächeln zu, bevor er mich

zwickt. Es ist wie ein elektrischer Schlag. Ich schreie auf, dann senkt er den Kopf und lindert den Schmerz mit seiner Zunge. Heiße Lust lässt mich mit jedem Kreisen seiner Zunge erzittern. *Fuuuck.* Ich packe seine Haare und stöhne laut.

Ich will, dass er nie aufhört. Niemals.

Mein Verstand schaltet ab, und ich lasse seine Haare los, als ich in einem Nebel der Lust davonschwebe. Sein Mund ist hungrig, und dann dringt er zuerst mit einem Finger in mich ein, dann mit dem zweiten. Ich stöhne leise.

Er hebt den Kopf und schlimmer noch, er zieht seine Finger zurück und lässt sie auf meinem Oberschenkel ruhen. „Polly, ich will nicht taktlos sein, aber du fühlst dich nicht wie eine Jungfrau an. Du kannst ehrlich zu mir sein."

Denk, Anna! Mein Verstand sucht verzweifelt nach einer anderen Erklärung als der, dass ich sie in Joeys Subaru nach dem Schulball verloren habe. Ich darf das nicht kaputtmachen. Das ist meine eine und einzige Chance, mit ihm zusammen zu sein. Mein Bauch sagt mir, dass das jetzt nicht die Zeit für die ungeschminkte Wahrheit ist. Ich will ihn so sehr. *Denk!* Tampon vielleicht, definitiv zu viel der Information, oder vielleicht Gymnastik oder Reiten. Ich weiß nicht! Ich weiß nur, dass ich ihn wieder in mir spüren muss. Sofort. „Manchmal ist da kein Hymen oder andere Dinge passieren damit. Frauenkram."

„Ah."

Ich grabe eine Hand in seine Haare und versuche, ihn dorthin zu schieben, wo er hingehört und mich befriedigt, denn ich bin eine notgeile, verzweifelte Lügnerin.

Ich komme in die Hölle.

Es ist mir egal.

Sein Mund wendet sich wieder der Magie zu. Meine Hüften biegen sich ihm entgegen, elektrische Gefühle rauschen durch mich hindurch. Weiter und weiter und weiter. Ich verliere mich wieder im Nebel der Lust und reite glücklich die Welle. Seine Finger sind wieder da, gleiten in mich hinein, massieren mich und dann … *Gott, ja!* Er erwischt den G-Punkt, und meine Hüften zucken wild. Ich taumele auf einen Monsterorgasmus zu, als er seinen Kopf hebt und seine Finger zurückzieht. *Neeeeiiin!*

„Hör nicht auf!", keuche ich.

„Befriedigst du dich selbst?"

„Ich bin eine dreiundzwanzigjährige Jungfrau", blaffe ich. „Was denkst du?"

„Zeig es mir."

Ich gehorche nur, weil ich dem Orgasmus so nahe bin, dass ich schreien will, und wenn er mich warten lassen will … Er beobachtet mich und benetzt sich die Lippen. Ich bin nicht so gut mit den Fingern wie er. Ich brauche ihn. „Gabriel, bitte. Ich will deinen Mund, bitte, bitte, bitte." Ich flehe schamlos, denn er ist wirklich so gut.

„Ich will dir noch ein bisschen zusehen. Zeig mir, was dir gefällt."

Ich setze mich abrupt auf. „Du lebst gerne gefährlich, was?"

Er stößt mich zurück auf den Rücken. „Tu, was ich sage, dann bekommst du, was du willst."

Ich bin wütend, dass er mich so hängen lässt. Und er ist viel zu herrisch. Ich werfe ihm einen finsteren Blick zu, während ich meine Finger so kreisen lasse, wie ich es mag.

„Gutes Mädchen", schnurrt er, und ich werde spontan noch feuchter.

„Oh … oh!" Mir stockt der Atem. Er stößt meine Hand weg und sein wunderbarer Mund ist wieder da und trägt mich hoch, höher, höher und höher. Ich explodiere, mein Körper erzittert, und das Gefühl breitet sich vom Kopf bis zu den Zehenspitzen aus.

„Gabriel", seufze ich, als ich wieder sprechen kann.

Er klettert an mir empor und küsst mich. „Immer gerne zu Diensten."

„Dafür sollte dich jemand zum Ritter schlagen. Das nächste Mal hör aber bloß nicht auf, sonst erwürge ich dich mit meinen bloßen Händen."

Er ist still und ernst, als er auf mich herabblickt, und mir wird bewusst, dass es kein nächstes Mal geben wird. Ich ignoriere den dumpfen Schmerz des Bedauerns in meiner Brust und zwinge mich, mich auf das Hier und Jetzt zu konzentrieren.

Seine Finger wandern zwischen meine Beine, und ich stöhne. Ist das nächste Mal jetzt? Ich bin mir nicht sicher, ob ich so schnell wieder kommen kann. Er rutscht ein Stück hinunter und saugt meinen Nippel in seinen Mund. Ich spreize meine Beine weiter und stöhne leise. Das Verlangen in mir will befriedigt werden.

Er versteht den Wink und seine Finger gleiten in mich hinein. Offensichtlich kann ich doch mehr, weil ich so gierig nach ihm bin. Und als seine Lippen eine heiße Spur auf meinem Bauch hinterlassen, zucken meine Muskeln, und mein Innerstes spannt sich an vor freudiger Erwartung. Er ist *der* Mann. Zweimal in einer Nacht, ich kann es kaum fassen. Vielleicht ist es, weil er glaubt, dass ich Jungfrau bin und er mich wirklich heiß machen muss, darum werde ich wirklich zur Hölle fahren, doch ich werde glücklich sterben. Er kniet zwischen meinen Beinen nieder, schiebt seine Hände an meinen Oberschenkeln empor und spreizt meine Beine weiter, bevor er endlich wieder seinen Mund auf meine Weiblichkeit presst. *Ja! Ja! Ja!*

Seine Lippen vibrieren auf mir von seinem leisen Lachen, das mir noch mehr Lust bereitet. Habe ich das gerade laut gesagt? Mein Verstand schaltet ab, während er mich verschlingt. Ich klammere mich an seine Schultern und grabe meine Fingernägel hinein, während er mich mit Lippen, Zunge und Zähnen liebkost. *Fuck. Ich brenne.* Dann kommen seine Finger dazu und massieren mich von innen, während er anfängt, sanft zu saugen. Mein Körper zuckt, und dann fliege ich. Ich schreie auf und reibe mich hilflos an ihm. Er verlangsamt seine Bewegungen und bringt mich zurück auf die Erde, wo langsame, warme Wellen der Lust durch mich hindurch schwappen. Ich strahle von innen.

„Ich bete dich an", platze ich heraus.

Er lächelt mich an, klettert an mir empor und blickt mit einer Wärme auf mich herab, die sich beinahe wie Liebe anfühlt. Mir bleibt der Mund offenstehen. Ich bin sprachlos, unglaublich glücklich so kurz nach dem Orgasmus und Gabriels liebevollem Blick.

Er küsst mich, dann rollt er mich auf den Bauch, schiebt meine Haare beiseite und küsst zärtlich meinen Nacken. Wieder schmelze ich in die Matratze, und dann schrecke ich hoch, als er mir in den Nacken beißt und mich festhält. Mir stockt der Atem, und ein Schauer der Erregung schießt durch mich hindurch. Er lässt mich wieder los und seine Hände erkunden mich weiter, gefolgt von seinem heißen Mund, der mich vom Nacken bis hinunter zu den Füßen erkundet. Es gibt nicht einen Zentimeter an mir, den er nicht geküsst, berührt und gekostet hat.

Er rollt mich wieder auf den Rücken, Fragezeichen in den Augen. Verspätet breche ich in Panik aus, dass ich vielleicht zu laut gewesen bin und das alles für eine angebliche Jungfrau viel zu sehr genossen habe, doch dann begreife ich, dass er wartet und mich ohne Worte fragt, ob er mir die Jungfräulichkeit nehmen darf. Eine Welle der Zuneigung wallt in mir auf. Er ist sowas von süß. Doch ich frage mich, wie er gewesen wäre, wenn er gewusst hätte, dass ich keine Jungfrau bin. Aggressiver vielleicht? Das würde mir gefallen. Ich wünschte, ich könnte es herausfinden.

Ich schlinge meine Arme um seinen Hals. „Ich will dich. Lass uns einander heute Nacht genießen. Niemand muss davon erfahren."

Er streicht mir mit dem Daumen über die Unterlippe. „Bist du sicher? Bitte sei dir sicher."

Ich schiebe meine Hand zwischen uns und massiere ihn durch seine Unterhose. Er ist riesig und steinhart. „Ich bin mir sicher", krächze ich heiser.

Er lächelt, und mir stockt der Atem, so schön ist es. Ich wünschte, ich könnte ihn immer zum Lächeln bringen. „Gott, Polly, du machst mich so glücklich."

„Dann können wir jetzt beide glücklich sein. Naja, ich meine, ich bin schon glücklich dank dir."

Er greift in seine Nachttischschublade, holt ein Kondom heraus und reißt die Packung auf. Ich ziehe ihm die Boxershorts aus und küsse seine ansehnliche Erektion. Er stöhnt.

Dann kann ich nicht anders. Ich muss ihn kosten und lecke ihn.

Er packt mich an den Haaren und hebt meinen Kopf. „Ich will in dir sein."

„Das will ich auch. Ich will alles. Lass uns die ganze Nacht aufbleiben und alles tun, was man miteinander tun kann."

Er stöhnt und rollt das Kondom über. Dann ist er auf mir, hält mein Gesicht in seinen Händen und sieht mir in die Augen, während er in mich eindringt. Ich schlinge meine Beine um seine Taille. Langsam stößt er in mich hinein. Ich bin keine Jungfrau, doch es ist eine Weile her, und er ist dick. Ich kann spüren, wie sich mein Körper dehnt und den süßen Schmerz, als er tiefer eindringt.

Seine Miene spiegelt wilde Entschlossenheit wider, während er sich langsam, ganz langsam bewegt. Schweißperlen treten auf seine Stirn. Er strengt sich furchtbar an, es der Frau, die er für eine Jungfrau hält, zu erleichtern. Tränen, die in meinen Augen brennen, überraschen mich. Ich bin niemand, der zum Heulen neigt.

Er hält inne. „Tue ich dir weh?"

Ich schüttele den Kopf und blicke an die Decke in der Hoffnung, die Tränen mögen dahin verschwinden, wo sie hergekommen sind.

Er fängt an, sich zurückzuziehen, und ich packe seinen Po und ziehe ihn hart an mich. Er dringt bis zum Anschlag ein, und wir stöhnen beide. Er küsst meine Augenlider, meine Wangen, mein Kinn. Mein Hals ist zugeschnürt vor Emotion. Was ist los mit mir? Ich sollte Spaß haben, den Ritt genießen.

Ich winde mich unter ihm. „Du musst dich bewegen, damit das funktioniert."

Er lacht, und sein Atem kitzelt mich am Ohr. „Ich weiß, wie das funktioniert, Darling."

Darling trifft mich ins Herz. Ich atme zittrig aus, als mich die Wahrheit wie ein Schlag trifft. Ich bin hundert Prozent, Hals über Kopf bis über beide Ohren in ihn verliebt. Meine Augen brennen. Ich schließe sie und schlucke den Kloß in meinem Hals herunter.

Mein Atem stockt, als er tief in mich hineinstößt. „Ja", keuche ich und will nur, dass er mich in die Welt der Lust zurückbringt, weg von diesem emotionalen Abgrund. *Fick mich, fick mich hart,* will ich sagen, doch ich stöhne: „Das ist so gut. Mehr, mehr."

Er stöhnt und presst seinen Mund auf meinen, während er in mich hineinrammt. Er hebt den Kopf, und mein Atem rauscht in meinem Ohr, als er mich auf einen Ritt entführt. Es ist nicht derselbe Spaß, den ich bei meinen üblichen One-Night-Stands habe. Es ist intensiv. Stürmisch und hart und tief. Jeder Stoß bringt mich dem Orgasmus näher.

„Komm mit mir", befiehlt er.

„Du kannst nicht einfach verlangen – ah!" Er zieht meinen Knöchel über meine Schulter und dann kniet er und pumpt noch tiefer als zuvor in mich hinein, während seine Finger mich gierig massieren. Ich bin fiebrig heiß, keuche, am Rande des Wahnsinns. Er drängt in mich hinein, während ich mich bei jedem Stoß um ihn zusammenziehe. Ich bin gefangen im Strudel von Gabriels Genuss, exquisit, beinahe unerträglich in seiner Intensität. Heiße Lust rauscht durch mich hindurch, und dann explodiere ich und schreie seinen Namen. Das reicht auch für ihn. Er verliert die Kontrolle und rammt in mich hinein, bis er kommt.

Ich zittere, schwitze und bin high. Ich will nicht, dass diese Nacht jemals endet. Mehr Ficken. Mehr von allem.

Er dreht den Kopf und küsst meine Wade. Mit einem Mal kommen meine Tränen zurück und laufen über meine Wangen. Ich werfe einen Arm über meine Augen. Es ist mir furchtbar peinlich.

Sanft legt er mein Bein auf die Laken. „Polly, bist du okay?"

Ich kann nicht reden. Denn wenn ich es täte, würde ich die ganze Wahrheit auskotzen, und alles wäre vorbei. Er würde mich hassen, weil ich ihn belogen habe.

Einen Moment später ist er neben mir. Er schiebt meinen Arm von meinen Augen und zieht mich in seine Arme. Meine Tränen benetzen seine Brust, doch es scheint ihm nichts auszumachen. Ich lege einen Arm und ein Bein über ihn, schmiege mich an ihn und weiß, dass unsere gemeinsame Zeit abläuft.

Er streichelt meine Haare. „Das bleibt zwischen uns. Versprochen." Er denkt, dass ich so aufgelöst bin, weil ich meine Jungfräulichkeit verloren habe, und seine Sorge um mich lässt nur noch mehr Tränen fließen.

„Ich weiß", presse ich heraus. „Ich bereue es nicht. Ich habe es geliebt." *Ich liebe dich.*

Er hält mich fest. „Okay. Alles wird gut."

Nur, wie kann irgendwas je wieder gut werden? Ich liebe den Kronprinzen von Villroy, und er wird eine andere Frau heiraten.

10

———

Gabriel

Ich habe mein Wort gehalten. Ich werde Polly helfen zu gewinnen und sie mit dem Geld nach Hause schicken, das sie braucht, um ihrer Freundin zu helfen. Es ist schmerzlich zu wissen, dass sie gehen wird, doch ein Teil von mir hat Hoffnung. Unsere Verbindung ist zu stark, um sie zu ignorieren. Wir waren fast die ganze Nacht lang wach, miteinander verschlungen und so nah, wie sich zwei Leute nur sein können. Sie hat alles getan, was ich verlangt habe, mich zutiefst befriedigt und sogar selbst ein paar Forderungen gestellt. Sie ist feurig, leidenschaftlich und stark. In der Morgendämmerung bin ich aufgewacht, zufrieden, mit Polly in meinen Armen, und ich wusste, dass ich sie nicht gehen lassen kann. Wir passen zueinander, wie ich es noch nie erlebt habe. Ich weiß noch nicht, wie das funktionieren soll. Alles, was ich weiß, ist jedoch, dass ich einen Weg finden muss, um sie zu behalten.

Ich habe meiner Mutter meinen Vorschlag für den heutigen Wettkampf unterbreitet. Ein Großteil meiner Ideen wurde ignoriert, doch der Teil, der mir wirklich wichtig ist – der Preis – ist geklärt. Es wird eine Spende unserer Wohltätigkeitstiftung an ihre Stiftung sein. Polly kann über das Geld von dort verfügen. Der Betrag, den sie mir genannt hat, ist viel geringer als der Wert der Diamantkette, die meine Mutter ihr genommen hat.

Ich hatte heute auf einen Renn- oder Schwimmwettkampf gehofft, den sie leicht gewinnen könnte. Was ich bekomme, ist eine Kraft- und Ausdauerprüfung direkt aus der Realityshow, die meine Eltern so lieben – vier Prinzessinnen am Strand, die darum kämpfen, die Spitze einer eingefetteten Fahnenstange zu erklimmen, um eine Flagge abzunehmen.

Ich stehe in der Nähe und sehe zu, zusammen mit den Bediensteten, die ausgewählt wurden, den Wettbewerb zu überwachen. Meine Eltern sehen von ihrem Schlafzimmer aus zu. Nachdem eine Prinzessin die Flagge hat, muss sie in ein Kajak springen und so schnell wie möglich zur nördlichen Küste paddeln. Die Bediensteten stehen bereit, die Kajaks abzustoßen. Keiner von ihnen ist kräftig, und vor allem ist Albert alt. Ich bin hier als Richter, doch ich warte nur darauf, einzuschreiten und Pollys Kajak mit all meiner Kraft abzustoßen, um ihr einen Vorsprung zu geben.

Ich kann mir nur zu gut vorstellen, wie sich meine Eltern über die glitschigen Prinzessinnen amüsieren. Alle tragen kurzärmelige Blusen und Capris in Pastelltönen, die jetzt von unansehnlichen Flecken schwarzer Schmiere verunziert werden. Alle außer Polly. Sie trägt ein ungehöriges sexy Halternecktop und kurze Shorts. Doch selbst in diesem sexy Outfit fällt es mir schwer, sie zu beobachten, ohne zu schaudern, denn all ihre Versuche scheitern.

Ich wende meine Aufmerksamkeit den anderen Prinzessinnen zu. Francesca krallt ihre Fingernägel in den Mast und hält sich mit bloßen Füßen fest. Sie schafft es, nicht abzurutschen, doch sie kommt auch nicht weiter hoch.

Sophia versucht, schnell nach oben zu kommen wie ein Affe, doch sie rutscht ab und gleitet zu Boden. Der Sand klebt an ihrer Schmiere und dem Schweiß. Ich denke, dass der Sand ihr vielleicht helfen könnte, einen besseren Griff zu bekommen, doch nachdem sie erfolglos versucht, ihn abzuklopfen, rennt sie ins Wasser und wäscht den Sand ab. Dumme Idee, jetzt ist sie nass, und das hilft ihr nicht mit der Schmiere. Ich beobachte ihren nächsten Versuch, bei dem sie auf dem Weg nach oben grunzt und auf dem Weg nach unten quietscht wie ein Ferkel.

Lucienne, die in jedem Wettbewerb unauffällig aber immer kurz hinter dem Sieger war, versucht es anders. Sie nimmt Anlauf und springt am Mast hoch, rutscht jedoch erfolglos ab. Dann versucht sie, sich mit den Armen hochzuziehen, doch ohne Erfolg. Schließlich schafft sie es, Hand über Hand und Fuß über Fuß zu klettern und gewinnt an Höhe.

Polly rutscht zum dritten Mal ab und starrt wütend den Mast an. „Was?", knurrt sie. „Sag mir, wie ich an dir hochkommen soll!" Sie tritt frustriert in den Sand, dann scheint ihr eine Idee zu kommen. Mit beiden Händen wirft sie Sand gegen den Mast. Als sie diesmal emporklettert, kommt sie weiter.

„Autsch, autsch, autsch", murmelt sie. „Blöder Mast. Ich werde dich besiegen." Der Sand auf dieser Seite der Insel ist grob und muss an Händen und Füßen schmerzen.

Auf, Polly, auf!

Francesca rutscht wieder ab, taucht ihre Hände in den Sand und versucht es erneut, diesmal mit besserem Halt. Sie beklagt sich nicht über den groben Sand. Sie schneidet eine Grimasse, kommt jedoch langsam voran.

Sophia rutscht wieder ab. Jetzt ist es ein ziemlich enges Rennen zwischen Francesca, Lucienne und Polly.

Lucienne schafft es als erste, nimmt die Flagge und rutscht am Mast herunter, bevor sie sie triumphierend schwenkt und Zeit verschwendet.

Francesca packt ihre Flagge, springt herunter und rennt sofort in Richtung Kajak. Lucienne folgt ihr.

Ich bleibe, wo ich bin, und warte auf mein Mädchen. Nach letzter Nacht gehört sie mir.

Sophia schüttelt die Stange vom Boden aus und versucht so, die Flagge zu lösen. Sie hat aufgegeben. Sie ist raus. Den Regeln nicht zu folgen, ist ein Disqualifikationsgrund.

Polly hechtet nach der Flagge, bekommt sie zu fassen, gleitet am Mast hinunter und rennt zum Kajak. Ich jogge ihr hinterher. Albert geht in ihre Richtung, doch ich rufe ihm zu: „Ich mache das."

Sie ist schnell und springt nur Sekunden nach den beiden anderen ins Kajak. Sie nimmt das Paddel und rudert los. Ich stemme meine Schulter gegen ihr Boot, stoße es an und schon segelt Polly an den beiden anderen vorbei.

„Das ist nicht fair!", protestiert Sophia vom Ufer aus. „Polly hat einen viel stärkeren Schubs bekommen als die anderen!" Was für eine schlechte Verliererin.

Francesca und Lucienne drehen sich um. Sie sehen mich im knietiefen Wasser hinter Pollys Kajak und tauschen Blicke aus. Oh-oh. Spätestens jetzt wissen sie, dass ich Polly bevorzuge. Das ist das erste Mal, dass ich mich in den Wettbewerb eingemischt habe.

Ich kehre ans Ufer zurück und mache mich mit den Bediensteten auf den Weg entlang des Klippenpfades und beobachte das Kajakrennen von oben. Polly ist in Führung, doch Francesca holt mit mächtigen Ruderschlägen auf.

Kurz darauf rammt Francesca Pollys Kajak. Polly schlingert, kentert jedoch nicht und schafft es, ihr Paddel festzuhalten. Sie ruft Francesca irgendetwas über die Schulter zu, sieht Lucienne jedoch nicht von der anderen Seite kommen. Es ist, wie wenn man einen Autounfall beobachtet. Ich kann nicht wegsehen.

Lucienne benutzt ihr Paddel, um Pollys Kajak einen Stoß von der Seite zu versetzen, und bringt damit ihr eigenes ins Schlingern, wobei sie halb auf Pollys Boot fällt, das darum gefährlich Schlagseite bekommt. Polly schiebt ihrerseits mit dem Paddel Luciennes Boot von ihrem und rudert mit aller Kraft davon. Lucienne kämpft darum, ihr Kajak zu stabilisieren und verliert kostbare Zeit.

Polly ist immer noch in Führung, doch Francesca hat sie fast eingeholt. Der Wind schiebt sie an. Pollys Locken peitschen wie wilde Flammen um ihr Gesicht. So ist sie, wild und frei, und ich liebe es. Plötzlich will ich nicht, das Polly gewinnt. Wenn sie gewinnt, reist sie ab. Wenn sie zweite wird, kann ich noch eine Nacht mit ihr haben. Sonst weiß ich nicht, wie lange ich warten muss. Ich weiß nicht einmal, ob ich sie davon überzeugen könnte, mich wiederzusehen.

Mir fällt ein, wie ich sie ablenken kann. Sie hat oft genug Bemerkungen über meinen Körper gemacht.

Ich ziehe mein Hemd aus, schwenke es und rufe: „Auf, auf, auf!"

Polly blickt auf, und ihr Lächeln trifft mich in die Magengrube. Es verschlägt mir die Sprache. „Aber sicher, schöner Mann!"

Die Bediensteten starren mich ungläubig an, verlieren jedoch kein Wort über meine untypische Spontaneität.

Francesca rudert schneller, und Lucienne, die an dritter Stelle liegt, lässt nach, als Francesca an Polly vorbei zieht. Keine von beiden hat auf meine Anfeuerungsrufe hin aufgeblickt.

Polly ist jetzt an zweiter Stelle, ganz, wie ich es erhofft hatte. Ich weiß, es ist egoistisch, doch ich weiß auch, dass sie auf meine Stimme reagiert hat und Francesca nicht. Nicht, dass Francesca etwas falsch gemacht hätte. Sie ist offensichtlich konzentriert, stark und ausdauernd. Das sind alles Qualitäten, die eine Königin haben sollte.

Doch es ist Polly, die mir das Gefühl gibt, lebendig zu sein.

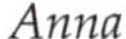

Anna

Ich paddele so angestrengt, dass meine Arme brennen nach den Bemühungen, diesen verdammten Fahnenmast hochzuklettern. Doch ich habe mich ablenken lassen. Verdammt seist du, Gabriel. Du und deine herrliche Brust! Jetzt ist Francesca in Führung. Ich hätte mich konzentrieren sollen wie Francesca, die Rudermaschine da vorn. Ich wette, sie rudert professionell. Ihre Ruderschläge sind unglaublich präzise. Ich muss gewinnen. Ich überlege kurz, ob ich ihr Kajak rammen soll, denn schließlich hat sie mich ja auch gerammt, aber das wäre unsportlich. So bin ich nicht. Ich gebe alles, was ich habe, und wenn das nicht reicht, dann versuche ich es bei der nächsten Gelegenheit.

Ich ignoriere meine kreischenden Muskeln, meinen schmerzenden Rücken und investiere den letzten Rest meiner

Energie in das Rennen. Wir sind fast Seite an Seite, und ich sehe schon das rote Band zwischen zwei Pfosten am Strand – das Ziel.

Eine Welle kommt von hinten und schiebt uns in Richtung Ufer. Ich paddele wie wild, um vor der Welle zu bleiben. Francesca hört auf zu paddeln und lässt sich von der Welle treffen, wahrscheinlich in der Hoffnung, damit extra Schwung zu bekommen. Ich schaffe es ins seichte Wasser. Ihr Kajak kentert.

Ich springe aus meinem Boot, zerre es an den Strand und überquere die Ziellinie.

„Polly gewinnt. Francesca ist die zweite", erklärt Albert. „Sie haben es beide in die letzte Runde geschafft."

Francesca steht jetzt klatschnass im seichten Wasser und versucht mit Mühe, ihr Kajak aufzurichten. Die Bediensteten gehen ins Wasser, um ihr zu helfen. Sie kocht vor Wut, als sie an Land stapft, und macht sich nicht einmal die Mühe, den Männern für ihre Hilfe zu danken. Ich will ihr sagen, dass sie sich keine Sorgen machen soll und dass sie am Ende gewinnen wird. Ich brauche nur diesen Preis, um einer Prinzessin zu Hause zu helfen, dann bin ich weg. Sie wird den ultimativen Preis gewinnen – Gabriel. Verzweifelt versuche ich zu ignorieren, wie sich mein Magen bei dem Gedanken daran dreht.

Ich spüre seine Gegenwart und drehe mich zu ihm um.

„Du hast gewonnen", sagt er ausdruckslos.

Ich weiß, was er empfindet. Ich sollte auf und ab springen und jubeln, doch als ich in seine schönen Augen blicke, die so blaugrün sind wie das Meer hier, erinnere ich mich an das, was wir geteilt haben, und mir ist nicht nach Jubeln zumute. Jetzt soll ich das Geld nehmen, die Flucht ergreifen und ihn nie wiedersehen. „Ja."

„Anständig und ehrlich."

„Du hast mein Boot angeschubst."

„Jeder hat einen Schubs bekommen."

Ich senke die Stimme. „Nicht jeder hat den Schubs von einem Muskelmann bekommen."

Er lächelt, und mein Herz pocht. Sein Lächeln ist selten

und tödlich. Er senkt den Kopf und flüstert in mein Ohr. „Bleib übers Wochenende."

Ich nicke. Darüber muss ich nicht nachdenken. Es ist nicht so, als könnte ein Anwalt übers Wochenende viel für Polly tun.

Er lächelt, und dann scheint er sich des kleinen Publikums aus Bediensteten bewusst zu werden und kehrt zu einer neutralen Miene zurück.

Francesca kommt zu uns. „Hoheit, das war eine harte Herausforderung. Ich freue mich, unter den letzten zwei zu sein, selbst wenn ich heute nicht gewonnen habe."

Gabriel neigt den Kopf. „Am Samstag werden Sie beide meine Familie zum Abendessen treffen. Am Sonntag trinken Sie Tee mit der Königin, und am Montag wird eine von Ihnen nach Hause zurückkehren, während die andere für zwei weitere Wochen im Palast bleibt. Das wird uns Zeit geben, einander kennenzulernen, bevor die Verlobung offiziell bekanntgegeben wird." Er blickt mir in die Augen, als ob er mehr sagen will, doch dann überlegt er es sich anders. Er lächelt uns kurz zu, dann geht er.

Francesca wirft mir einen finsteren Blick zu, dann geht auch sie mit ihrer wartenden Zofe davon.

Am Montag wird es Francesca sein, die im Palast bleibt und mit ihrem Prinzen glücklich bis an ihr Ende leben wird. Ich versuche, mich mit dieser Realität abzufinden, foltere mich jedoch mit dem Gedanken an ihre zwei Wochen Pärchenzeit auf Villroy, eine paradiesische Zeit auf dieser schönen Insel, gefolgt von der großen Bekanntmachung der Verlobung. Mein Selbsterhaltungstrieb zwingt mich, an dieser Stelle nicht weiterzudenken.

Jetzt weiß ich, warum wir uns verpflichten mussten, drei Wochen im Palast zu bleiben. Plötzlich wird mir bewusst, dass die Wochenendeinladung, die mir Gabriel ins Ohr geflüstert hat, gar nicht so intim war, wie ich gedacht hatte. Doch wie soll ich ihm etwas abschlagen?

Ich bin so dumm und habe mich verliebt. Wie ist das nur passiert? Ich bin doch erst fünf Tage hier, doch ich kann die Intensität meiner Gefühle nicht leugnen. Vielleicht war es der

Stress des Wettbewerbs oder die Zeit, die wir unter uns verbracht haben. Vielleicht war es nur Gabriel mit seiner ruppig-zärtlichen Art. Oder dass ich instinktiv gewusst habe, dass er mich gebraucht hat. Und ich ihn vielleicht auch. Ich bin nie zuvor einem Mann wie ihm begegnet – stark, stolz, doch auch fähig zu tiefer Zuneigung. Er hat mich wie ein kostbares Juwel behandelt.

Niemand hat mich je wie ein Juwel behandelt. Denn ich bin keines. Ich bin eine streitlustige, toughe, lügende Kosmetikerin aus Tampa, die der Situation in keiner Weise gewachsen ist.

Und jetzt muss ich das schwerste tun, was ich je in meinem Leben getan habe. Ich muss Gabriel loslassen.

11

———————

Gabriel

Ich habe die vergangene Nacht mit Polly verbracht und sie überrascht, indem ich in ihr Zimmer gekommen bin, als sie nicht zu mir kam. Ich darf nicht den Eindruck erwecken, dass ich eine Favoritin habe, besonders, nachdem ich beim Kajak-Wettkampf Pollys Kajak angeschoben habe. Darum weiß ich, dass es falsch war, dort aufzukreuzen, da Francesca auf demselben Flur schläft, doch ich konnte nicht anders.

Polly hat mir gestanden, dass sie nicht zu mir gekommen ist, weil sie versucht, mich loszulassen. Ein Kuss war alles, was nötig war, um uns beide an unsere intensive Bindung zu erinnern.

Ich wünschte, sie wäre jetzt an meiner Seite. Der Zustand meines Vaters hat sich dramatisch verschlechtert, und ich bin am Verzweifeln. Ich weiß, dass Polly ein Trost wäre, doch ich weiß auch, dass sie in den privaten Gemächern meines Vaters nicht willkommen wäre. Gerade ist ein Palliativarzt bei ihm, um ihm Schmerzmittel zu verabreichen. Ich kann ihn noch nicht verlieren. Ich bin noch nicht so weit, und ich weiß, dass es meine Mutter in eine tiefe Depression stürzen wird. Sie sind ein Team. Ich habe Angst, dass sie ohne ihn ihren Lebenswillen verliert, genau, wie sie ohne ihn ihren Willen zu herrschen verloren hat. Ich will nur, dass es ihm besser geht.

Ich komme in die Gemächer meiner Eltern und werde in den Salon geführt. Durch die offene Tür sehe ich meine Mutter am Bett meines Vaters stehen und mit dem Arzt reden.

Ich gehe auf und ab. Ich hätte nie gedacht, dass ich je wollen würde, dass diese barbarischen Brautspiele weitergehen, doch jetzt, nach sechs Tagen, bin ich traurig, dass sie vorbei sind, da ich mich von Polly verabschieden muss. Und wenn Polly geht, wird Francesca automatisch zu meiner Braut. Ich habe Polly gebeten, über das Wochenende zu bleiben, um das Unvermeidliche hinauszuzögern. Ich mache mir etwas vor und schinde Zeit.

Endlich verabschiedet sich der Arzt, und ich gehe zu meinem Vater. „Wie fühlst du dich?"

Sein Lächeln ist eher eine Grimasse. „Gut, sobald die Schmerzmittel endlich anfangen zu wirken."

Meine Mutter drückt seine Hand. Ihre Miene ist grimmig. „Ruh dich aus, mein Lieber." Sie setzt sich neben ihn.

Ich ziehe einen Stuhl zum Bett, und so sitzen wir ein paar Minuten schweigend beisammen. Meine Geschwister kommen morgen an, und zum ersten Mal fürchte ich, dass meinem Vater nur Stunden bleiben könnten anstatt Wochen. Ich hätte meine Geschwister nicht vor der harten Realität beschützen sollen. Ich würde mir nie vergeben, wenn sie keine Gelegenheit bekämen, sich zu verabschieden. Zum Glück entspannt sich seine Miene, als die Medikamente ihre Wirkung entfalten, und er wendet sich sofort wieder seinem Lieblingsthema zu.

„Dann sind also nur noch zwei Kandidatinnen übrig", sagt er zu mir. „Deine Mutter und ich sind einer Meinung. Francesca ist die beste Wahl."

Meine Mutter nickt. „Sie ist immer unsere erste Wahl gewesen, und ich habe dafür gesorgt, dass ihr die Aufgaben liegen. Sie entstammt dem größten und reichsten Königreich, und eine Allianz mit ihrem Land bietet uns die beste Ausgangsposition für die Zukunft. Außerdem ist sie geeignet für die Rolle der Königin, da sie auf die richtige Art und Weise erzogen wurde."

Die Worte *Polly ist ungeeignet* muss sie danach nicht mehr aussprechen. Zum ersten Mal in meinem Leben rebelliert etwas in mir. Ich habe nichts gegen Francesca, und bevor ich Polly kennengelernt habe, hätte es mir wahrscheinlich auch nichts ausgemacht. Ich muss nur die Liebe meiner Eltern betrachten, um zu wissen, dass ich das auch in meiner Ehe haben will.

„Dann hast du die Spiele manipuliert, um Francesca einen Vorteil zu geben?", frage ich.

Meine Mutter antwortet ohne einen Hauch der Reue. „Ja."

Ich kneife die Augen zusammen. „Warum hast du sie nicht gleich ausgewählt und gut?"

Sie lächelt traurig. „Dein Vater hat etwas gebraucht, worauf er sich freuen konnte."

„Es hat mir viel Spaß gemacht", sagt mein Vater, bevor ihn wieder ein Hustenanfall beutelt. Meine Mutter hilft ihm sich aufzurichten und gibt ihm einen Schluck Wasser.

Es ist so einfach wie es krank ist. Ein winziger Funke der Freude in seinem Leid. Das war der einzige Grund, weswegen ich dem ganzen Theater überhaupt zugestimmt habe, auch wenn ich glaube, dass ich nicht mitgespielt hätte, wenn ich gewusst hätte, dass es von Anfang an manipuliert war. Doch dann hätte ich Polly nie kennengelernt. Ich kann nicht viel Wut wegen des manipulierten Spiels empfinden, da Polly Glück, Trost und, ja, Liebe in mein Leben gebracht hat.

Als mein Vater sich wieder hingelegt hat, erhebe ich Einspruch. „Ich bin mir nicht sicher, was Francesca angeht. Vielleicht können wir es hinauszögern und auf diskreten Kanälen ein paar Fühler ausfahren." Ich brauche Zeit, um eine Lösung mit Polly zu finden.

Die Stimme meines Vaters ist heiser. „Beende die Spiele. Triff die richtige Wahl, Gabriel" – seine Augen fallen zu – „… nicht mehr viel Zeit …", murmelt er, bevor er einschläft.

Meine Mutter lehnt sich in ihrem Sessel zurück und schließt die Augen. Sie hat wahrscheinlich nicht viel geschlafen, da sie immer auf meinen Vater aufpasst, wenn es ihm nicht gut geht. Ich drücke sanft ihre Schulter. Sie legt ihre

Hand auf meine und drückt sie kurz, bevor sie sie wieder loslässt.

Jetzt ist nicht die Zeit zu rebellieren. Ich weiß, was ich tun muss – die Braut heiraten, die sie für mich ausgesucht haben, um meinem Vater Frieden zu bringen. Ich stehe auf, nicke kurz und gehe.

Ich wandere durch die langen Flure des Palasts, angetrieben von rastloser Energie. Ich kenne meine Pflicht, meine Verantwortung, doch ich kann mich nicht damit anfreunden.

Eine Stunde später stehe ich vor Pollys Zimmer. Ich drehe am Knauf und finde die Tür unverschlossen vor. Ich betrete den stillen Raum. Das Licht ist an, doch Polly ist nicht da. Die Badezimmertür ist offen. Sie verschließt sie wahrscheinlich nie, denn einen Sinn für Schamhaftigkeit oder Schicklichkeit besitzt sie nicht. Es reizt mich, weil es so falsch ist, das Gegenteil von allem, was ich gewohnt bin. Sie ist der Rebell, der ich nie sein konnte.

„Polly?"

Ich höre ein Knarzen, dann erhebt sie sich vom Boden neben ihrem Bett, gekleidet in einen neonblauen Sport-BH und winzige schwarze Spandex-Shorts. „Hi. Ich habe gerade Unterarmstützen gemacht. Das hilft mir, einen klaren Kopf zu bekommen, und strafft meine Körpermitte."

Mein Blick wandert zu ihrem flachen, straffen Bauch, und mein Mund wird trocken. Meine Finger prickeln vom Drang, sie zu berühren.

„Du hast den sexiesten Schlafzimmerblick, den ich je gesehen habe." Sie kommt mit wiegenden Hüften zu mir.

Ich ziehe sie in meine Arme und küsse sie mit der vollen Intensität dessen, was ich empfinde. Viel später lasse ich sie los, ohne den Blickkontakt zu unterbrechen, und wünsche mir, alles könnte anders sein, wünsche mir, es gäbe einen anderen Weg. „Sie haben mir meine Braut ausgesucht. Francesca."

Sie wendet den Blick ab. „Dachte ich mir. Sie ist die einzige, die übrig ist", sagt sie leise.

„Abgesehen von dir."

Sie weicht zurück. „Wir beide wissen, dass das unmöglich

ist. Ich könnte nie Königin von Villroy werden. Ich passe nicht hierher."

„Du wirst eines Tages die Frau eines anderen Mannes werden. Er kann sich glücklich schätzen." Sie wird wahrscheinlich jemanden aus ihrem Königreich heiraten – oder vielleicht wird sie wie ich gezwungen, dieselbe seelenlose Allianz zweier Königreiche zu besiegeln. Das fühlt sich alles furchtbar falsch an.

Ich sinke auf das Bett und stütze meine Ellbogen auf die Knie. „Ich kann meinen Vater nicht im Stich lassen. Er leidet und braucht seinen Seelenfrieden." Und dann denke ich daran, was mein Vater wirklich braucht, was wir alle brauchen, einen Weg in die Zukunft für Villroy. Frisches Blut mit frischen Ideen, wie meine Mutter gesagt hat. Zum ersten Mal wird mir bewusst, dass Pollys rebellische Natur und ihr freier Geist für uns von großem Wert sein könnten. Eine Chance, die man nutzen und nicht abwürgen sollte.

Ich richte mich auf, als sich eine neue Idee in meinem Kopf festsetzt. „Vielleicht ist die Tatsache, dass du nicht ins traditionelle Bild passt, eine gute Sache. Du könntest helfen, hier ein paar dringend nötige Änderung vorzunehmen."

Sie starrt mich mit so viel Sehnsucht im Blick an, dass leise Hoffnung in mir erwacht. Sie versteht, was ich meine. Wenn sie zustimmen würde, meine Frau zu werden, würde ich für das Recht kämpfen. Doch dann wendet sie sich ab und presst die Lippen aufeinander.

„Polly." Ich hasse den verzweifelten Ton in meiner Stimme. Noch nie in meinem Leben habe ich mich verzweifelt angehört. Nichts war mir je so wichtig.

Sie sitzt neben mir und drückt meinen Arm. „Francesca ist eine intelligente Frau. Sie war die einzige, die die Wirtschaftsaufgabe gelöst hat. Ich bin mir sicher, sie kann dir bei allem helfen. Sie ist eine gute Wahl." Ihre Stimme ist angespannt. Sie versucht, ehrenwert zu handeln und mich auf den richtigen Pfad zu schicken.

„Sie ist die Wahl des Königs und der Königin, nicht meine."

Sie lehnt sich an meinen Arm, schlingt ihren Arm um

meinen und verflicht ihre Finger mit meinen. „Danke für deine Hilfe, Gabriel. Ich weiß es wirklich zu schätzen, und das Geld von der heutigen Aufgabe wird für einen wichtigen Zweck eingesetzt werden. Ich habe zu Hause angerufen, und alles ist geregelt. Es könnte ein Leben retten."

Ich starre sie geschockt an. „Bist du auch in Gefahr?"

„Nein, jemand, der mir nahesteht. Sie wird nicht sterben, aber sie braucht meine Hilfe, um zu leben. Mehr kann ich dir aber nicht dazu sagen."

Ich massiere meine Nasenwurzel. „Du bist ein guter Mensch. Und ich bin einer von der schlimmsten Sorte, weil ich dir nicht deine Freiheit geben will." Ich lasse meine Hand sinken und wende mich ihr zu. „Ich möchte, dass du bleibst."

Sie schüttelt langsam den Kopf. „Ich bin nicht, was du brauchst. Ganz tief da drinnen weißt du das auch; der König und die Königin wissen das. Und mit der Zeit wirst du mich vergessen.

„Das werde ich nicht. Polly, ich werde den Thron besteigen, und ich brauche –"

„Jemand anderen." Sie lässt meine Hand los und rutscht von mir weg. „Du wirst deine Pflicht erfüllen, weil du ein ehrenhafter Mann bist. Das liegt dir im Blut."

„Du würdest mich abweisen?"

Sie holt zittrig Luft und blickt über meine Schulter hinweg. „Ja."

Ich lege meine Hand an ihre Wange, und als ich sie zu mir umdrehe, sehe ich ihre Augen, die vor unvergossenen Tränen glänzen. Das ist auch für sie nicht leicht. Sie empfindet tiefe Emotionen, ob sie es nun zugeben will oder nicht.

Ich bin mir nicht sicher, wer sich zuerst bewegt, doch wir ziehen einander an. Langsam senke ich sie aufs Bett, unsere Münder verschmolzen, ihre Arme umeinandergeschlungen. Zumindest können wir das haben. Zumindest noch ein Weilchen.

~

Anna

Ich erstelle eine Gliederung. Darin bin ich großartig. Da ist zum einen Annas Leben zu Hause als Kosmetikerin, und dann ist da Anna, die hier im Palast ein Märchen lebt, Küsse stiehlt und schmutzige Dinge mit dem Kronprinzen tut. Es ist Samstagabend, und mein Flug ist für Montagmorgen gebucht. Ich tue so, als wäre ich dieses Wochenende ein Ehrengast der Königsfamilie. Nur so kann ich meine restliche Zeit hier genießen, ohne einen Nervenzusammenbruch zu erleiden.

Ich gehe in das Speisezimmer, um Gabriel und seine jüngeren Geschwister zum Abendessen zu treffen. Ich bin mir sicher, dass sie herbeigerufen worden sind, um ihre Meinung zu den potentiellen Bräuten abzugeben. Francesca wird auch da sein. Da ich weiß, dass sie die Braut sein wird, kann ich entspannt an das einmalige Erlebnis herangehen, so viele Blaublüter auf einmal kennenzulernen. Was Polly angeht, ist alles geregelt, was eine riesige Erleichterung für mich ist. Das Geld, das sie gebraucht hat, ist an ihre private Stiftung überwiesen worden. Von dort kann sie über das Geld verfügen, um sich einen Topanwalt zu nehmen. Ich bin mir sicher, dass irgendwann irgendjemand bemerken wird, dass das Geld an einen Anwalt in Florida gegangen ist, doch sie hofft, dass sie dann schon weit weg sein wird. Ich werde sie vermissen, doch es gibt mir ein gutes Gefühl, ihr dabei geholfen zu haben, ihr Leben so zu leben, wie sie es will.

Gabriel wartet auf mich und steht aufrecht und stolz vor der Tür des Speisezimmers. Das ist ein Mann, der nie herumfläzen würde. Er sieht unfassbar umwerfend aus in einem gestärkten weißen Hemd, grauer Hose und schwarzen Lederschuhen. Meine Wangen werden rot und meine Nervenenden prickeln, als hätte ich einen Draht unter Spannung angefasst. Es ist, als ob sich mein Körper an seine Berührungen erinnert, und allein ihn zu sehen, hat eine unleugbare Wirkung auf mich. Es hat mich ganz böse erwischt. Es ist furchtbar.

Ich bemühe mich, locker zu wirken. „Hallo, schöner Mann, bin ich die erste hier?"

Er lächelt mich herzlich an, und mein Puls rauscht in meinen Ohren. „Emma und Phillip sind schon drin. Wir warten noch auf die anderen." Er beugt sich zu mir herunter und küsst meine Wange. „Du siehst schön aus."

Ich kann nicht anders, ich muss lächeln. Ich trage ein grünes, ärmelloses Kleid mit Taillengürtel. Es ist tief ausgeschnitten und bedeckt gerade so mein Hinterteil. Ich finde, es sieht toll aus, doch für den königlichen Hof ist es sicher nicht gemacht. Gabriel schätzt es jedoch, weil er *mich* schätzt. In einer anderen Zeit, an einem anderen Ort, in einem anderen Leben hätte aus uns vielleicht was werden können. „Danke."

Er begleitet mich in den Raum, die Hand auf meinem unteren Rücken. Ich bleibe stehen und flüstere ihm zu: „Du solltest mich nicht in der Öffentlichkeit berühren. Das ist Francesca gegenüber nicht fair." Zum Glück ist sie noch nicht hier.

„Das ist mir egal."

Er geht vollkommen falsch damit um. Er wird noch alles kaputtmachen für etwas, das nie funktionieren könnte. Er weiß nicht, wer ich wirklich bin. Dieses Haus ist stolz auf eine lange Familiengeschichte, die bis zu den Wikingern zurück reicht. Ich habe in der Bibliothek hier im Palast darüber gelesen. Die Rourkes haben eine stolze Geschichte, im wahrsten Sinne felsenfest verankert hier mit der ersten Wikingerfestung. Was von dieser Festung übrig ist, liegt nicht weit vom Palast entfernt, eine permanente Erinnerung an ihr Erbe. Und so sehr ich mich auch immer nach einem solchen Fundament gesehnt habe, ich gehöre einfach nicht hierher.

Ich eile seiner Hand voraus und lächele seine Geschwister an. „Hi, ich bin Polly. Freut mich, Sie kennenzulernen."

Phillip, der königliche Hottie – ich erkenne ihn von seinen vielen Bildern online – steht auf, um mich zu begrüßen. Er drückt herzlich meine Hand. Er ähnelt Gabriel mit seinen dicken braunen Haaren, seinen schönen blau-grünen Augen und dem kantigen Kinn, nur mit dem Unterschied, dass in seiner Miene eine offene Freundlichkeit liegt. Vielleicht wäre Gabriel mehr wie Phillip, wenn nicht der Druck, der Thronerbe zu sein, auf ihm lasten würde.

„Bitte nenn mich Phillip. Ich habe dich gesehen, als du angekommen bist", sagt Phillip. „Du warst so von Gabriel eingenommen, dass du mich gar nicht in der Eingangshalle bemerkt hast."

Ich starre ihn an und erinnere mich. Er hat recht. Vom ersten Schritt in den Palast war ich auf Gabriels Smoking fixiert gewesen. Er hatte eine so faszinierende Präsenz, dass ich mir nur vage der anderen Leute um ihn herum bewusst gewesen bin. Sie sind alle in den Hintergrund getreten.

Ich werde rot, und Phillip schmunzelt. Wir drehen uns beide zu Gabriel um. Sein warmer Blick ruht auf mir, ein Lächeln umspielt seine Lippen. Ich kann nicht anders. Ich erwidere sein Lächeln und muss ziemlich dämlich dabei aussehen. Er ist immer noch faszinierend.

„Ich habe eine Menge über dich gehört, Polly", sagt Phillip.

Ich wende mich widerwillig von Gabriel ab. „Nur Gutes, hoffe ich." *Doch das bezweifele ich stark. Die Königin hat sich wahrscheinlich bis zur Erschöpfung darüber ausgelassen, wie unschicklich ich doch bin.*

Phillip lächelt, sagt jedoch nichts. Stattdessen deutet er in Emmas Richtung, die ihm gegenüber am Tisch sitzt. Emma sieht aus, wie ich mir immer eine echte Prinzessin vorgestellt habe – lange, braune Haare, große, unschuldige haselnussbraune Augen, eine süße Stupsnase und volle rosa Lippen. Ihr Kleid ist ein züchtiges rosa Etuikleid mit kurzen Ärmeln.

Sie lächelt mich an, ohne aufzustehen. „Hallo Polly, ich bin Emma. Wir haben uns die Highlights des Wettbewerbs heute Morgen auf Video angesehen. Du bist richtig sportlich. Bist du genauso motiviert, unseren spießigen alten Gabriel hier zu heiraten?" Sie zwinkert Gabriel zu.

„Die Tatsache, dass der Wettbewerb gefilmt wurde, sollte ein Geheimnis sein", antwortet Gabriel mit sanft scheltendem Unterton. Er muss seine kleine Schwester wirklich lieben, denn mit allen anderen geht er viel barscher um. Naja, mit mir auch nicht mehr. Sex tut das mit einem Mann. Es macht ihn weich. Oder nein, eigentlich macht es ihn hart. *Hör auf, dauernd an Sex mit Gabriel zu denken!*

Emma schlägt sich die Hand vor den Mund und macht große Augen. „Oh nein. Tut mir leid."

„Schon gut", antwortet Gabriel. „Polly weiß Bescheid. Sag aber bitte nichts, wenn Francesca kommt." Er zieht einen Stuhl für mich zurück. „Polly."

Ich nehme Platz, und er setzt sich an den Kopf des Tisches zu meiner Rechten hin. Emma sitzt mir gegenüber. Phillip zieht um, sodass er jetzt neben mir sitzt, was Gabriel die Stirn runzeln lässt.

Gabriel wendet sich mir zu. „Emmas Hochzeit wurde arrangiert, als sie sechzehn war. Sie heiraten in ein paar Monaten, bald nach ihrem fünfundzwanzigsten Geburtstag."

„Ist das dein Ernst?" Ich bin ein bisschen sprachlos. Beim Thronerben kann ich mir das ja noch vorstellen, doch weiter unten in der Erbfolge werden sie auch noch in arrangierte Ehen gezwungen?

Gabriel antwortet sachlich. „Der Hof bevorzugt es so. Dieser jüngste Brautwettbewerb ist eine krasse Ausnahme. Meine Geschwister müssen nicht zustimmen. Sie können einen geeigneteren Kandidaten oder eine geeignetere Kandidatin verlangen. Emma hat allerdings dem Ehemann, der für sie ausgesucht worden ist, sofort zugestimmt. Sie ist schon immer eine propere Prinzessin gewesen." Auch er drückt sich jetzt ausgesprochen proper aus. Ich frage mich, ob er sich umso zwangloser gibt, je vertrauter er mit jemandem ist. Mit mir, in der Dunkelheit der Nacht, hört er sich anders an – warm, ungezwungen, bisweilen schmutzig. So gefällt er mir am besten.

„Ich tue meine Pflicht, ganz so wie es sich gehört", fügt sie hinzu.

„In dieser Hinsicht sind wir uns ziemlich ähnlich", sagt Gabriel mit warmem Blick.

„Das sind allerdings die einzigen beiden in unserer Generation", erklärt Phillip. „Alle anderen haben das Arrangement abgelehnt. Ihr zwei steht wirklich auf das höfische Protokoll, was?" Er wendet sich mir zu. „Emma ist ganz weit hinten in der Thronfolge. Sie steht einfach auf Regeln und das Gefühl, die Tradition fortzusetzen."

Emma sieht Phillip strafend an. „Ohne Regeln würde die Welt im Chaos versinken, unsere Traditionen stützen unsere

Kultur. Villroy hat eine lange, ehrenvolle Geschichte, und solange ich etwas zu sagen habe, wird der Fortbestand dieser Geschichte nicht in Gefahr geraten."

„Was hältst du davon, Polly?", fragt Phillip.

Die Wahrheit ist, dass ich beide Seiten verstehen kann. Auf der einen Seite ist da die Freiheit, seine eigenen Entscheidungen zu treffen, doch es hat auch etwas Schönes, seinen Platz in einer langen, ehrenvollen Geschichte einzunehmen. Die tief verwurzelten Traditionen auf Villroy müssen ihnen quasi von Geburt an das Gefühl gegeben haben, einen Platz in der Welt zu haben. Dann denke ich an Gabriel und antworte auf eine Weise, von der ich denke, dass sie ihn sanft auf den richtigen Weg stupsen wird.

„Ich nehme durchaus an, dass Regeln und Traditionen wichtig sind."

Phillips Augen tanzen amüsiert. „Bist du jemand, der den Regeln folgt?"

Ich pruste vor Lachen. „Gott, nein." *Oops! Das war zu sehr ich.* „Ich meine ja. Ich bin im Rahmen des höfischen Protokolls meines Königreichs aufgezogen worden." Ich ermahne mich, mich an meine Prinzessinnen-Rolle zu halten.

Phillip lächelt. „Aber es ist nicht leicht, nicht wahr?"

Ich lache. „Wie recht du doch hast."

„Erzähl mir von dir. Bist du in den USA aufgewachsen?"

Alle Augen richten sich auf mich. Ich darf das so kurz vor der Zielgerade nicht für Polly versauen. Je weniger ich sage, desto besser. „Teilweise."

„Wie das?"

Ich halte mich an einsilbige Antworten. „Ausbildung."

Phillip nickt. „Unsere Schwester Silvia hat in den USA studiert. Du musst eine ganze Weile da gelebt haben, um den Akzent zu übernehmen."

„Mh-hm." Ich breite die Serviette auf meinem Schoß aus und befehle meinen Wangen aufzuhören, rot zu werden. Das ist das erste Mal, dass ich so viele direkte Fragen über Polly beantworten muss.

Die Tür des Speisezimmers öffnet sich. Gerettet! Die Ankunft von nicht einem, nicht zwei, sondern gleich *drei* attraktiven Prinzen ist eine willkommene Ablenkung. Sie sind alle ähnlich gekleidet mit gestärkten Hemden und Stoffhosen, und alle haben dieselben dunkelbraunen Haare und sind groß mit muskulöser Statur. Einer hat einen sorgfältig getrimmten Bart, die anderen beiden haben sexy Stoppelbärte.

„Da ist ja der königliche Bachelor, der Star der Rourke'-schen Reality Show!", ruft der Bärtige und deutet auf Gabriel. Er hält ihm ein imaginäres Mikrofon unter die Nase. „Für wen wirst du dich entscheiden? Polly oder Francesca?"

Gabriel starrt ihn finster an. „Idiot. Das sollte ein Geheimnis bleiben. Zum Glück für dich weiß Polly es bereits. Erwähne aber *nichts* von irgendeiner Reality Show vor Francesca. Sie dürfte jeden Moment kommen."

Der Bärtige grinst mich ohne jede Reue an. Seine Augen haben dieselbe Farbe wie Gabriels. „Tut mir leid und hallo, Prinzessin Polly. Ich bin Lucas." Er schüttelt meine Hand und dreht sich zu Gabriel um. „Wir haben vorhin alle die Highlights angesehen, als wir Vater besucht haben. Sie haben allerdings das mit der Rose vergessen."

„Es reicht", knurrt Gabriel.

Lucas salutiert vor ihm und wendet sich mir zu, dann weist er mit dem Daumen auf die beiden anderen Brüder, die mit ihm angekommen sind. „Der Hässliche da ist Oscar, und der Ausgefuchste ist Adrian."

Oscar lächelt mich an, und er sieht umwerfend gut aus. Ganz ehrlich, wenn ich was zu sagen hätte, wäre er derjenige, den die Presse als königlichen Hottie bezeichnet. Gabriel ist offensichtlich der attraktivste, doch er steht über dieser Art von Unsinn.

Oscar ergreift meine Hand und küsst meinen Handrücken. Seine aquamarinblauen Augen ruhen warm auf meinen. „Ich kann nur hoffen, dass ich eines Tages vom hässlichen Entlein zum schönen Schwan werde. Freut mich, dich kennenzulernen, Polly."

Ich werde rot. „Danke, die Freude ist ganz meinerseits."

Adrian begrüßt mich herzlich, bevor er neben Emma Platz nimmt. Er hat haselnussbraune Augen.

Ich wende mich Gabriel zu und flüstere: „Warum hat er Adrian als den Ausgefuchsten bezeichnet?"

„Er ist der Pokerspieler."

„Ah."

„Silvie ist gerade angekommen", berichtet Lucas. „Sie ist direkt zu Vater gegangen. Polly, sie ist unsere jüngste Schwester, Adrians Zwilling."

Gabriel nickt.

„Das sind dann alle, oder?", frage ich Gabriel. „Wo ist Francesca?"

„Ich weiß nicht." Gabriel bittet einen Bediensteten, nach ihr zu sehen.

Ein unbehagliches Gefühl breitet sich in mir aus. Was, wenn sie den Schwanz eingezogen hat und abgehauen ist? Oder wenn sie krank geworden ist? Ich glaube nicht, dass ich den Abend, ohne Fehler zu machen, überlebe, wenn der Fokus von zwei Prinzessinnen und fünf Prinzen ununterbrochen auf mich gerichtet ist.

Lucas grinst Gabriel an. „Ich kann nicht fassen, dass ausgerechnet du bei diesem Wettbewerb mitgespielt hast. Vorübergehende Unzurechnungsfähigkeit? Das ist die einzige Erklärung, die mir einfällt."

„Es war das Mindeste, was ich angesichts seines Zustandes für unseren Vater tun konnte", sagt Gabriel.

„Ich dachte, wir sollten nicht vor Außenstehenden darüber reden", flüstert Emma diskret.

Alle Blicke wandern zu mir. Ich sehe Gabriel an.

Gabriel seufzt. „Ich habe mit Polly darüber gesprochen, weil sie etwas Ähnliches mit ihrem Vater durchmacht."

Seine Geschwister sehen mich mitfühlend an. Ich nicke und blinzele schnell, als ich an Mike denke.

Gabriel fährt fort. „Dieser Wettbewerb hat ihm in seinen letzten Tagen ein bisschen Frohsinn gebracht. Es tut mir leid, dass ich euch so lange vor der Wahrheit abgeschirmt habe. Ihm bleibt nicht viel Zeit."

Plötzlich wird mir bewusst, wie wichtig es ist, dass Gabriel die richtige Braut heiratet. Ich wusste, dass sein Vater schwer krank ist, doch mir war nicht bewusst, dass ihm nur noch Tage bleiben. Kein Wunder, dass sie diesen verrückten Wettbewerb veranstaltet und das Feld innerhalb von einer Woche reduziert haben. Er muss sich für Francesca entscheiden. Galle steigt mir in den Hals. Ich wusste, dass er eine andere heiraten würde, doch die Realität schlägt mir auf den Magen.

„Was?", entfährt es Lucas. „Ich habe ihn vorhin besucht, und er hat kein Wort davon gesagt. Im Gegenteil, er hat Witze gerissen."

„Er will euch nicht belasten", sagt Gabriel. „Er will, dass ihr euer Leben genießt, doch ich will auch, dass ihr eine Chance bekommt, euch zu verabschieden."

Alle schweigen.

„Und ihm bleiben wirklich nur noch Tage?", fragt Phillip. „Hat der Arzt das gesagt?"

„Der Arzt sagt, er könne nichts mehr für ihn tun", sagt Gabriel unverblümt. „Es geht ihm schlechter. Er hat häufiger stärkere Schmerzen, und er schläft fast nur noch." Seine Stimme versagt, und mir selbst schnürt sich der Hals vor Mitgefühl zu. Er räuspert sich. „Wir müssen Arrangements für die Zukunft von Villroy treffen. Wir müssen vorbereitet sein."

Wieder folgt eine lange Stille, als allen die schmerzliche Wahrheit bewusst wird. Ich bin froh, dass seine Geschwister es wissen. Viel zu lang hat Gabriel die Last allein auf seinen Schultern getragen. Jetzt können sie einander trösten.

Lucas gestikuliert in meine Richtung. „Ich nehme an, dass du Teil dieses Arrangements für die Zukunft bist. Gabriel hat sich dir anvertraut. Er vertraut sich niemandem an." Der letzte Teil klingt bitter. Ich kann es ihm nicht zum Vorwurf machen. Es muss wehtun, bei so etwas Wichtigem außen vor gelassen zu werden.

Ich rücke unbehaglich auf meinem Stuhl herum, und meine Brust wird eng, da ich weiß, dass ich nicht Teil von Gabriels Zukunft bin. „Francesca ist eine wunderbare Kandidatin. Ich habe Gabriel gesagt, dass er sie wählen soll." Meine Stimme ist brüchig, und ich versuche, es mit einer großen, fetten Lüge zu übertünchen. „Ich wünsche den beiden alles

Gute." Was ich mir wirklich wünsche, ist, dass Gabriel kein Kronprinz wäre, der an Traditionen und Pflichten gebunden ist. Ich kann ihn nicht ansehen, auch wenn ich seinen Blick auf mir spüre.

„Aber es ist nicht Gabriels Entscheidung, oder?", fragt Emma. „Als Thronerbe braucht er die Zustimmung des Königs und der Königin."

„Sie wollen Francesca auch." Ich wende mich Gabriel zu. „Das hast du gesagt."

Gabriel beißt die Zähne aufeinander.

„Hallo?" Lucas blickt zwischen Gabriel und mir hin und her. „Wenn die Entscheidung bereits gefallen ist, warum ist Polly dann hier?" Er wendet sich mir zu. „Nicht, dass wir nicht mit dir essen wollen, doch ich dachte, ich sollte–"

„Lucas!", zischt Emma. „Wie unhöflich! Polly, wir freuen uns alle sehr, dich kennenzulernen, Wettbewerb hin oder her. Vielleicht sollten wir mit einer Runde Drinks anfangen?" Sie winkt einen Bediensteten herbei.

„Großartige Idee", sage ich viel zu laut.

Wieder starren mich alle an.

Ich hebe einen Finger. „Par-tay."

Gabriel bleibt todernst, doch seine Brüder lachen. Emma presst die Lippen aufeinander, wahrscheinlich, weil ich mich so gar nicht wie eine Prinzessin verhalte.

Es wird eine solche Erleichterung sein, wenn ich niemandem mehr etwas vorspielen muss. Doch das bedeutet dann auch keinen Gabriel mehr … Ich weigere mich, weiterzudenken. Nein, ich werde den heutigen Abend als Gast der Königsfamilie genießen, und damit basta.

12

Gabriel

Als wir beim Dessert angekommen sind, ist es klar, dass Phillip in Polly vernarrt ist. Er geht so vertraut mit ihr um, und, ja, er flirtet, dass ich es kaum ertragen kann. Francesca ist hier und sitzt neben Adrian, unterhält sich aber fast ausschließlich mit Emma. Die beiden Frauen verstehen sich gut, da beide mit ähnlichem Fokus auf Anstand und Etikette aufgewachsen sind. Ich kann nicht fassen, dass ich mir genau das irgendwann einmal als Braut gewünscht habe.

Oscar steht auf. „Hat jemand Lust, auf ein paar Cocktails mit aufs Dach zu kommen?" Wenn es ums Feiern geht, sagt er nie nein.

Ich will Polly für mich allein, doch das geht offensichtlich nicht, wenn Francesca hier ist. Ich will schon behaupten, dass ich müde bin, als Polly sagt: „Gerne!"

Er lächelt, geht um den Tisch herum, zieht ihren Stuhl zurück und spielt den perfekten Gentleman. Noch einer meiner Brüder, den ich im Auge behalten muss. Nachdem sie alle glauben, dass Francesca und ich beschlossene Sache sind, halten sie Polly für Freiwild. Ich soll verdammt sein, wenn ich sie während unseres letzten gemeinsamen Wochenendes teile.

„Ein Mädchen ganz nach meinem Geschmack", sagt Oscar. „Es wird dir da oben gefallen. Die Aussicht von unserem Dachgarten ist spektakulär. Man kann die ganze Insel sehen."

„Ich komme mit", sagt Phillip.

Alle kommen mit, außer Emma, die in ihr Zimmer zurückkehrt. Sie hält sich strikt an ihre Routine und geht tagein, tagaus um dieselbe Zeit ins Bett. Ich habe nichts dagegen, im Gegenteil, sie ist unglaublich vernünftig und die einzige von uns, die morgens immer ausgeruht und munter ist. Silvia ist bei unserem Vater geblieben, geschockt von seinem Verfall seit ihrem letzten Besuch vor sechs Monaten. Sie lebt mit ihrem Mann in den USA und hat nicht gewusst, wie schlecht es unserem Vater geht.

Ich stehe auf. „Ich gehe auch." Ich wende mich Francesca zu. „Kommen Sie auch mit?"

„Natürlich", murmelt sie mit gesenktem Blick. „Wenn Eure Hoheit mich dabeihaben wollen." Sie wird eine angenehme Ehefrau sein, ruhig, bescheiden, kultiviert. Alles, was Polly nicht ist.

„Es gibt uns Zeit, einander besser kennenzulernen." Die Worte schmecken bitter auf meiner Zunge. Ich warte, während sie kurz mit ihrer Zofe spricht, einer älteren Dame, von der ich annehme, dass sie ihre Anstandsdame ist. Polly geht mit meinen Brüdern und winkt mir zum Abschied kurz zu.

Ich nicke angespannt. Ich will nur eines: mit Polly zurück auf mein Zimmer gehen. Wegen ihr bin ich sexsüchtig geworden. Jedes Mal mit ihr ist heißer als das davor. Sie hält nichts zurück, und ich bin immer gierig nach mehr. Allein daran zu denken macht mich heiß. Ich zwinge meine Gedanken zu unerquicklicheren Dingen wie Wohltätigkeitsbankette angefüllt mit unproduktivem Smalltalk. Ich schaudere. Ich hasse Smalltalk.

Schließlich scheinen Francesca und ihre Zofe zu der Entscheidung gekommen zu sein, dass beide mit aufs Dach kommen. Ich gehe ihnen schnellen Schrittes voraus durch den Ostflügel und die Treppen hinauf zu unserem Dachgarten. Fünfzig Leute finden spielend darauf Platz und nur meine Familie und unsere Gäste haben Zutritt – abgesehen von dem

Junggesellenabschied, den Phillip für die desaströse Hochzeit, die hier im Palast abgehalten worden ist, veranstaltet hat. Er hat vieles getan, was er nicht hätte tun sollen, um Villroy zu einer Eventlocation für Hochzeiten zu machen. Ich sollte dankbar für diese Katastrophenhochzeit sein, denn danach musste selbst er zugeben, dass es eine schlechte Idee war.

Die Lichter, die im Steinboden eingebaut sind, tauchen die Terrasse in ein warmes Licht, und Jazz dringt leise aus den versteckten Lautsprechern. Es ist eine warme Juninacht, Sterne glitzern am Himmel, und es scheint der perfekte Moment für Romantik zu sein. *Seit wann bin ich denn ein Romantiker?* Vielleicht hat mich das Wissen, bald meinen Vater zu verlieren, emotionaler gemacht. Oder vielleicht liegt es an *ihr.*

Mein Blick fällt auf Polly, die über etwas lacht, das Phillip gesagt hat. Ich ertappe mich dabei, wie ich lächeln muss, wenn ich sie lachen sehe. Sie ist strahlend schön, so offen, wie sie das Leben genießt. Plötzlich spüre ich, dass jemand mich beobachtet. Ich drehe mich um und begegne Francescas Blick; sie steht nicht weit von mir entfernt. Ich habe mich ihr gegenüber nicht fair verhalten.

Ich gehe zu ihr. „Möchten Sie tanzen?"

Sie sieht unsicher aus. „Niemand sonst tanzt, Eure Hoheit." Sie starrt auf meine Schuhe. „Das wäre nicht schicklich."

„Nun denn. Kann ich Ihnen einen Drink holen?"

„Nein, danke."

Ich ringe meine Irritation nieder angesichts ihrer zugeknöpft-spießigen Reaktion und bemühe mich um eine angenehme Konversation. „Was halten Sie von dem Wettbewerb?"

Sie begegnet kurz meinem Blick, dann wendet sie ihn wieder ab. „Er war … schwierig, doch ich weiß, dass der Preis es wert ist." Sie meint mich.

„Danke."

Polly quietscht, und ich drehe mich gerade in dem Moment um, als Lucas sie rücklings über seinen Arm biegt. Reichen meine Brüder sie etwa herum? Gerade hat sie noch mit Phillip gelacht. Lucas richtet sie wieder auf, und sie tanzen einen schnellen Tango. Ich kann nicht aufhören zu starren. Sie sehen gut zusammen aus und tanzen, als tanzten sie schon immer zusammen. Mein Magen zieht sich zusammen. *Verdammt. Sie gehört mir.*

Oscar tippt ihm auf die Schulter, und Lucas reicht Polly an Oscar weiter, der sie zu einem langsamen Walzer dreht. Sie blickt über ihre Schulter und lacht Lucas an, der so tut, als heulte er.

Ich habe genug vom Teilen. Ich mache einen Schritt auf Polly zu, als Francesca sagt: „Sie kann den Wettbewerb nicht gewinnen. Sie ist nicht geeignet, Königin zu sein."

Das weiß ich selbst, doch ich habe es einmal zu oft gehört. „Das ist immer noch meine Entscheidung", blaffe ich und gehe, ohne mich noch einmal umzudrehen, zu Polly und Oscar hinüber.

„Ich bin dran", knurre ich Oscar an.

„Vergiss es", antwortet Oscar. „Das ist mein Song."

Ich stoße ihn weg, und er hebt die Hände. „Okay, okay, großer Bruder", lacht er. „Sind wir ein bisschen eifersüchtig?"

Ich ignoriere das, denn ich bin nie eifersüchtig. Das ist unter meiner Würde. Ich bin einfach an der Reihe. Ich ziehe Polly an meinen Körper, einen Arm um ihre Taille geschlungen, mit der anderen halte ich ihre Hand, während ich sie langsam wegführe. Die Anspannung, die sich den ganzen Abend über in mir aufgebaut hat, lässt jetzt, da ich sie in meinen Armen halte, sofort nach.

Sie legt eine Hand auf meine Schulter und geht auf Zehenspitzen, um mir ins Ohr zu flüstern: „So gerne ich auch mit dir tanze – Francesca wird mich noch vom Dach werfen, wenn du nicht ein bisschen langsamer machst. Wenn Blicke töten könnten, wäre ich schon längst Geschichte."

„Ich habe sie gefragt, ob sie tanzen möchte, und sie hat abgelehnt. Meine Pflicht ist getan."

„Sie hat abgelehnt? Das verstehe ich nicht. Sieht sie nicht, wie heiß du bist?"

Ich schmunzele. Ich liebe ihre lockere Ausdrucksweise. „Scheinbar nicht. Vielleicht will sie mich nur wegen meines Königreichs."

„Und ich dachte, sie wäre so intelligent." Sie sieht sich um. „Oh nein. Gabriel, sie ist gegangen. Sie muss beleidigt gewesen sein, weil sie dich mit mir tanzen gesehen hat." Sie gibt mir einen Stoß, doch ich gehe nirgendwohin. „Du musst ihr nachgehen und das klären. Sie sollte wissen, dass sie dir nicht egal ist."

Das Problem ist nur, dass ich mich nicht für sie interessiere. Überhaupt nicht. Ich senke meine Stimme. „Du könntest bleiben."

Sie versucht sich zu befreien, doch ich halte sie fester. Sie sieht mich mit großen, flehenden Augen an. „Tut mir leid, ich bin nicht … ich kann nicht." Sie windet sich in meinen Armen. „Lass uns einen Drink holen gehen."

„Nach unserem Tanz."

Sie seufzt dramatisch, doch einen Moment später schmiegt sie ihre Wange an meine Brust, direkt über meinem Herzen. Sie ist nicht uninteressiert. Vielleicht empfindet sie sogar dieselben tiefen Gefühle, die ich spüre, wann immer ich sie sehe.

Ich beuge mich zu ihrem Ohr hinunter. „Die Ehe meiner Eltern war arrangiert und es ist Liebe daraus geworden. Ich will das auch." Ich halte den Atem an. Ich sage ihr, dass ich sie liebe – mein Herz weht im Wind.

Sie löst sich von mir und verschränkt die Arme. „Francesca ist deine arrangierte Ehe, die zu Liebe werden könnte, wenn du ihr eine Chance geben würdest."

Jeder Teil von mir versucht, zu ihr durchzudringen – mein Körper, mein Herz, meine Seele. „Ich will *dich*, Polly. Ich liebe dich."

Sie starrt mich an, runzelt die Stirn und sieht aus, als ringt sie um Fassung.

Ich trete einen Schritt auf sie zu. Ich will sie wieder halten, den Schmerz aus ihren Augen tilgen. „Polly."

„Tu das nicht", flüstert sie. „Ich habe deine Liebe nicht verdient."

„Was soll das heißen?"

„Seid ihr mit eurem Tanz fertig?", fragt Phillip, der plötzlich aus dem Nichts auftaucht. „Ich bin dran." Er bietet Polly seine Hand an, und sie ergreift sie mit einem angespannten Lächeln.

Ich gehe zum Barwagen und gieße mir einen Whiskey ein. Es ist nicht so, als macht es mir etwas aus, dass Phillip einen langsamen Tanz mit Polly tanzt. Okay, es *macht* mir etwas aus. Zu viel. Doch viel mehr noch stört mich, dass sie Liebe nicht als Faktor akzeptieren will, der wichtiger ist als all das höfische Getue in meinem Leben. Natürlich verdient sie meine Liebe. Sie ist alles, was ich mir je wünschen könnte. Alles, was ich brauche.

Oscar und Lucas kommen zu mir an den Barwagen. „Hallo, Märchenprinz", sagt Lucas gedehnt.

„Ja, hallo", fügt Oscar hinzu.

Sie lachen. Lucas knufft Oscar mit dem Ellbogen. „Du weißt, wen ich meine, Mr. Stock-im-Arsch."

Ich lasse Polly nicht aus den Augen. „Fickt euch", knurre ich meine lästigen kleinen Brüder an. Als keiner von beiden Anstalten macht zu gehen, starre ich sie finster an.

Sie ignorieren mich. Lucas gießt sich einen Scotch ein. Oscar hält sein Glas hoch und Lucas füllt auch seines. Sie trinken und drehen sich um, um, wie ich, Polly zu beobachten. Sie ist unglaublich sexy, so wie sie im Mondlicht tanzt. Ihre Bewegungen sind sinnlich, vor allem, als Phillip ihre Hand nimmt und sie langsam auf der Tanzfläche dreht. Die Frauen lagen Phillip schon immer zu Füßen, nicht zuletzt wegen seines Charmes. Zu dumm, dass er im Herzen ein Monogamist ist. Seine fünfjährige Beziehung hat auf spektakuläre Weise in aller Öffentlichkeit geendet. Das hat ihn übel mitgenommen, was wahrscheinlich der Grund ist, weswegen er kreuz und quer durch Europa gebrunftet und dabei viel zu viel Medienaufmerksamkeit auf sich gezogen hat. Doch langsam scheint er wieder ruhiger zu werden. Vielleicht ist er wieder für eine Beziehung bereit. Doch nicht mit Polly.

„Polly ist großartig", sagt Lucas.

Ich versteife mich. Ich bin nicht in Stimmung für ihre Neckereien.

„Oh ja, fantastisch", nickt Oscar.

Ich werfe ihnen böse Blicke zu. „Hört auf, über sie zu reden."

Lucas flüstert Oscar laut zu: „Er mag sie."

Oscar grinst. „Du meinst, er mag *mag* sie?"

„Halt die Klappe." Ich versetze Oscar einen Klaps auf den Hinterkopf. Klugscheißer.

„Im Ernst", sagt Lucas. „Jeder kann die Lust in deinen Augen sehen. Und ich verstehe es, doch sie taugt nicht zur Königin. Sie hat eine echte Persönlichkeit anstelle einer braven Prinzessinnenmaske."

„Und ihre Klamotten sind heiß", fügt Oscar hinzu. Lucas nickt.

Ich ignoriere sie. Sie versuchen nur, mich zu provozieren.

Lucas fängt an zu philosophieren. „Selbst, wenn man sie einem vollständigen Königinnen-Makeover unterzieht, bin ich mir nicht sicher, ob sie was für Gabriel ist."

„Passt besser zu Phillip", bemerkt Oscar.

Polly und Phillip sehen gut zusammen aus, ungezwungen und natürlich, auch wenn sie sich gerade erst kennengelernt haben. Sie reden wie alte Freunde miteinander. *Nein.* Alles in mir rebelliert bei dem Gedanken. Ich bin nie ein Rebell gewesen – bis ich Polly getroffen habe. Vielleicht habe ich bisher nur nie rebellieren müssen.

Ich wende mich meinen Brüdern zu. „Ihr seid beide Idioten."

Lucas reibt sich nachdenklich den Bart. „Ich weiß nicht. Phillip ist ein bisschen zu sehr wie Gabriel, und Polly sieht jung aus."

Phillip dreht Polly langsam im Kreis, und er lächelt, als wäre sie das Beste, das ihm seit Jahren passiert ist.

Lucas fährt fort. „Ich denke, sie wäre besser mit–"

„Mir", knurre ich. „Mir ist egal, was–"

„Eure Hoheit, ich würde jetzt gerne tanzen."

Mir stehen die Nackenhaare zu Berge, als ich mich umdrehe und Francesca sehe. Wie viel hat sie mitgehört? Fuck. Ich dachte, sie wäre gegangen. Sie ist jetzt allein, keine Anstandsdame in Sicht. Plötzlich habe ich ein schlechtes Gewissen. Ich habe ihr keine faire Chance gegeben. Mein

Herz ist schon vergeben. Doch wer hätte ahnen können, dass das so schnell und so vollkommen passiert? Das Mindeste, was ich tun kann, ist, Francesca freundlich zu behandeln. Sie hat wahrscheinlich ihre Anstandsdame ausgetrickst, um mit mir tanzen zu können.

Ich nehme ihre Hand und führe sie in eine ruhige Ecke, um mit ihr zu tanzen. Sie ist steif, ihre Hand ist kalt und ihre Bewegungen sind präzise. Offensichtlich hat sie Tanzunterricht genommen.

Auch nach ein paar Minuten ist ihre Hand noch eiskalt. Die Sonne ist untergegangen, doch ich empfinde die Temperatur immer noch als angenehm warm. „Ist Ihnen kalt?", frage ich. „Wir könnten wieder reingehen."

„Mir ist ein bisschen kühl, Eure Hoheit."

„Ich bringe Sie hinein. Einen Moment nur."

Ich gehe hinüber zu Phillip und Polly, die sich angeregt unterhalten. Ich wende mich an Phillip, doch genau genommen sage ich es zu Polly, denn ich will, dass sie es weiß. „Ich bringe Francesca zu ihrem Zimmer, bin aber gleich wieder da."

„Lass dir Zeit", sagt Phillip gut gelaunt.

Polly lächelt, dann wendet sie sich ab.

Ich drehe mich um, um meine Pflicht zu erfüllen, doch meine Beine sind wie Blei.

Ich drehe mich bei jedem Laut um, in der Hoffnung, Gabriel zu sehen, doch er kommt nicht. Er ist jetzt schon über eine Stunde weg, dabei wollte er Francesca nur zu ihrem Zimmer bringen. Ich rede mir ein, dass es so am besten ist. Er verhält sich so, wie er es sollte, und baut eine Beziehung zu seiner künftigen Braut auf. Ich genieße die Zeit mit Oscar, Lucas, Phillip und Adrian. Diese vier Jungs sind zum Schießen. Adrian hat ein Pokerspiel vorgeschlagen, und er und ich sind ein Team, da ich grottenschlecht spiele. Er hat mir eine Menge beigebracht, doch die ganze Zeit sind meine Gedanken bei Gabriel. Ich habe nur noch zwei Nächte im Palast, bevor ich mich für immer von ihm verabschieden muss. Ist er mit Francesca auf ihr Zimmer gegangen, um ihre Kompatibilität im Bett zu testen? Ich hasse es, dass ich solche Gedanken hege. Er gehört mir nicht.

Schließlich erhebe ich mich mit einer Ausrede vom Tisch. „Es war ein schöner Abend, Jungs, aber ich bin ziemlich erledigt, darum ziehe ich mich jetzt besser zurück."

„Aww, aber es ist doch noch nicht spät", sagt Adrian, während er die Karten mischt. „Komm, eine Runde geht noch."

„Selbst mit deinen Tipps bin ich immer noch grottenschlecht." Ich lache. „Ich sehe euch hoffentlich dann morgen."

„Auf jeden Fall", sagt Adrian und teilt weiter Karten aus. Als er innehält und den Kopf hebt, klingt seine Stimme heiser und ein bisschen bitter. „Keiner von uns wird abreisen, jetzt, wo wir die Wahrheit über den Zustand unseres Vaters erfahren haben."

Er ist wütend darüber, dass man ihn so lange im Dunkeln gelassen hat. „Ich glaube, Gabriel hat nur versucht, euch vor der Wahrheit zu beschützen. Du weißt schon, wie es ein großer Bruder eben macht", bemerke ich.

Adrian blickt finster drein. „Es ist nicht nur er. Unsere Eltern haben auch nichts gesagt. Wir sind keine Kinder mehr."

Ich weiß nicht, was ich dazu sagen soll. Es ist eine furchtbare Situation. „Tut mir so leid."

Lucas blickt zu mir auf. „Darf ich ehrlich zu dir sein, Polly? Willst du wirklich meinen Bruder heiraten? Er ist so ganz und gar nicht dein Typ."

Alles in mir sträubt sich. „Warum sagst du das?"

Er zieht die Brauen hoch. „Du weißt, was ich meine. Du bist lebenslustig, und er ist … naja."

„Du solltest nicht so hart mit ihm ins Gericht gehen", protestiere ich. „Er hat sein ganzes Leben lang eine schwere Last auf den Schultern tragen müssen. Nimm nicht an, dass es leicht ist, weil er sich nicht beklagt. Er ist stark, so stark, dass du nie ahnen würdest, was unter dieser stoischen Miene vor sich geht." Die Worte sprudeln nur so heraus. „Er ist alles, was ein König sein sollte. Ein ehrenwerter Mann. Und du denkst, das ist nicht mein Typ? Ich würde mich glücklich schätzen, jemanden wie ihn zum Mann zu haben." *Doch ich kann ihn nicht haben.* Mein Hals schnürt sich zu, und ich bringe kein weiteres Wort heraus.

Vier Augenpaare mustern mich mit unverhohlener Neugier.

„Bist du okay?", fragt Phillip.

„Gabriel hat euren Respekt verdient", bringe ich noch heraus, bevor ich auf dem Absatz kehrt mache und die Flucht ergreife.

Sobald ich im dritten Stock angekommen bin, weiß ich, wohin ich gehe. Ich kann nicht anders. Ich muss ihn noch einmal sehen, bevor ich ihn für immer loslasse.

Seine Tür ist nicht abgeschlossen. Ich hoffe wirklich, dass er hier ist und nicht in Francescas Zimmer.

Ich öffne langsam die Tür und schließe sie hinter mir ab. Er sitzt im Bett und liest, doch als er mich sieht, legt er das Buch auf den Nachttisch.

„Ich habe mir vorgenommen, mich von dir fernzuhalten."

Er steht aus dem Bett auf und sieht mich an. „Ich mir auch."

Ich stürme zu ihm und werfe mich mit pochendem Herzen in seine Arme. Er hält mich einen Moment lang fest, dann legt er mich sanft auf die Matratze, seine Miene zärtlich, als er mir die Haare aus dem Gesicht streicht und die Hand auf meine Wange legt.

Ein atemloser Moment in angespannter Stille, in dem wir uns anstarren, verstreicht.

Dann begegnen sich unsere Lippen, und ich bin zu Hause.

13

Anna

Nach einer weiteren Marathonsexnacht sacke ich in der frühen Morgendämmerung schwer atmend auf die Laken. Ich bin willenlos, erschöpft und rundum befriedigt. Das Bett knarzt, als Gabriel aufsteht und ins Bad geht. Ich bin zu müde, um mich zu bewegen. Wenig später kehrt er zurück und zieht mich auf sich, bevor er die Decke über uns zieht. Ich schmiege meinen Kopf an sein Herz und lausche dem gleichmäßigen Pochen.

Er streichelt mit der Hand über meinen Rücken. „Was machst du zu Hause in deinem Königreich eigentlich?"

Ich verspanne mich. Ich hasse es, ihn anzulügen.

„Polly?"

Ich hebe meinen Kopf. Das blasse Licht des Sonnenaufgangs dringt durch die Vorhänge und erhellt sein schönes Gesicht. Sein Blick ruht auf meinem Gesicht, seine Miene ist entspannt, und der Anflug eines Stoppelbartes überzieht sein Kinn. Ich liebe diese struppigere Version von ihm.

„Du musst doch irgendwas tun", bohrt er nach.

„Ich trage viel Verantwortung, und ich arbeite hart. Ich will etwas erreichen, das von Dauer ist."

Er lächelt. „Das gefällt mir."

Ermutigt von seinen Worten und immer noch ganz ich,

fahre ich von Herzen fort. „Ich glaube nicht, dass hart arbeiten bedeutet, dass man keinen Spaß haben kann. Ich versuche, Beziehungen mit den Menschen aufzubauen. Es ist so wichtig, dass sich die Leute geschätzt fühlen. Mit einer positiven Einstellung kann man viel erreichen." Das ist das Geheimnis, warum meine Kundinnen im Salon mir so treu sind, doch das behalte ich für mich. Ich habe mich auf das finanzielle Ziel konzentriert, mit dreißig meinen eigenen Salon zu besitzen, doch da ist mehr. Ich mag meine Kundinnen. Ich mag es, wenn sie sich gut fühlen. Und, ja, ich bin eine geborene Unternehmerin, unabhängig und ehrgeizig.

Er legt eine Hand auf meine Wange. „Du könntest eine große Hilfe für Villroy sein, für mich–"

„Erzähl mir von deinen wilden Tagen, ich meine, bevor sich bei dir alles um Pflicht und Verantwortung gedreht hat."

„Bitte überlege dir, ob du nicht vielleicht doch bleiben willst. Mehr verlange ich gar nicht."

„Ich habe Verpflichtungen zu Hause. Es ist unmöglich."

„Nicht unmöglich."

Ich weiß, dass ich nicht zulassen darf, dass es weitergeht. Er hält mich immer noch für eine Prinzessin. Wenn ich ihm die Wahrheit sage, wird er mich hassen. Er hat sich in eine Fantasie verliebt.

Ich rutsche von ihm herunter und setze mich auf. „Ich sollte gehen."

Seine Hand schließt sich um mein Handgelenk. „Bleib, und ich erzähle dir von meinen wilden Tagen."

Ich lächle ihn an, mein Herz tut mir weh. „Ich wusste, dass es sie gegeben haben muss." Ich lege mich auf die Seite und stütze meinen Kopf auf den Ellbogen. Und dann schmunzele ich, als er von den Lausbubenstreichen erzählt, die er seinen Geschwistern gespielt hat, von seinen Knutschereien in derselben Höhle, in der wir uns geküsst haben, und sogar ein paar Kneipenschlägereien, die ihm eine Menge schlechte Presse eingebracht haben.

„Darum habe ich die letzten Jahre den Ball flach gehalten", gibt er zu. „Ich habe mich von der Presse und aus dem Rampenlicht ferngehalten und habe sogar meinen Bart rasiert, damit sie mich nicht so leicht erkennen konnten. Ich habe meinem Titel Schmach bereitet."

„Oh, bitte, du könntest deinem Titel nie Schmach bereiten. Du bist ein Mann von Ehre." Beruhigend streichele ich seinen Arm. „Jetzt weiß ich, warum ich dich nicht erkannt habe, als wir uns das erste Mal begegnet sind. Du musst dich innerlich weggelacht haben, weil ich dich für einen Butler gehalten habe!"

Er lacht leise. „Das hätte ich vielleicht, wenn ich nicht so angepisst gewesen wäre wegen diesem Hochzeitsmist."

„Furryhochzeit! Ich finde das immer noch saukomisch."

Wir lachen, und dann rollt er sich auf mich und küsst mich. Ich schließe die Augen und lasse mich noch einmal aus der Realität entführen.

~

Am Sonntagmorgen schleiche ich mich ein bisschen später als geplant zurück auf mein Zimmer und hoffe, dass ich vor meiner Zofe ankomme. Es ist nicht so, dass es mich kratzen würde, wenn sie glaubt, dass da irgendetwas zwischen Gabriel und mir läuft. Das geht nur Gabriel und mich etwas an. Es ist nur, dass ich keine Probleme mit Francesca verursachen will.

Es ist typisch für mich, dass ich mich in einen Mann verliebe, den ich nicht haben kann. Vielleicht ist das der Grund, warum ich mich ihm gegenüber geöffnet habe – weil es sicher war. Er würde nie ernsthaft für mich in Frage kommen. Da spielen wahrscheinlich auch ein paar alte Komplexe aus meiner Zeit in Heimen mit hinein – die Angst, verlassen zu werden, zum Beispiel – doch im Augenblick fühle ich mich zu gut, um daran zu denken. Dieses tiefe Glücksgefühl ist wirklich erstaunlich. Die Erinnerung an letzte Nacht wird mich noch lange begleiten.

Als ich mein Zimmer betrete, seufze ich erleichtert. Niemand hier. Ich zerwühle das Bett, damit es so aussieht, als hätte ich darin geschlafen, und gehe ins Bad, um mich zu duschen. Ich bin erledigt von letzter Nacht. Wir beide wissen, dass unsere gemeinsame Zeit dem Ende entgegengeht, darum wollten wir keinen einzigen Moment verschwenden. Ich schließe meine Augen und lasse das Wasser über meinen Körper laufen, während meine Gedanken zu all den verschiedenen Arten wandern, auf die wir uns gegenseitig Lust bereitet haben. Ich seufze und spiele jeden Moment in meinem Kopf durch.

Soweit ich weiß gibt es keine weiteren Wettbewerbe, darum ziehe ich nach dem Duschen ein niedliches grün-weiß gestreiftes Sommerkleid und Sandalen an. Vielleicht kann ich heute ein bisschen am Strand entspannen. Vielleicht können Gabriel und seine Brüder ja mitkommen. Es ist nicht dasselbe, als wenn wir allein wären, doch … das ist das einzige, was wir bei Tageslicht tun können angesichts der Francesca-Situation.

Jemand klopft leise an meine Tür, als ich gerade mit dem Anziehen fertig bin. Wahrscheinlich Anna. Sie ist von der ganz diskreten Sorte.

„Herein!", rufe ich.

Anna tritt ein, macht einen vollkommen unnötigen Knicks und sagt: „Die Königin bittet darum, dass Sie baldmöglichst in ihren privaten Salon kommen."

Aufregung brandet durch mich hindurch. Das letzte Mal, als ich in den privaten Salon der Königin eingeladen worden bin, war, um Gabriel zu treffen. „Ich gehe sofort."

Sie folgt mir. „Diesmal ist es wirklich die Königin."

„Hat sie gesagt, worum es geht?"

„Nein, ich weiß nicht. Sie hat Francesca auch zu sich rufen lassen."

Eine vage Erinnerung meldet sich zu Wort. Gabriel hat erwähnt, dass wir am Sonntag die Königin treffen würden. Irgendwie war mir das vollkommen entfallen, kein Wunder, so, wie meine Gedanken um ihn kreisen. „Dann nehme ich an, dass sie heute ihre Entscheidung fällen wird."

„Ich hoffe, dass sie sich für Sie entscheidet, Hoheit", sagt sie herzlich und überrascht mich damit.

„Danke, Anna, das ist nett von Ihnen. Aber Sie haben

sicher bemerkt, dass ich nicht in die höfische Gussform hier passe. Zu Hause ist alles viel lockerer."

„Wir brauchen ein bisschen mehr Lockerheit hier, und Sie sind perfekt, Ma'am."

Ich bleibe kurz stehen. Mein Hals schnürt sich zu. *Ich? Perfekt?* Ich umarme sie spontan. „Sie sind die Beste."

Sie wird rot und lächelt verlegen. Was für ein süßes Ding.

Wir erreichen den Salon, doch es ist ein anderer Raum als der, in dem ich zuvor Gabriel getroffen habe. Anna macht schnell einen Knicks, dann verschwindet sie.

Die Königin sitzt in einem Ohrensessel, makellos gekleidet in einem lavendelvioletten kurzärmeligen Kleid und einem weißen Cardigan, wahrscheinlich aus Kaschmir. Ihre Miene ist so ernst wie ein Herzinfarkt. Gabriel sitzt neben ihr auf einem blauen Samtsofa. Er lächelt, doch sein Lächeln reicht nicht bis zu seinen Augen. Was auch immer gleich passieren wird, es kann nichts Gutes sein.

Ich gehe auf sie zu und senke den Kopf. Ich mache auch einen Knicks, doch das ist schwer, so eng wie mein Kleid geschnitten ist. „Guten Morgen, Majestät."

„Guten Morgen", sagt sie ausdruckslos.

Ich wende mich Gabriel zu, und als sich unsere Blicke begegnen, stolpert mein Puls, mein Mund wird trocken und alle Nervenenden prickeln mit einem elektrischen Bewusstsein, voll und ganz auf seine Wellenlänge gestimmt. Ich zwinge mich zu einem kleinen Knicks. „Guten Morgen, Hoheit."

„Guten Morgen, Polly", sagt er, doch es klingt wie *ich liebe dich*. Die Wärme in seiner Stimme hüllt mich ein wie eine Umarmung. Mein Herz pocht mir bis zu den Ohren, und meine Knie werden weich.

Die Königin wirft ihm mit hochgezogener Braue einen Blick zu. Offensichtlich hat sie auch bemerkt, dass da etwas in seinem Ton war.

Gabriel lädt mich mit einer Geste ein, auf dem ebenfalls blauen Sofa ihm gegenüber Platz zu nehmen, und ich setze mich.

Francesca kommt langsam mit ihrer Zofe herein, den Blick

gesenkt. Sie trägt ein weißes Spitzenkleid, das ihre olivfarbene Haut strahlen lässt. Es ist züchtig mit hohem Rundhalsausschnitt und kurzen Ärmeln. Der Rock endet unterhalb ihrer Knie. Ich frage mich, ob sie bewusst einen Brautlook gewählt hat.

Francesca neigt den Kopf und macht einen tiefen Knicks vor der Königin, den sie fünf Sekunden lang hält. Mein Knicks muss im Vergleich dazu eine Beleidigung gewesen sein. Schließlich hebt sie den Kopf. „Es ist eine Ehre, Sie wiederzusehen, Eure Majestät."

„Danke. Es freut mich auch, Sie wiederzusehen, Francesca."

Francesca lächelt und wendet sich Gabriel zu. Ihr Lächeln verschwindet, als sie einen ebenso tiefen Knicks vor ihm macht. „Eure Hoheit."

„Bitte setzen Sie sich zu Polly", sagt Gabriel.

Sie wirft mir einen eisigen Blick zu, bevor sie sich weit weg von mir ans andere Ende des Sofas setzt. Ihre Zofe steht irgendwo hinter uns.

„Wenn Sie uns bitte allein lassen würden?", sagt die Königin, und die Sicherheitsmänner und die Bediensteten, die im Raum verteilt gestanden haben, gehen sofort. „Sie auch", sagt sie in scharfem Ton zu Francescas Zofe.

Die Zofe wirft Francesca einen bedeutungsvollen Blick zu, beinahe wie eine Mutter, die sagt *benimm dich,* bevor sie einen Knicks macht und zur Tür geht.

Die Königin faltet ihre Hände auf dem Schoß und lächelt uns milde an. „Ich habe Sie heute Morgen zu einem letzten Interview hierher gebeten. Ihre Antworten werden ausschlaggebend dafür sein, welche von Ihnen die Braut des Kronprinzen wird, darum denken Sie bitte sorgfältig nach, bevor Sie antworten. Zuerst ein bisschen Hintergrund. Villroy braucht dringend etwas, das unsere Wirtschaft ankurbelt. Wir sind seit Jahrhunderten von der Fischerei abhängig. Sie ist ein integraler Bestandteil unseres traditionellen Lebens hier. Unglücklicherweise nimmt die Fischpopulation immer weiter ab, was bedeutet, dass unsere Fischer immer weiter aufs Meer in tiefere Gewässer hinausfahren müssen. Das bedeutet mehr Arbeit und trotzdem wird der Fang immer geringer."

Gabriel meldet sich zu Wort. „Wir verlieren die junge Generation auf der Suche nach modernen Jobs. Wir brauchen bessere Chancen für sie hier. Ein Königreich, in dem nur noch die ältere Generation übrig ist, stirbt schnell aus."

Die Königin holt scharf Luft. Ich denke an ihren Mann, der im Sterben liegt, und verstehe jetzt, warum sie immer so angespannt ist. Natürlich kann das auch an ihrer Reaktion auf mich liegen. Ich scheine immer bei ihr anzuecken, ganz gleich, was ich tue.

Francesca und ich warten schweigend auf die Fragen. Sie ist gespannt wie ein Flitzebogen. Ich nicht. Ich werde nicht groß nachdenken. Ich werde einfach sagen, was mir einfällt. Falls die Königin mich aus irgendeinem verrückten Grund doch wählen sollte, werde ich dankend ablehnen. Doch ich würde niemals so respektlos sein und gehen, ohne die Fragen zu beantworten, die der Königin offensichtlich so wichtig sind.

Schließlich sagt sie: „Wenn Sie die künftige Königin wären, was würden Sie mit ihrem Mann unternehmen, um das Überleben der Wirtschaft von Villroy zu sichern?"

Ich presche sofort los. „Oh, ich weiß! Etwas, das jeder Bürgerliche lieben würde – eine Woche wie ein Adliger am Hof zu leben. Das Schloss zu einem Reiseziel für Hochzeitsreisen oder Mädelstrips machen. Ein einwöchiger Aufenthalt zu einem exorbitant hohen Preis. Es wäre keine riesige Gesellschaft wie bei einer Hochzeit, sondern nur eine kleine, handverlesene Gruppe." Der Vorschlag ist zu einhundert Prozent ich, dass ich mich nicht zurückhalten kann. „Und alles einschließlich Beauty-Erlebnis, Haare, Make-up, Mani-Pedi, Schönheitsbehandlungen. Wie ein Spa. Vielleicht könnten Sie mit einer Kosmetikerin anfangen, die das alles kann." Plötzlich wird mir bewusst, dass ich quasi von mir rede, und bin vollkommen begeistert von der Idee. „Und eine Linie von Beautyprodukten, die sie hier kaufen und mit nach Hause nehmen können. Sie könnten ein Spa eröffnen, mit Produkten, die hier auf der Insel hergestellt werden mit Zutaten, die typisch für Villroy sind, am besten irgendwo am Strand, aber mit ausreichend Abstand zum Palast." Ich weiß, dass Gabriel nicht will, dass Scharen von Touristen durch den Palast stapfen.

Sowohl die Königin als auch Gabriel starren mich an, doch ihre Mienen verraten nichts. Ich bin mir nicht sicher, ob sie es für die dümmste Idee halten, die sie je gehört haben, oder ob ich sie nur überrascht habe. Ich sollte jetzt vielleicht besser die Klappe halten, doch mein Kopf sprudelt über von Ideen. „Ich habe gehört, Fischöl wirkt sowohl innerlich wie äußerlich angewendet wahre Wunder."

Eine lange Stille folgt.

Francesca sieht mich an. „Sind Sie fertig?"

„Ich glaube schon."

Sie wendet sich der Königin zu. „Eure Majestät."

„Algen sind noch eine Möglichkeit", platze ich heraus. „Meersalzpeelings." Ich habe sowas wie einen Kosmetikerinnen-Touretteanfall, falls es sowas gibt. „Und ja, alles Bio."

Francesca starrt mich böse an.

„Jetzt bin ich fertig." Ich presse die Lippen aufeinander, auch wenn ich noch eine großartige Idee für die Produktlinie habe – Meeresschwämme. Alle Produkte wären vollkommen natürlich und von der Insel. Die Fischer könnten immer noch mit einbezogen werden, nur für andere Produkte.

Francesca wendet sich wieder der Königin zu. „Eure Majestät, ich weiß, dass Villroy auf eine lange, stolze Geschichte zurückblickt. Ich würde die traditionelle Lebensart hier bewahren wollen. Ich würde eine neue Flotte von Fischkuttern finanzieren, die den Fischern erlauben würde, in tieferen Gewässern zu fischen, die sie vorher nur schlecht erreichen konnten. Ich würde mich gerne persönlich an dieser Flotte beteiligen." Sie sieht Gabriel an, und als er kurz nickt, senkt sie den Blick.

Sie ist alles, was ich nicht bin – reich, traditionell und sittsam bis zum Gehtnichtmehr. Das hier ist nie ein Wettbewerb gewesen. Sie ist für diese Rolle geboren. Ich bin mit nichts geboren, doch ich werde etwas aus mir machen. Ich *habe* schon etwas aus mir gemacht. Ich habe jeden Tag meines

Lebens hart gearbeitet, um zu sein, wo ich jetzt bin, doch keine Arbeit der Welt kann mich zu etwas machen, was ich nicht bin.

Ich stehe auf. „Es ist offensichtlich, dass Francesca in jeder Hinsicht die bessere Wahl ist. Ich ziehe meine Teilnahme am Wettbewerb zurück."

Francesca lächelt, ohne mich eines Blickes zu würdigen.

„Nun denn. Francesca ist die Siegerin. Und Polly, selbst wenn Sie sich nicht spontan aus dem Wettbewerb zurückgezogen hätten, war ich sowieso im Begriff, sie zur Siegerin zu küren. Ich bevorzuge es, unsere traditionelle Lebensart zu fördern, als irgendwelche dahergelaufenen Touristen durch unser Zuhause poltern zu sehen."

Ich verneige mich. „Danke, dass ich in Ihrem schönen Zuhause zu Gast sein durfte. Auf Wiedersehen."

„Warte!" Gabriel steht auf. „Polly, geh nicht."

„Gabriel", sage ich in flehentlichem Ton. Er wird es schwierig machen. Ich kann es an seinem lodernden Blick sehen.

„Pollys Idee könnte funktionieren", sagt er zu seiner Mutter. „Und ein einwöchiger Aufenthalt wäre nicht lästiger als dieser Wettbewerb. Man würde sie kaum bemerken. Die Idee ist wie die von Phillip, nur besser, in kleinerem Rahmen und kontrollierter. Und das Spa ist brillant! Da steckt so viel Wachstumspotential drin, und die Fischereiindustrie könnten wir über die Pflegeproduktlinie miteinbeziehen. Das ist wirklich eine Überlegung wert. Und es ist nicht so, als würden wir von Touristen überrannt werden. Das Spa würde Tagesausflügler vom Festland anlocken." Er wendet sich mir zu, sein Blick voller Liebe. „Du bist brillant."

Meine Augen brennen. „Oh, Gabriel, du bist auch brillant. Ich bewundere dich und alles, was du tust." Meine Stimme ist rau, da ich weiß, dass ich ihn gehen lassen muss.

„Ich wähle Polly", erklärt er.

Meine Lungen versagen mir den Dienst. *Tu das nicht.*

„Gabriel!", poltert die Königin und steht auf. „Wir haben uns über die angemessene Wahl unterhalten."

„Was?" fragt er. „Du meinst, dass das alles nur ein

Schwindel war? Dass du Francesca von Anfang an wolltest? Oh nein, ich spiele deine kleinen Spielchen nicht mehr mit. Ich bin es leid, vergeben zu werden wie ein Preis. Ich liebe Polly. Ich entscheide mich für die Liebe, und ausgerechnet du solltest nachvollziehen können, wie wichtig es ist, den Menschen zu lieben, mit dem man sein Leben verbringt."

Die Königin zeigt sich ungerührt. „Du wirst Francesca lieben lernen."

„Das werde ich nicht", erwidert er. „Denn mein Herz ist bereits vergeben."

Es ist so romantisch, dass ich in Verzückung geraten will. Doch ein Blick auf Francesca, die steif dasitzt, während Königin und Kronprinz über ihren Platz diskutieren, macht mir bewusst, was ich tun muss. Ich muss tun, was richtig ist. Der einzige Ausweg.

„Mein Name ist nicht Polly Lyon", unterbreche ich sie. Meine Knie werden weich, und ich sinke auf das Sofa. Gabriel wird mir diese Lüge nie vergeben, und ich weiß, dass ich ihn für immer verloren habe. Ich kann ihn nicht ansehen. Ich starre auf meine Hände und versuche, meine Kräfte zusammenzunehmen, um hinauszugehen.

„Wer sind Sie dann?", fragt die Königin.

Ich wende mich ihr zu. „Mein Name ist Anna Hebert. Ich habe nur vorgegeben, Polly zu sein, und es tut mir furchtbar leid." Ich wage einen Blick in Gabriels Richtung, und sein Gesicht ist von Wut verzerrt. „Bei dir habe ich versucht, so sehr ich selbst zu sein, wie ich konnte, Gabriel. Dieser Teil war echt."

Er verzieht den Mund und wendet den Blick ab, als könnte er es nicht ertragen, mich anzusehen.

Ich räuspere mich und blinzele. „Darum ist Francesca offensichtlich die richtige Wahl."

Mehrere Sicherheitsmänner stürmen in den Raum.

„Ich habe den Alarm ausgelöst", sagt die Königin. „Sie sind offensichtlich eine Gefahr und werden bis zu Ihrer Abreise in Haft genommen."

Ich schlucke und kralle meine Finger in das Polster des Sofas. „In Haft genommen?"

Zwei Männer zerren mich vom Sofa und legen mir hinter meinem Rücken Handschellen an.

Panik schießt durch mich hindurch, mein Fluchtreflex erwacht. „Hey! Ich bin Amerikanerin! Ich habe Rechte!"

„In den Kerker", befiehlt die Königin.

„Kerker!", kreische ich. „Mit Spinnen?"

Gabriel schneidet eine Grimasse.

Francesca erweist sich als wahre Meisterin der Schicklichkeit und sitzt nach wie vor mit gesenktem Blick wie eine Statue da.

Die Königin sagt nichts mehr, doch aus ihrer Miene spricht pure Verachtung.

Ich trete um mich und schreie, doch gegen vier Sicherheitsmänner kann ich nichts ausrichten. Sie schleifen mich aus dem Salon durch ein endloses Labyrinth von Fluren die Treppe hinunter in einen dunklen und feuchten Keller. Es riecht wie ein Sumpf. Da sind wirklich Zellen. Die Luft ist eiskalt, und ich könnte schwören, dass ich die Schreie gefolterter Seelen höre, die man hier unten hat sterben lassen.

„Haben Sie kein Polizeirevier hier?", zetere ich verzweifelt. „Ein Gefängnis? Bringen Sie mich dahin."

„Die Königin will, dass das mit Diskretion behandelt wird", sagt einer der Männer.

Und die Königin hat uneingeschränkte Macht hier. Mein Herz rast, als sie mich in die letzte Zelle am Ende des dunklen Ganges zerren. Überall sind Spinnennetze. Und Spinnen. Und wahrscheinlich auch Ratten und was sonst noch alles in einem so alten Gemäuer kreucht und fleucht. Ich zittere vor Kälte und Angst, und meine Zähne klappern unkontrollierbar.

„Bitte sperren Sie mich nicht hier ein", wimmere ich, als einer der Männer mir die Handschellen abnimmt.

Doch es hilft nichts. Die Tür fällt hinter mir zu, und er schließt von außen ab.

Ich verschränke meine Arme, um mich in meinem dünnen Sommerkleidchen zu wärmen. Ich höre, wie sich die Schritte der Männer entfernen. Das einzige Licht, das in die Zelle fällt, kommt durch hohe schmale Fenster, zu schmal, als dass jemand hindurch passen könnte, und zudem sind sie vergittert. Wenn die Sonne untergegangen ist, wird es stockdunkel hier drin sein. Dann kommen die Spinnen und Gott-weiß-was sonst noch ungesehen über den Boden und die Wände hinunter auf dem Weg zu ihrer lebenden Beute. Zu mir.

Ich lache hysterisch. Ich lebe den Alptraum, den ich für Polly befürchtet habe – gefangen in einem Kerker. Zwei Prinzessinnen gegen eine Zelle … mehr fällt mir nicht ein. Das ist kein Witz. Es ist einfach nur traurig.

Niemand arbeitet draußen daran, mich zu befreien. Der einzige, der das könnte, hat sich von mir abgewandt. Und wer könnte ihm einen Vorwurf daraus machen? Ich habe sein Vertrauen missbraucht.

Ich setze mich in die Mitte der Zelle und senke meine Stirn auf meine Knie. Etwas streift meinen Arm, und ich schreie. Ich springe auf und schlage nach dem Spinnenvieh, das mich berührt haben muss.

Ich werde den ganzen Tag und die ganze Nacht stehen. Ich werde es machen wie die Pferde und mit offenen Augen im Stehen schlafen. Ich verschränke meine Arme und sehe mich um. Und dann kommen die Tränen. Ich habe Gabriel verloren, und es wird nie wieder jemanden wie ihn geben. Nicht für mich.

Ich habe ihm seine Freiheit gegeben und was er braucht, um sein Leben zu leben. Ich habe keinen Anspruch darauf, dass meine Bedürfnisse befriedigt werden.

Ich bin Anna Hebert, und ich bin eine Lügnerin.

14

Anna

Hochstapler-Prinzessin verhaftet!

Waise versucht, sich den Thron unter den Nagel zu reißen!

Kosmetikerin im hässlichen Krieg um königliche Liebe.

Ich bin mir nicht sicher, wie lange ich schon in der Mitte der spinnenverseuchten Zelle stehe und mir eine furchtbare Schlagzeile nach der anderen einfallen lasse, doch ich spüre meine Füße schon nicht mehr. Mein Sommerkleid und die Sandalen sind alles andere als die richtige Kleidung für den eiskalten Kerker. Die Sonne ist schon fast untergegangen, und nur dämmriges Licht fällt durch das vergitterte Fenster. Ich erschrecke bei jedem Geräusch, jedem noch so leisen Rascheln oder Kratzen der wilden Tiere des Kerkers.

Ich habe es verdient, von Ratten aufgefressen zu werden. Ich habe den Mann verletzt, der meine Liebe erwidert hat, der mich behandelt hat wie ein Juwel. Meine Augen brennen. Meine Wangen glühen vor Scham. Als er mich als seine Wahl vor der Königin und Francesca verteidigt hat, habe ich ihn in tiefste Verlegenheit gebracht. Und ihn verloren. Meine Unterlippe bebt und ich beiße darauf.

Schwere Schritte kommen die Treppe herunter. Ein Mann. Vielleicht einer der Sicherheitsmänner, um mir etwas zu Essen zu bringen. Ich werde ihn wegschicken.

Doch vielleicht sollte ich essen, denn ich brauche meine Kraft, um es mit den gigantischen Ratten aufzunehmen, die nur darauf warten, mir die Gliedmaßen abzunagen.

Ob die Sicherheitsleute wissen, dass ich morgen Mittag von Paris aus nach Hause fliegen soll?

Die Schritte werden langsamer, und ich höre eine vertraute tiefe Stimme, die vor Sarkasmus trieft. „Ich bin Polly Lyon, und das ist keine Lüge."

Ich zucke angesichts meiner eigenen Worte, die ich am ersten Tag zu Gabriel gesagt habe, zusammen. „Ich habe ein so schlechtes Gewissen gehabt, dass ich einfach damit herausgeplatzt bin."

Er erscheint vor meiner Zelle und starrt mich finster an. Seine blaugrünen Augen sind kalt im Dämmerlicht, und er wirkt ein bisschen furchteinflößend. „Du hast uns alle zum Narren gehalten."

„Ich kann es erklären."

Er verzieht den Mund. „Nur zu. Das wird sicher genauso unterhaltsam wie deine anderen Lügen."

Ich schiebe meinen Arm zwischen den Gitterstäben hindurch und drücke seine Hand. „Das ist die Wahrheit. Du und ich, wir sind nie eine Lüge gewesen."

Er reißt die Hand weg, und ein Stück von mir stirbt. Ich rede weiter, denn ich will, dass er weiß, warum ich das alles getan habe. Vielleicht kann er mir eines Tages vergeben oder mich zumindest nicht mehr hassen.

Ich hole tief Luft und erzähle ihm alles – angefangen bei meiner Nachbarin, der Prinzessin Inkognito bis zu ihrer Festnahme wegen Identitätsbetrugs und ihrem bevorstehenden Gerichtstermin. Zu gerne würde ich ihr alle Schuld zuschieben, doch ich war ihre bereitwillige Komplizin. „Sie hat mich gebeten, hierher zu kommen und ihr Erbe abzuholen, in der Hoffnung, einen Topanwalt engagieren zu können, der ihr diskret dabei hilft, eine Gefängnisstrafe zu vermeiden. Ich wusste nicht, was das Erbe das Königreich ist, und ich wusste definitiv nichts von diesen wahnsinnigen Wettbewerben. Und, Gabriel, du hast mir diese verzweifelten Blicke zugeworfen, als wolltest du sagen *rette mich*."

„Das habe ich nicht."

*Männer wollen nie um Hilfe bitten. Das bedeutet jedoch nicht,
dass sie keine Hilfe brauchen.*

Ich hebe eine Hand. „Und wir haben uns so gut
verstanden im Garten und nachdem ..." Mir stockt der Atem.
„Ich übernehme die volle Verantwortung für meine Rolle in
dieser Sache. Ich dachte, ich könnte Pollys Ritterin in glänzender Rüstung sein."

Er schüttelt resigniert den Kopf.

Ich hole tief Luft und hoffe, dass er mir vergeben kann,
auch wenn ich es nicht verdient habe. „Gabriel, es tut mir so
leid, dass ich dir wehgetan habe. Ich wollte dir so oft die
Wahrheit sagen, doch ich hatte Angst, Polly bloßzustellen,
und sobald ich diese Verbindung zwischen uns gespürt hatte,
hatte ich Angst, dich zu verlieren. Ich weiß, es ist dumm, dass
ich mich so an dich geklammert habe, wo ich doch wusste,
dass ich dich loslassen muss, doch ich habe noch nie so etwas
empfunden." Meine Stimme versagt. „Ich wollte dir nur so
lange ich konnte nahe sein. Ich liebe dich."

Er starrt mich mit harter Miene an. Er hasst mich.

Tränen steigen mir in die Augen. „Ich wünschte, ich
könnte die Prinzessin sein, die du brauchst. Es tut mir so leid,
dass ich dein Vertrauen enttäuscht habe. Ich will nur, dass du
weißt, dass ich bei dir so sehr ich war, wie ich sein konnte. Du
hast mir das Gefühl gegeben, etwas Besonderes zu sein. Vor
dir hat noch nie jemand solche Gefühle in mir geweckt."

Er sieht mich einen angespannten Moment lang an. „Jetzt
ergibt alles einen Sinn. Dass du so gar nicht ins Bild gepasst
hast. Ich kann nicht fassen, dass ich deine erbärmlichen
Versuche, Prinzessin zu spielen, nicht sofort durchschaut
habe. Du bist die vorlauteste, ungehobeltste Person, die mir je
begegnet ist."

„Aber du liebst mich trotzdem?" Ich blinzele ihn an und
bemühe mich um einen witzelnden Ton, doch ein Teil von mir
klammert sich verzweifelt an die Hoffnung, dass er es tut. Er
hat schon einmal gesagt, dass er mich liebt, und heute
Morgen hat er mich als Braut gewählt, wo Francesca die
einfache und sichere Wahl gewesen wäre.

Er sieht einen Moment lang finster auf mich herab, dann fällt sein Blick auf mein Dekolleté und wandert hinunter zu meinen feuerrot lackierten Zehennägeln in meinen Sandalen. Er blickt abrupt wieder auf und sieht mir in die Augen. „Und du ziehst dich viel zu sexy an für eine Prinzessin."

„Und das reizt dich so an mir." Es war keine Frage. Wir beide wissen, dass er heiß auf mich ist, und um mich war es geschehen, als er tropfnass aus der Dusche gekommen ist.

„Dein Akzent", murmelt er und blickt an die Decke. „Ich dachte, er kommt von deinem Studium in den USA."

„Vielleicht hast du meiner Lüge geglaubt, weil du jemanden hier brauchst, der anders ist, der den Status Quo auf den Kopf stellen kann. Ich hatte nie böse Absichten, das schwöre ich dir. Und dass ich mich so schnell so sehr in dich verliebe, hätte ich auch nicht gedacht. Es ist verrückt, wie sehr ich dich liebe." *Und vollkommen aussichtslos.*

Er schweigt, seine Miene vollkommen verschlossen.

Ein eisiger Schauer läuft mir über den Rücken, und meine Zähne klappern. „Vielleicht k-kannst du mir eines T-Tages vergeben." Ich reibe mir die Oberarme. „Ich werde unsere gemeinsame Z-Zeit nie vergessen."

Er atmet scharf aus. „Ich hole dich hier raus."

„O Gott, danke!", rufe ich ihm hinterher.

Quälend lange Minuten später bin ich davon überzeugt, dass er seine Meinung geändert hat und mich den Spinnen und Monsterratten überlassen wird, doch plötzlich kehrt er mit dem Schlüssel in der Hand zurück und befreit mich.

Ich falle ihm um den Hals, schlinge meine Arme und Beine um ihn und verteile Küsse über sein ganzes Gesicht. „Danke, danke, danke!"

„Sie hätte dich nie in den Kerker werfen lassen sollen", sagt er leise und geht mit mir im Arm zur Treppe.

„Die Königin hasst mich."

„Ich würde es eher als starke Abneigung bezeichnen. Emotional geht es ihr im Moment einfach nicht gut."

Ich drücke ihn. „Du hast mich vor den Spinnen und Monsterratten gerettet."

„Dann bin ich wohl dein Ritter in glänzender Rüstung."

„Das bist du definitiv."

Oben angekommen stellt er mich auf die Füße. „Was soll ich nur mit dir machen, Polly?"

„Ich heiße Anna."

Er schließt einen Moment lang die Augen. „Ja, Anna." Er sieht mich wehmütig an. „Polly hat zu dir gepasst."

„Ist ein niedlicher Spitzname." Ich stelle mich auf Zehenspitzen und flüstere: „Bring mich auf dein Zimmer für eine letzte gemeinsame Nacht. Ich reise morgen früh ab."

Er nimmt mich bei der Hand und geht schnellen Schrittes durch eine große Küche, ein enges Treppenhaus hinauf und eine Reihe von Fluren, die ich bisher noch nicht gesehen habe. Schließlich stoßen wir auf den Flur, der zu seinem Zimmer führt. Er versteckt mich. Ob es vor der Königin oder Francesca ist, ist mir egal. Alles, was zählt, ist, dass ich noch eine letzte Nacht mit ihm verbringen kann.

Kaum in seinem Zimmer angekommen schließt er die Tür ab. Ich ziehe mein Sommerkleid aus und stehe nur in Tanga und Sandalen vor ihm. Auf einen BH habe ich heute verzichtet, da es ein Neckholderkleid ist. Um der Sittsamkeit willen trage ich Pasties in Blumenform. Und ja, Sittsamkeit ist etwas, das ich durchaus beherrsche.

Er klatscht sich die Hand vor die Stirn. „Jungfrau warst du auch nicht, oder?"

„Naja, die echte Polly ist eine." Ich ziehe die Pasties ab und werfe sie über meine Schulter. „Und ich wollte dich so sehr. Oder wäre es dir lieber, wir hätten einander nie angefasst?"

Im nächsten Moment ist er da und reißt mich grob an sich. Seine steinharte Erektion presst gegen meinen Bauch. „Du hast ja keine Ahnung, wie schwer es mir gefallen ist, langsam zu machen. Ich hatte solche Angst, dir wehzutun, dass ich das erste Mal die ganze Zeit geschwitzt habe. Ich bin noch nie mit einer Jungfrau im Bett gewesen."

Ich streichele mit den Fingern durch seine Haare und lasse meine Hand in seinem warmen Nacken ruhen. „Du warst wunderbar. Ich glaube, das war der Moment, in dem ich mich in dich verliebt habe."

Er erstarrt. *Kommando zurück! Hör auf, ihn zu lieben!* Er hat seine Meinung geändert, was das mit der Liebe angeht, weil ich eine Lügnerin bin. Mein Magen rebelliert, und einen Moment lang denke ich fast sehnsüchtig an den kalten Kerker mit seinem so einladenden Spinnwebendekor.

Ich will mich von ihm lösen, doch er hält mich fest und dreht mich in seinen Armen, bis seine Brust meinen nackten Rücken wärmt. Er küsst zärtlich meinen Hals, und ich schmelze an ihn und schließe meine Augen.

„Wer bist du, Anna? Welcher Teil von dir war echt?"

Ich öffne meine Augen und sehe unsere Reflexion in einem barocken Ganzkörperspiegel. Er ist immer noch angezogen. Ich bin nur in Tanga und Sandalen, doch mir ist nicht kalt, so wie er seine Arme um mich geschlungen hat. Unsere Blicke begegnen sich im Spiegel. Ich will mich ihm wieder so nahe fühlen wie zuvor. „Mein Herz, meine Persönlichkeit, mein Alter, mein sterbender Vater – das ist alles echt. Naja, genau genommen ist Mike mein Pflegevater. Ich bin eine Waise. Naja, auch das nicht wirklich. Ich habe vor Kurzem erfahren, dass meine Eltern mich zur Adoption freigegeben haben. Ich bin nie adoptiert worden, und der Begriff Waise beschreibt am besten, wie ich mich gefühlt habe. Wie auch immer, ich bin von einer Pflegefamilie zur nächsten weitergereicht worden, du weißt schon, das sind Familien, die vorübergehend Kinder ohne Familie aufnehmen. Ich meine, die Kinder werden nicht immer so viel rumgereicht wie ich. Ich habe oft Ärger bekommen, weil ich mir die Scheiße der anderen Mädchen nicht habe gefallen lassen."

„Jetzt verstehe ich, warum du bei den Spielen so gut abgeschnitten hast. Du spielst, um zu gewinnen."

Ich lache leise. „Ich schätze, das liegt mir im Blut. Mike war mein letzter Pflegevater, als ich siebzehn war. Er ist für mich das, was einem Vater am nächsten kommt." Meine Stimme klingt heiser, ich habe einen Kloß im Hals. Ich räuspere mich. „Er ist Handwerker. Er konnte so ziemlich alles reparieren – Elektroinstallation, Klempnerei, Trockenbau und so weiter – und hat mir viel beigebracht. Es ist nicht schwer, wenn man weiß, wie es geht und das richtige Werkzeug hat.

Ich kann jetzt auch so ziemlich alles reparieren." *Fast alles. Das hier kann ich nicht reparieren.*

Er sieht mich überrascht an. „Das kannst du?"

„Ja", sage ich. „Ich bin die Hausmeisterin in meinem Wohnhaus und kümmere mich um die Reparaturen, die bei den Mietern so anfallen. Meine Idee für diese Urlaubswoche und das Spa kommt aus meiner eigenen Erfahrung. Ich habe mir vorgestellt, eine Suite zu modernisieren, um die königliche Fantasie wahr zu machen. Außerdem bin ich Kosmetikerin in einem Luxus-Salon. Ich bin als Friseurin gefragt, doch ich kann auch Fingernägel machen und Gesichtsbehandlungen. Mein Traum ist, mit dreißig meinen eigenen Salon zu besitzen, darum habe ich gespart, wo immer ich konnte. Ich arbeite hart, aber das habe ich dir ja schon gesagt, und ich bin sehr ehrgeizig."

Er dreht mich um, zieht mich an sich und umarmt mich. Ich erwidere die Umarmung. Es fühlt sich gut an, als ließe er mich wieder ein bisschen an sich heran. Mehr kann ich nicht verlangen.

Seine Stimme grollt an meinem Ohr. „Dein Nachname ist Hebert. Ist das Französisch?"

Ich blicke zu ihm auf. „Ja, mein Vater war zum Teil Franzose, aus Louisiana. Nach meinem achtzehnten Geburtstag habe ich ein bisschen nachgeforscht, um meine biologischen Eltern zu finden. Meine Mutter ist aus Florida und war erst fünfzehn, als sie mich zur Welt gebracht hat. Sie hatte kein Interesse, mich kennenzulernen, doch sie hat mir ein bisschen über meinen Vater erzählt. Sie hat mir seinen Nachnamen gegeben, und damals hat sie gehofft, dass jemand aus seiner Familie mich aufnehmen würde. Sie waren alle wohlhabend. Doch sie wollten mich nicht. Und nachdem sie gesagt hatte, dass er mich nicht wollte, habe ich nicht versucht, ihn zu finden."

Er hält mein Gesicht und sieht mir in die Augen. „Das tut mir leid."

Der Kloß in meinem Hals wächst. „Schon okay. Ich bin schon lange auf mich allein gestellt."

Er streicht mir die Haare aus dem Gesicht. „Ab jetzt nicht mehr."

Heiße Tränen brennen in meinen Augen. „Gabriel, tu bitte nichts Unüberlegtes wegen m–"

Sein Mund klatscht auf meinen. Alle meine Gedanken verfliegen. Wir packen einander, verschlingen einander, wild und hungrig. Seine Hand wandert zwischen meine Beine, und er stöhnt mit mir.

„So feucht", stößt er heiser hervor.

„Ja", keuche ich, während seine Finger mich liebkosen. Er spielt meinen Körper wie ein Virtuose seine Violine. Es dauert nur Minuten, bis sich meine Hüfte ihm entgegen drängt, seine Berührung sucht. Stoßweise atmend bin ich von Sinnen vor Verlangen.

Plötzlich lässt er mich los. „Geh, leg dich aufs Bett. Auf den Bauch."

Ich ziehe meinen Tanga aus und schlüpfe aus meinen Sandalen. Er beobachtet mich mit loderndem Blick, während er hektisch sein Hemd aufknöpft. Bei seiner Hose will ich ihm helfen, doch er schüttelt den Kopf.

„Aufs Bett, sofort", knurrt er.

Ein Schauer der Erregung rauscht durch mich hindurch. Die Samthandschuhe sind offensichtlich passé, jetzt, da er weiß, dass er es nicht mit einer jungfräulichen Prinzessin zu tun hat. Zuvor hat er sich zurückgehalten, auch wenn ich ab und an einen flüchtigen Blick auf den wahren Gabriel erhascht habe.

Ich gehorche, lege mich bäuchlings aufs Bett und spähe über meine Schulter in seine Richtung. „Was dauert denn so lange?"

„Pol – *Anna*. Fuck."

„Ja."

Er versetzt mir einen Klaps auf den Po und hebt meine Hüften an. „Du hast keine Ahnung, wie sehr ich dich genau so haben wollte."

Ich stütze mich auf meine Ellbogen und gehe auf alle viere. „Dann nimm mich."

Er hält meinen Po mit beiden Händen, und ich spreize

einladend meine Beine. Er streicht mit seinen Fingern meine Wirbelsäule empor, packt meinen Nacken und presst meinen Kopf auf das Kissen. Ich bin so heiß und feucht und so bereit. Gabriel hat mir die intensivste Befriedigung meines Lebens geschenkt, und ich will ihm geben, was er braucht.

Ich höre die Nachttischschublade knarzen, das Rascheln einer Kondomverpackung, und dann ist er wieder da, krallt seine Finger um meine Hüften und nimmt mich mit einem tiefen Stoß. Ich keuche, als er meinen Körper so plötzlich ausfüllt.

Er stöhnt, und dann rammt er in mich hinein und zerrt meine Hüften bei jedem tiefen Stoß an sich. Diese Version von Gabriel nimmt und nimmt und nimmt. Sie ist wild, animalisch. Ich ergebe mich ihr. Ich liebe es, und ich liebe ihn. Er zeigt mir auf urtümlichster Ebene, wer er ist. Er füllt mich aus und treibt mich näher und näher an die Klippe.

Ich keuche, fiebrig heiß, vollkommen in seinem Besitz. Er schiebt seine Hand unter mich und fängt an, mich zu massieren. *Ja!* Ich bin so dicht dran. Er weiß es. Er kann spüren, wie ich mich um ihn anspanne, und er macht weiter, schnell und hart, langsam und tief. Ich zittere unter ihm. Jedes Nervenende steht in Flammen.

„Gabriel", stöhne ich. „Bitte, ich bin so dicht dran. Bitte, bitte, bitte."

Er beugt sich über mich und raunt heiser in mein Ohr. „Noch nicht, meine nicht-jungfräuliche Prinzessin."

Ich stöhne lange und laut.

Er lacht, dann wendet er sich wieder seiner Mission, mich in den Wahnsinn zu treiben, zu. Wir sind brunftende Tiere, schweißgebadet, und klatschen stöhnend und grunzend aneinander. Ich bin atemlos, während er weiter in mich hineinrammt und seine Finger kreisen lässt. Dieser Mann ist das pure Feuer. Ich bin hin- und hergerissen zwischen Flehen und Rachegelüsten, als er sanfter wird.

Schwer atmend warte ich, was als nächstes passiert.

Mit den Zähnen zupft er an meinem Ohrläppchen. „Möchtest du, dass ich dich kommen lasse?"

„Ja."

„Du klingst nicht verzweifelt genug." Er stößt zu und hält inne.

Ich dränge mich gegen ihn, gierig nach mehr. „Ich bin so verzweifelt."

Er streichelt mich langsam, als wäre er nicht zum Explodieren erregt.

Ich hebe meinen Kopf und sehe ihn über meine Schulter an. „Fick mich, Gabriel. Fick mich hart und tief. Ich will, dass du die Kontrolle verlierst."

Er packt mich bei den Haaren und küsst mich grob. „Ich liebe dich."

Mir bleibt vor Überraschung der Mund offenstehen. Die Emotion in seiner Stimme ist echt und verletzlich.

Und dann presst er wieder meinen Kopf in die Kissen und nimmt mich so, wie wir beide es brauchen. Mein Verstand versinkt im Nebel. Jeder harte Stoß, jedes gierige Kreisen seiner Finger brennt in mir. Es ist Liebe, es ist besitzergreifend, und ich will es genauso wie er. Ich schreie auf und erzittere um ihn herum, als der Orgasmus durch mich hindurch schießt. Er presst mich an sich, stößt weiter in mich hinein und trägt mich weiter, tiefer, nicht enden wollende Lust.

Ich spüre seine Zähne in meinem Nacken, die einen weiteren Schock durch mich hindurch jagen, als er loslässt. Er hält mich fest an sich gepresst, bevor er sich langsam aus mir herauszieht und neben mir aufs Bett rollt.

Ich sacke auf die Matratze.

„Dieser Arsch", sagt er und versetzt mir einen Klaps, bevor er ihn streichelt. „Perfekt."

Ich sehe ihn an. „Das ist das erste Mal, dass ich das höre. Perfekter Arsch? Das ist hohes Lob."

Er lächelt, dann zieht er mich in seine Arme, Brust an Brust, und schiebt ein Bein zwischen meine. Ich stöhne – ich bin immer noch so erregt. Er hebt mein Kinn an seines und küsst mich zärtlich. *Er liebt mich.* Ich kann es tief in mir spüren, daran, wie er mich berührt, ganz gleich, ob er seine aggressive oder seine zärtliche Seite zeigt. Er gibt mir alles.

Doch hier würde ich nie als seine Frau akzeptiert werden.

Ich habe nur diesen Moment, darum schmiege ich mich an ihn und halte ihn fest.

Er weckt mich noch zweimal auf in dieser Nacht. Er gibt mir alles, und ich tue dasselbe. Ich halte nichts zurück. Die Leidenschaft tobt zwischen uns, ein letztes, loderndes Lebewohl.

In der Morgendämmerung wache ich auf und ziehe mich schnell an, lasse ihn jedoch schlafen. Sobald ich geduscht bin und mich angezogen habe, bleibe ich neben dem Bett stehen und bewundere ihn. Er liegt auf der Seite, mir zugewandt, sein Arm und sein Bein da, wo ich gelegen habe. Seine dicken braunen Haare sind zerzaust von meinen Fingern, seine Wimpern werfen Schatten auf seine Wangen und geben ihm etwas Weicheres. Ich widerstehe dem Drang, über seinen morgendlichen Stoppelbart zu streichen. Abstand ist das einzige, das den Abschied von ihm leichter macht. Er ist einfach zu verführerisch.

„Gabriel, wach auf", ich berühre ihn an der Schulter. „Ich muss gehen, ich muss die erste Fähre aufs Fe– ah!"

Er zerrt mich auf sich und rollt sich auf den Rücken. „Mmm", murmelt er, streicht mit seinen Händen über meinen Rücken und hält meinen Po. „Das ist schön."

Heiße Tränen brennen in meinen Augen. Ich hebe den Kopf, und er sieht mich ruhig an. Da ich weiß, dass ich ihn nie wiedersehen werde, lege ich die Karten auf den Tisch. „Ich will nur, dass du weißt, dass ich meine Zeit hier mit dir nie vergessen werde. Du bist *fantastisch*, der beste, umwerfendste und ehrenwerteste Mann, den ich je kennengelernt habe. Und intelligent und stark und zärtlich auf genau die richtige Art und Weise, und ich liebe dich. Ich habe mich noch nie so gefühlt. Die Tiefe meiner Gefühle schockt mich, und ich weiß, das Timing ist beschissen und meine Herkunft ist nicht das, was du brauchst. Ganz zu schweigen davon, dass die Königin mich hasst" – er öffnet den Mund, um zu protestieren, und ich korrigiere mich – „dass die Königin eine starke Abneigung gegen mich hegt und der König wahrscheinlich auch. Niemand hier würde mich als deine Braut akzeptieren, und ich lasse dich los, *weil* ich dich liebe."

Er drückt mich so fest an sich, dass ich keine Luft bekomme.

„Ich kann nicht atmen", presse ich hervor.

Er lässt lockerer. „Dann lässt du mich los, um ehrenhaft zu handeln."

„Ja, und ich weiß, dass du dasselbe tun würdest, wenn du an meiner Stelle wärst. Du bist in deine Rolle geboren worden und hast die entsprechende Erziehung genossen."

Er rollt mich unter sich, küsst mich und beißt mir fest genug in die Unterlippe, dass es brennt. Ich genieße einen letzten, köstlich dekadenten Kuss und schlinge meine Beine um ihn.

Er stöhnt in meinen Mund und unterbricht den Kuss. „Bleib hier."

„Ich werde meinen Flug verpassen."

„Dann benutzt du eben den Privatjet."

„Oh."

Er hält mein Kinn und blickt mir tief in die Augen. „Wenn du dieses Bett verlässt, werde ich dich wieder einfangen und dich an die Pfosten fesseln. Dann bist du mir ausgeliefert, und ich werde nicht sanft sein."

Ich schmunzele. „Jetzt will ich das Bett verlassen. Fesselspiele mit dir? Gott, ja!"

Er lächelt, dann sieht er mich ernst an. „Geh nicht weg", befiehlt er und steht auf. „Ich muss mit meinem Bruder reden."

„Mit welchem? Warum?"

Er geht zur Kommode und zieht sich an. Das Spiel seiner Muskeln lenkt mich einen Moment lang ab, während er ein Hemd, Boxershorts und eine Hose anzieht. Er schlüpft in ein Paar Wildlederslipper und geht zur Tür.

„Gabriel? Wirst du ihm sagen, dass ich eine erbärmliche Lügnerin bin und die schlimmste nichtjungfräuliche Nichtprinzessin, die es gibt?"

„Ja."

Ich werfe ein Kissen nach ihm. „Im Ernst. Mach bitte nichts Verrücktes. Du gehörst auf diesen Thron. Alle wissen es. Und wir alle wissen, dass ich nicht zur Königin geeignet bin. Ich habe keine Ahnung von Etikette, und meine Blutlinie ist ... schlammig."

„Das bestreite ich nicht", sagt er über seine Schulter und geht.

Ich lasse mich wieder auf die Matratze fallen. Mit dem Privatjet hat er uns ein bisschen Zeit herausgeschunden, und ich weiß, dass ich furchtbar egoistisch bin, denn alles, woran ich denken kann, ist, dass er endlich zurück ins Bett kommt und mich auf seine grob-zärtliche Art nimmt. Mein Hals schnürt sich zu, und meine Augen brennen. *Nicht weinen! Du kannst auf dem Rückflug weinen.* Ich sollte auf der Stelle gehen, ihn wie ein Pflaster abreißen, doch stattdessen liege ich hier und erlebe die wunderbare Zeit, die ich mit ihm hatte, von Moment zu Moment noch einmal.

Ohne ihn bin ich ein Wrack.

Doch zu bleiben bedeutet, ihn kaputtzumachen, sein Leben, seine Bestimmung, König zu werden. Und das kann ich nicht zulassen. Gabriel Rourke wurde geboren, um König zu werden.

Mit dem letzten bisschen Willenskraft stehe ich auf und eile in mein Zimmer, um zu packen. Ich muss mich beeilen, wenn ich den Flug nicht verpassen will. Ich kann nicht zulassen, dass Gabriel sein Geburtsrecht riskiert, und ich befürchte, dass er genau das vorhat.

Ich muss das Richtige tun, für uns beide. Eines Tages wird er es verstehen und mir vergeben.

15

———

Gabriel

Ich kann es nicht erwarten, zurück zu Polly zu kommen. Anna. Pollyanna. Ha! Sie ist eine fröhliche, lebhafte Frau, ein solcher Kontrast zu meinem so viel ernsterem Ich. Ich will das in meinem Leben; ich will sie. Ich bin fast im Delirium vom Schlafmangel und der plötzlichen Wende der Ereignisse, aber da ist noch eines, was ich tun muss. Ich klopfe an die Tür zu den Gemächern meiner Eltern.

Die Zofe, die mich hereinlässt, lächelt. Sie macht einen schnellen Knicks. „Der König ist wach, und es geht ihm heute besser."

„Das sind großartige Neuigkeiten, danke." Was ich tun muss, wird so viel einfacher sein.

Ich gehe zum Bett meines Vaters. Er sitzt von Kissen gestützt und hält die Hand meiner Mutter, die wie immer im Sessel neben seinem Bett sitzt. Sie unterhalten sich leise und sind so ins Gespräch vertieft, dass sie mich nicht sofort bemerken.

Ich räuspere mich. „Wie ich höre, geht es dir besser."

Mein Vater lächelt mich schwach an. „Der Schmerz ist erträglich. Aber ich fürchte, *besser* wir es nicht mehr."

Meine Mutter ist ernst. „Wo bist du gewesen? Francesca

hat mir erzählt, dass sie dich nicht gesehen hat, seit sie gestern Morgen zu deiner Verlobten erklärt wurde."

Ich hole tief Luft. „Ich liebe Anna. Ich werde sie heiraten oder den Thron aufgeben."

„Nein!", ruft meine Mutter. Sie holt tief Luft und findet ihre Fassung wieder, doch ihre Stimme zittert vor Wut. „Das wirst du nicht tun."

Mein Vater hebt eine Hand und bedeutet ihr zu warten. „Gabriel, *du* bist der Herrscher, den Villroy braucht. Wir haben viel Zeit und Energie investiert, um dich auf diese Rolle vorzubereiten. Keiner deiner Geschwister ist bereit."

„Ich habe mit Phillip gesprochen. Er sagt, dass er es tun würde. Er will, dass ich glücklich bin."

„Nein", sagt meine Mutter streng.

Mein Glück ist nie ein Faktor für sie gewesen.

Mein Vater starrt mich finster an. „Genau wie Daniel. Egoistisch. Er hat sich in eine Bürgerliche verliebt, abgedankt und dann musste ich eine Rolle übernehmen, die ich nie gewollt habe. Sie ist mir aufgezwungen worden." Er spricht von meinem Onkel, der sich ironischerweise auch in eine Amerikanerin verliebt hat. Ich weiß, warum er glaubt, dass es bei mir dasselbe ist, doch das ist es nicht.

Ich argumentiere so ruhig wie möglich. „Phillip sagt, dass er bereit ist, es zu tun, wenn ich ihm am Anfang helfe. Er wird zu nichts gezwungen." Dass er ja gesagt hat, hat mich überrascht. Vielleicht liegt es daran, dass unser Vater krank ist und wir dringend einen Weg in die Zukunft für Villroy brauchen. Er war der einzige, mit dem ich über den Ernst der Situation gesprochen habe, denn er ist der nächste in der Thronfolge. Mir wird bewusst, dass ich meinen jüngeren Geschwistern einen schlechten Dienst erwiesen habe, da ich nicht vor allen die Karten auf den Tisch gelegt habe. Das Erbe der Rourkes ist nicht nur für den König, sondern für die ganze Familie bestimmt. Das bedeutet, dass es an der Zeit ist, meine jüngeren Brüder und Schwestern nicht mehr vor der Realität zu schützen und sie miteinzubeziehen. Villroy ist eine Generation vom Zusammenbruch entfernt. Doch eins nach dem anderen. Zuerst muss ich mir und Anna eine Zukunft sichern.

„Du kannst hier nicht mit dieser lügenden Hochstaplerin leben", sagt meine Mutter. „Du wirst ins Exil gezwungen genau wie dein Onkel."

Die Säure brodelt in meinem Magen angesichts dieser Grausamkeit. Sie will allen Ernstes, dass ich zwischen Anna und meiner Familie wähle. Villroy ist ein lebender, atmender Teil von mir. Ich weiß nicht, wer ich bin ohne die Insel und meine Familie. Ich bin nichts.

Mein Vater sieht sie an. Sie kommunizieren wortlos, bevor er sich mir wieder zuwendet. Ich hoffe, dass sie blufft, wenn sie von Exil spricht.

„Hast du wirklich darüber nachgedacht?", fragt mein Vater. „Du kennst diese Frau doch kaum mehr als eine Woche."

„Das ist nur der Reiz des Fremden", sagt meine Mutter. „Du willst dir vor der Hochzeit die Hörner abstoßen."

Ich fahre mir mit der Hand durchs Haar. „So ist es nicht. Ich bin dreißig Jahre alt. Ich weiß, was ich will."

„Sie ist eine Lügnerin", zischt meine Mutter. „Sie hat dich mit falschen Gefühlen in die Irre geführt."

„Sie hat nur gelogen, um Polly zu helfen. Die echte Polly war zu Hause quasi permanent weggesperrt und ist in die USA geflohen. Jetzt ist sie in Florida und steht wegen Identitätsdiebstahls vor Gericht."

Meine Mutter springt auf. „Mein Gott, wir müssen ihre Familie kontaktieren." Mein Vater nickt.

„Nein, das ist der Grund, weswegen Anna sich als Polly ausgegeben hat. Sie sollte Pollys Erbschaft abholen – die Lüge, mit der du die Frauen hergelockt hast. Das Geld wollte sie dann benutzen, um einen guten Anwalt zu engagieren, um das Problem diskret zu lösen. Die echte Polly hat befürchtet, dass eine Verurteilung dazu führen wird, dass ihre wahre Identität bekannt wird. Ihre Familie würde sie verstoßen und im Gefängnis hätte sie eine Zielscheibe auf dem Rücken."

„Warum würde sie aus Beaumont fliehen wollen?", fragt mein Vater. „Sie ist die Prinzessin eines Paradieses."

„Sie haben sie unter Druck gesetzt, einen ehrlosen Mann zu heiraten." Das hat Anna mir gestern Nacht erklärt. Ich denke an die echte Polly, eine jungfräuliche Prinzessin einer konservativen Monarchie, die dazu gedrängt wird, einen schmierigen Geschäftsmann zu heiraten. Verdammt, ich habe wissentlich eine jungfräuliche Prinzessin beschmutzt, als ich Anna für Polly gehalten habe – und Anna bezeichnet mich als ehrenwehrten Mann! Natürlich weiß ich jetzt, dass Anna keine Jungfrau war. Dennoch hat meine Ehre einen ziemlichen Schlag erlitten.

Meine Mutter hebt die Stimme. „Unsere Quellen haben bestätigt, dass sie als Braut geeignet ist."

„Das ist sie auch immer noch. Sie ist geflohen, bevor sie sie mit diesem Mann verheiraten konnten." Ich betrachte sie beide und flehe ohne Worte um ihr Verständnis, wie es zu dieser Situation gekommen ist. „Anna sagt, dass sie Polly das Geld geschickt hat, das sie für einen Anwalt braucht. Sie hat den Preis, den sie gewonnen hat, über Pollys private Stiftung an sie geschickt. Versteht ihr, was für ein Mensch sie ist? Sie hat ehrbar und selbstlos gehandelt." Das sind Eigenschaften einer Königin, doch das sage ich nicht laut. Anna muss nicht Königin werden. Ich brauche sie nur an meiner Seite.

Meine Mutter blickt finster drein. „Ich bin immer noch der Meinung, dass wir ihre Familie kontaktieren sollten. Eine Prinzessin, die womöglich ins Gefängnis muss, ganz allein …"

„Halte dich da raus", blaffe ich. „Lass sie ihr Leben leben, wie sie es will." Mein Ton ist barsch, denn ich spreche auch für mich selbst.

Meine Mutter kneift die Augen zusammen, denn sie weiß es auch.

Ich hebe meine Hände. „Bitte. Alles, worum ich euch bitte, ist, Anna eine Chance zu geben. Ich habe mich für sie entschieden, und sie will, dass ich mich für den Thron entscheide."

„Bring sie her", sagt mein Vater. „Sofort. Ich will von ihr selbst hören, was sie darüber denkt, dass sie dein Leben ruiniert."

„Sie ruiniert es nicht."

Mein Vater wendet sich meiner Mutter zu. Keiner von beiden sagt etwas. Wir sind fertig hier.

Ich muss Anna zu meinem Vater bringen. Das ist unsere einzige Chance. Meine Mutter hat sich bereits gegen sie ausgesprochen.

Ich neige kurz den Kopf und gehe. Ich habe jetzt einen winzigen Anflug von Hoffnung. Ich kehre zu meinem Zimmer zurück, öffne die Tür und trete ein. „Anna, mein Vater will … Anna?" Sie ist nicht im Bett. Ich sehe schnell im Badezimmer nach. So lange bin ich nicht weggewesen.

Verdammt! Ich habe ihr gesagt, dass sie warten soll. Ich konnte ihr nicht sagen, was ich vorhabe, denn ich wusste nicht, ob es zu meinen Gunsten ausgehen würde.

Ich nehme den Telefonhörer in die Hand und rufe die Dienstbotenquartiere an auf der Suche nach Annas Zofe – und werde mir plötzlich bewusst, dass sie auch Anna heißt. Seltsamer Zufall.

„Sie ist weg, Hoheit", sagt sie. „Sie hat die Insel mit der Fähre verlassen."

„Wann?"

„Vor etwa fünfzehn Minuten."

Ich lege auf. Die Fähre kann sich nicht mit der Geschwindigkeit unserer Jacht messen.

～

Anna

Die älteren Passagiere auf der Fähre halten Abstand, während ich auf einer der Bänke sitze und mir die Augen ausheule und vor mich hin schluchze. Selbst mein Lieblingskleid mit Leopardendruck und die Leopardensandalen geben mir nicht die Kraft, die ich brauche, um mit diesem Abschied fertigzuwerden. Villroy schrumpft in der Ferne und verschwimmt durch meine Tränen, beinahe wie eine Fata Morgana, die ich mir nur eingebildet habe. Nur, dass der Schmerz allzu real ist. Alles tut mir weh – meine Augen, mein Hals, mein Herz.

Irgendwann gehen mir die Tränen aus, und ich lehne mich an die Reling, den Kopf auf meinen Arm gestützt. „Adieu, Gabriel", flüstere ich und muss wieder schluchzen. Ich weiß nicht, ob das Schluchzen je aufhören wird. Mein Herz ist irreparabel gebrochen. Das Richtige zu tun, fühlt sich scheiße an.

Ich wende mich ab und rolle mich auf der Bank zusammen. Ich habe die Nase voll von der echten Welt. Ich brauche Schlaf, doch meine Augen sind so wund, dass es wehtut, sie zu schließen. Dunkle Hoffnungslosigkeit breitet sich in mir aus, nimmt mir die Energie, und endlich beruhige ich mich so weit, dass eine kalte Taubheit mich einhüllt.

Ein paar Minuten später höre ich aufgeregtes Getuschel von den anderen Passagieren. Sie drängen sich an die Reling auf meiner Seite, und ich setze mich auf, um zu sehen, was die Aufregung verursacht hat. Vielleicht Delfine, die in den Wellen spielen. Was ich nicht alles für eine solche Ablenkung geben würde!

Eine Jacht pflügt mit dröhnendem Horn durch die Wellen auf uns zu.

„Das ist die königliche Jacht!", ruft jemand.

Ich spähe in Richtung der Flybridge. Gabriel ist nicht am Steuer. Gott, die Jacht kommt immer näher. Passt auf, sonst rammt ihr uns noch!

„Anna Hebert!"

Ich sehe mich hektisch um. Mein Herz pocht mir bis zum Hals. Ich kenne diese Stimme. Er ist meinetwegen hier. Was bedeutet das? Was hat er getan?

„Wo bist du?", rufe ich.

Und dann höre ich Wasser spritzen und die anderen Passagiere keuchen. O mein Gott! Gabriel ist ins Wasser gesprungen!

Er schwimmt auf die Fähre zu. Dieser Mann ist verrückt! Was, wenn die Schiffsschraube ihn zu Hackfleisch macht?

„Gabriel!", schreie ich entsetzt. „Geh zurück auf dein Boot!" Er kann mich nicht hören und schwimmt schnell auf die Fähre zu. Er hat sein Hemd und seine Hose ausgezogen und schwimmt in seinen Boxershorts. Mein Gott.

„Jemand muss den Kronprinzen retten!", rufe ich und

renne los, um jemanden von der Besatzung um Hilfe zu bitten. „Mann über Bord!"

Jemand wirft ihm einen Rettungsring zu, und dann springt ein Besatzungsmitglied ins Wasser, um ihm zu helfen. Gabriel sagt etwas zu ihm und greift nach dem Rettungsring. Das Besatzungsmitglied gibt ein Zeichen und zwei Männer an der Reling ziehen ihn in Richtung Leiter, über die beide an Bord klettern.

Ich schlage mir die Hände vor den Mund, als Gabriel, der Kronprinz von Villroy, zielstrebig auf mich zukommt, klatschnass in seiner *Unterwäsche*. In aller Öffentlichkeit. Er könnte genauso gut nackt sein, denn die blauen Boxershorts überlassen wenig der Vorstellungskraft des Betrachters. Ich schlucke, denn selbst in Unterwäsche strahlt er Macht aus. Er sieht aus wie ein Krieger. Wassertropfen glitzern auf seiner goldenen Haut, den starken Schultern, den definierten Brust- und Bauchmuskeln, den langen, muskulösen Oberschenkeln. Die Passagiere weichen zurück, doch alle Augen sind auf ihn gerichtet.

Er bleibt vor mir stehen, zieht die Hände von meinem Mund und knurrt. „Ich habe dir doch gesagt, dass du warten sollst."

„Hast du den Verstand verloren?" Ich ziehe ihn an mich und umarme ihn. Seine Haut ist kalt vom Meer. „Du bist eiskalt. Du bist verrückt. Was machst du hier?"

Er nimmt mein Gesicht in seine Hände. „Meine künftige Braut zurückholen. Ich habe dich gewählt, Anna. Und wenn sie mich dich nicht heiraten lassen, gebe ich den Thron auf."

Die Menge keucht.

„Gabriel!" Das ist falsch. Er kann das nicht tun.

Er blickt in unser „Publikum", wo mehrere Leute ihre Handys hochhalten und Fotos und wahrscheinlich auch Videos aufnehmen. „Lass uns wohin gehen, wo wir ungestörter sind." Er nimmt meine Hand und zieht mich in die Kommandobrücke der Fähre. Nach einer kurzen Diskussion – oder besser, einer Reihe von barschen Befehlen des Kronprinzen, lassen sie ein Rettungsboot für uns zu Wasser, und wir werden zurück zur Jacht gerudert.

Gabriel bringt mich in seine Kabine, wo er sich abtrocknet und anzieht. Dabei lässt er mich nicht einen Moment aus den Augen, als hätte er Angst, dass ich noch einmal die Flucht ergreifen könnte. Ich stehe zwischen ihm und dem Bett, genau da, wo er mich geparkt hat. Natürlich werde ich nicht verschwinden. Ich muss ihn davon überzeugen, das nicht zu tun. Jeder Teil meines Seins sehnt sich nach ihm, doch ich weiß, dass ich nicht zulassen darf, dass er auf den Thron verzichtet.

Als er wieder angezogen ist, nimmt er mich bei den Schultern und sieht mir in die Augen. „Ich liebe dich." Es klingt beinahe wie eine Herausforderung.

„Ich dich auch, aber–"

„Nein. Das reicht."

„Es geht hier um mehr, und das weißt du auch. Ich bin gegangen, um es dir leichter zu machen, das Richtige zu tun."

„Die Entscheidung steht allein mir zu."

Ich löse mich von ihm und ringe meine Hände. „Sei vernünftig. Denk darüber nach."

„Das habe ich. Ich habe mit Phillip gesprochen, und er ist bereit, meinen Platz einzunehmen. Er will, dass ich glücklich bin, und hat kein Problem damit, für mich zu übernehmen."

Mein dummes Herz führt einen Freudentanz auf. Damit hatte ich nicht gerechnet. Ich hatte gedacht, dass, wer auch immer dazu gezwungen werden würde, Gabriels Platz einzunehmen, nicht glücklich darüber sein würde. Ich bin mir sicher, dass es kein leichter Job ist. Doch andererseits würde Gabriel im Gegenzug sein Geburtsrecht verlieren und die Rolle, für die er seine unbeschwerte Kindheit und seine Freiheit geopfert hat, um sich darauf vorzubereiten. „Ist es das, was du wirklich willst? Phillip auf dem Thron?"

Er schweigt einen Moment, und ich weiß, dass er das tief in seinem Herzen ganz und gar nicht will.

„Gabriel", presse ich hervor. Mein Herz bricht zum zweiten Mal, weil er bereit ist, alles für mich zu opfern, und ich kann es einfach nicht erlauben. Ich kann ihm das nicht nehmen.

„Ich will dich", sagt er leise. „Und weil ich dich will, will mein Vater dich sofort sehen."

Meine Hand schießt an meinen Hals. „Ich bin zum König gerufen worden? Weiß er, dass die Königin mich in den Kerker geworfen hat?" Meine Fantasie überschlägt sich mit Horrorszenarien, was der König tun könnte, da er weiß, dass ich seinen Sohn korrumpiert und ihn dazu gebracht habe, königliche Traditionen zu brechen. Ich stelle mir einen schnellen Schauprozess vor mit einer Jury, die der König ausgewählt hat und anschließender Exekution. Wie früher, mitten auf dem Marktplatz. Definitiv Tod durch Guillotine.

Er zieht mich in seine Arme und seufzt in meine Haare. „Er wird dir nichts tun." Meine entsetzte Miene muss meine Gedanken verraten haben.

„Bist du sicher?"

„Ja. Er weiß alles. Er will es direkt von dir hören. Ich glaube, er versucht, es zu verstehen."

Ein winziger Hoffnungsschimmer erwacht in mir. „Dann will er mir eine Chance geben?"

„Ich denke schon. Doch meine Mutter ist dagegen. Nichts ist sicher. Sie müssen sich einig sein." Er küsst mich zärtlich, führt mich zum Bett und setzt sich neben mich. Dann versucht er, mich auf seinen Vater vorzubereiten – die Ähnlichkeit von Gabriels und meiner Situation mit seinem Onkel, der sich auch in eine Amerikanerin verliebt hat. Sein Vater ist immer noch nicht darüber hinweg, dass er in die Rolle des Königs gezwungen worden ist, und will nicht, dass das einem seiner Kinder passiert. Gabriel ist der Auserwählte und der einzige, dem sein Vater die Führung des Königreichs anvertrauen will.

„Oh Gabriel. Ich habe das Gefühl, alles kaputtgemacht zu haben."

„Nein, du hast mich gerettet. Du hast mich aus einer faden Zombieexistenz geschockt."

Ich lächele ihn mit Tränen in den Augen an. „Ein bisschen wie Frankenstein."

Er macht große Augen und streckt die Arme aus. „Grrr ..."

Ich muss beinahe über diese neue, verspielte Seite von Gabriel lachen, doch das Gewicht seiner Zukunft lastet zu schwer auf mir, als dass ich ein Lachen zustande bringen könnte. Er legt die Arme um mich und küsst meinen Hals. Ich habe nicht die Kraft, ihn wegzustoßen. Stattdessen schmiege ich mich an ihn, gewärmt von dem Mann, den ich mit jeder Faser meines Seins liebe.

16

Anna

Wir laufen im Hafen von Villroy ein, wo uns eine Menge Einheimischer mit gezückten Handys erwartet. Die Nachricht muss schnell den Weg von der Fähre hierher gefunden haben. Gabriel legt beschützend den Arm um meine Schultern und hält mich fest an sich gedrückt. Vier Sicherheitsmänner flankieren uns. Sie schirmen uns von der Menge ab und bahnen uns einen Weg zu einem wartenden Mercedes, der uns zum Palast bringt.

Meine Hände sind klamm, und ich bin ein nervliches Wrack angesichts der bevorstehenden Audienz beim König. Dank Gabriel habe ich letzte Nacht kaum geschlafen, meine Augen sind rotgeheult, meine Haut ist fleckig und meine Haare sind ein fusseliger Mob nach der salzigen Luft auf der Fähre. Ich kann nicht fassen, dass Gabriel mit keinem Wort erwähnt hat, dass ich unmöglich aussehe. Ich bin erschrocken, als ich auf der Jacht einen Blick in den Spiegel geworfen habe. Ich habe versucht, zu reparieren, was zu reparieren war, doch ich bin zwar Kosmetikerin, aber Wunder bewirken kann ich nicht. Ich bin eine Katastrophe in einem Leopardenkleid. Ich komme mir vor, als wäre ich im Delirium. Perfekt, um Gabriels Vater – dem König! – zum ersten Mal unter die Augen zu treten.

„Kommst du mit mir zum König?", frage ich, als Gabriel mich zurück in den Palast bringt. Das Zittern in meiner Stimme kann ich nicht unterdrücken. Ich wünschte, ich könnte so cool und beherrscht wirken wie Gabriel.

Seine Miene ist neutral, seine Schultern sind gestrafft und er geht flotten, selbstbewussten Schrittes auf mein Verderben zu. „Ja. Erzähl mir mehr von deiner Idee für eine Kosmetiklinie aus Villroys Ressourcen."

Er lenkt mich ab, und ich bin dankbar dafür. Ich will es mir nicht mit dem König verderben, nur weil ich nervös bin. So plappere ich über mögliche Zutaten und ihre Anwendung – Algen, Meersalz, Fischöl, Schwämme und sogar Schlamm – und er hört aufmerksam zu.

Eine ganze Weile später gehen mir die Ideen aus. Ich habe keine Ahnung, wo wir sind. Das müssen die privaten Gemächer des Königs und der Königin sein. Ich verspanne mich, und mein Magen schlägt einen langsamen Purzelbaum.

„Erzähl weiter", drängt er. „Was hat dich auf die Idee mit der Kosmetiklinie gebracht?"

„Ich schätze, es war Villroy. Vorher habe ich noch nie an sowas gedacht."

Er bleibt vor mir stehen, sieht mir in die Augen, hebt meine Hand und küsst meine Fingerknöchel. Mein Atem stockt angesichts der Intensität seines Blicks.

Er lächelt. „Ich glaube, ich sehe langsam, wo die echte Anna hinter der Polly-Fassade hervorgelunzt hat."

„Ja! Das habe ich ja schon gesagt. Ich bin so sehr ich selbst gewesen, wie ich sein konnte, ohne Polly zu gefährden."

Er drückt meine Hand. „Du gehörst hierher. An meine Seite."

Meine Augen brennen. „Gabriel, bitte. Lass uns nicht voreilig–"

„Wir sind da." Er klopft an eine Tür. Mir war nicht bewusst, dass wir direkt vor der Tür des Königs stehen. Ich hätte leiser geredet.

Eine Zofe öffnet die Tür, macht einen Knicks und tritt beiseite.

Ich folge Gabriel hinein. Seine Mutter sitzt neben dem

Bett, den Blick auf die Hand ihres Mannes in ihrer gerichtet. Sofort fällt mir der schlechte Zustand des Königs auf. Er ist groß und breitschultrig gebaut wie Gabriel, doch er ist viel zu dünn und viel zu blass. Gabriel wird bald den Thron besteigen. Mir wird umso klarer, wie wichtig es ist, dass Gabriel die richtige Entscheidung trifft.

Ich neige den Kopf und mache einen Knicks. „Eure Majestät, danke, dass Sie mich empfangen."

Ich drehe mich um und begrüße die Königin. „Danke, Majestät."

Ich bin mir nicht sicher, wen von beiden ich zuerst begrüßen sollte, nicht, dass es etwas ändern würde. Beide mustern mich von oben herab, als wäre ich eine Küchenschabe, die versucht, den Thron emporzuklettern.

Ich weiche einen Schritt zurück und spüre Gabriels Hand an meinem unteren Rücken, ob es als Unterstützung gedacht ist oder um mich am Weglaufen zu hindern, weiß ich nicht.

Eine angespannte Stille folgt. Ich bin hierher gerufen worden, und ich wage nicht, den Mund aufzumachen aus Angst, ich könnte etwas Falsches sagen. Der König muss sich irgendetwas dabei gedacht haben.

Schließlich ergreift er das Wort. „Gabriel ist der richtige Herrscher für Villroy."

„Da bin ich ganz Ihrer Meinung", nicke ich sofort.

„Gut", sagt die Königin. „Dann sind wir uns ja einig."

Gabriel knurrt hinter mir, eine ruppige Autorität, die mich die Schultern straffen lässt. „Wenn ich euch daran erinnern darf, dass du, als dieser Wettbewerb als eure private Version einer Reality Fernsehshow angefangen hat, gesagt hast, dass wir frisches Blut mit frischen Ideen brauchen, um die Zukunft des Königreichs zu sichern. Anna hat beides. Ihre Idee könnte Villroy wirklich retten. Die Tatsache, dass sie keine Adlige ist, ist mir egal."

„Was ist das für eine Idee?", fragt der König.

Gabriel drückt meine Schulter.

Ich bin so nervös, und es steht so viel auf dem Spiel, dass ich kaum ein Wort herausbekomme. „Ich habe eine einwöchige königliche Fantasie für Frauen oder vielleicht ein Paar auf Hochzeitsreise vorgeschlagen."

Gabriel fährt begeistert fort. „Es ist mehr als das. Die Idee hat Expansionspotential. Wir könnten ein Spa für Tagesausflügler vom Festland aufmachen, und eine Kosmetiklinie entwickeln, basierend auf einheimischen Zutaten, die im Spa verwendet und an Gäste verkauft werden könnte. Stellt euch die Jobchancen vor während der Bauphase, Personal für das Spa, Fabrikation der Produkte–"

„Selbst die Fischer könnten mit einbezogen werden." Ich kann mich nicht zurückhalten, denn die Begeisterung für die Idee hat jetzt auch mich gepackt. „Sie könnten Algen anbauen und ernten, Schwämme sammeln oder Fischöl produzieren. Es gibt unglaublich viel, was man mit High-End Kosmetik tun kann. Und wenn das Spa und die Kosmetiklinie ein Erfolg sind, könnten Sie den Palast wieder für die Öffentlichkeit schließen und die Suite für besondere Gäste reservieren. Oder sie vielleicht sogar als netten Bonus für die Bediensteten benutzen!"

Alle starren mich an, und ich klappe meinen Mund zu.

Gabriel sieht mir in die Augen. „Deine Ideen sind brillant. Ich kann mir alles schon so gut vorstellen. Wir würden in mehreren Schritten vorgehen, um letztendlich das Ziel zu erreichen, eine zukunftsfähige Industrie für die Fischer aufzubauen."

Meine Brust schwillt vor Stolz an. „Danke."

Die Königin winkt ab. „Francescas Idee war besser. Sie versteht die Traditionen von Villroy."

„Francescas Idee würde nur das Unvermeidliche hinauszögern. Was, wenn auch die Fischgründe weiter draußen leergefischt sind?", blafft Gabriel. „Und außerdem tut das nichts zur Sache."

Der König mustert mich eine ganze Weile. Seine scharfen, aquamarinblauen Augen schätzen mich ein, und ich bemühe mich, nicht nervös herumzuzappeln. Schließlich fragt er. „Ihre Familie?"

„Sie ist halb Französin", antwortet Gabriel für mich. „Den Einheimischen hier wird das gefallen."

Ich schüttele den Kopf. Sie müssen wissen, auf was sie sich mit mir einlassen. „Ich bin eine Waise, Sir. Ich habe nie jemanden um etwas gebeten. Alles, was ich habe, habe ich mir selbst hart erarbeitet. Ich habe erst vor Kurzem erfahren, dass ich überhaupt so etwas wie eine Familie habe."

„Und wer sind die?", fragt der König ungeduldig.

„Polly. Sie ist meine Cousine sechsten Grades. Wir haben denselben Ur-ur-ur-ur-ur-Großvater. Die Familie meines Vaters ist während der Revolution im 19. Jahrhundert aus Beaumont nach Louisiana ausgewandet. Sie hat mich auf der AncestryWise-Webseite gefunden, als sie nach ihrer amerikanischen Familie gesucht hat, um ihr zu helfen, unterzutauchen."

Gabriel dreht mich zu sich um. „Anna, warum hast du mir das nicht schon viel früher gesagt? Du hast königliches Blut."

„Polly sagt, das zählt nicht. Das ist zu lange her. Wenn überhaupt, ist es nur ein Tropfen."

„Sie hat recht", sagt die Königin in triumphierendem Ton. „Sie ist immer noch eine Bürgerliche."

Gabriel legt den Arm um meine Schulter und zieht mich an sich, bevor er sich dem König zuwendet. „Sie ist, was Villroy braucht." Er sieht mich mit so viel Liebe in den Augen an, dass mir die Tränen kommen. „Und was ich brauche."

Ich blinzele. Ich kann spüren, dass ich schwach werde, doch ich muss stark sein für Gabriel. Ich zwinge mich, ein letztes Mal zu versuchen, Gabriels Platz hier in Villroy zu sichern. „Ich liebe ihn genug, um ihn loszulassen. Es bricht mir das Herz, doch ich weiß, wie wichtig er für das Königreich ist."

„Verdammt, Anna", beginnt Gabriel, doch der König fällt ihm ins Wort.

„Ich werde euch sagen, wie wir vorgehen werden—" Er stockt und muss husten.

Die Königin reicht ihm ein Glas Wasser.

Angespannte Sekunden verstreichen während wir darauf warten, dass der Hustenanfall endet. Die Königin blickt gequält und besorgt drein. Ich weiß genau, was sie durchmacht, ihn so leiden zu sehen.

Ich drücke Gabriels Hand. Ich weiß, wie schwer es auch für ihn ist. Er hat wahrscheinlich viel mehr Zeit als seine Geschwister mit seinem Vater verbracht, da Gabriel derjenige war, dem er beibringen musste, was von einem König erwartet wird.

Schließlich kann sein Vater wieder reden. „Gabriel muss der Thronerbe bleiben. Um zu vermeiden, dass sich das, was mit meinem Bruder passiert ist, wiederholt, erteile ich Gabriel die Erlaubnis, Anna zu heiraten."

Der Königin bleibt der Mund offenstehen.

Gabriel drückt mich an sich und hüllt mich in seine Liebe ein. Ich will vor Glück schreien, doch ich bekomme kaum Luft. Ich strahle, und mein Herz pocht, während ich mich warm fühle wie noch nie. Er lässt mich wieder los, und ich jubele, woraufhin meine künftigen Schwiegereltern mich anstarren – die Königin mit unverhohlener Ablehnung im Blick. In diesem Moment wird mir bewusst, dass sie noch nichts gesagt hat. Könnte sie immer noch ein Veto einlegen?

Der König fährt sachlich fort. „Wir werden verkünden, dass sie Amerikanerin ist, doch dass ihre Familie aus Französisch-Beaumont stammt und sie eine Blutsverwandte der Prinzessin von Beaumont ist. Das wird unsere Leute hier zufriedenstellen." Alles, was er gesagt hat, ist wahr. Er wendet sich seiner Frau zu. „Tu das für mich, Alexandra."

Gabriel neben mir ist zum Zerreißen angespannt. Ich halte den Atem an.

Sie presst die Lippen aufeinander und nickt einmal. Ich atme auf. *Ja!* Die Liebe zwischen ihnen ist spürbar, und ich weiß, dass das der Grund sein muss, aus dem sie Gabriel erlauben, mich zu heiraten. Sie wissen, was Liebe ist.

Gabriel drückt mich an sich und wendet sich seinen Eltern zu. „Danke. Ihr werdet es nicht bereuen. Ihr habt die richtige Entscheidung getroffen."

„Das musst du mir nicht sagen", schmunzelt sein Vater. „Es steht dir in dein verliebtes Gesicht geschrieben."

Die Königin findet ihre Sprache wieder. „Sie ist vollkommen unvorbereitet für ihre Rolle", sagt sie.

Der König lächelt mit einem verschmitzten Funkeln in den

Augen. „Dann musst du ihr beibringen, was sie wissen muss."

Die Königin wendet sich mir mit entsetzter Miene zu. „Möchten Sie Königin werden?"

„Ich möchte Gabriels Frau werden."

„Seine Frau wird die Königin sein."

„Dann ja. Doch zuerst muss ich mich zu Hause um eine Menge kümmern. Ich bin Kosmetikerin und Hausmeisterin. Das ist sowas wie der Haus- und Hofhandwerker meines Apartmentblocks. Ich kann fast alles reparieren."

Seine Mutter verdreht die Augen. „O Gott."

Ich gehe zu meiner neuen Schwiegermutter und umarme sie, dann umarme ich auch meinen Schwiegervater. „Ich liebe Ihren Sohn. Und ich liebe diese Insel mit all ihrer Geschichte und ihren Traditionen. Das ist das dauerhafte, starke Fundament, das ich mir immer gewünscht habe. Ich werde alles tun, was in meiner Macht steht, um es zu erhalten. Danke, dass Sie mir erlauben, Teil Ihrer Familie zu werden. Ich habe mir mein ganzes Leben lang eine Familie gewünscht."

Die Königin schließt einen Moment lang die Augen und nickt kurz, scheinbar gerührt von meinen Worten. Der König tätschelt meine Hand und schenkt mir ein herzliches Lächeln.

Gabriel verneigt sich tief vor beiden, was sie mit einem kurzen Nicken beantworten, dann nimmt er meine Hand und geht mit mir zur Tür.

„Bis dann, Majestäten!", rufe ich über meine Schulter. „Ich freue mich schon auf den Königinnenunterricht."

„Guter Gott", seufzt seine Mutter laut genug, dass wir es hören können.

Der König lacht nur. Ich glaube, er mag mich.

Sobald wir im Flur sind, zieht Gabriel mich in seine Arme und wirbelt mich herum. „Du warst fantastisch. Du hast sie vollkommen auf deine Seite gezogen."

Ich strahle ihn an. „Ich habe nur die Wahrheit gesagt."

„Und das war genau das, was sie hören wollten." Er stellt mich wieder auf die Füße und gibt mir einen stürmischen Kuss. „Du bist wirklich eine Ritterin in glänzender Rüstung. Du hast den Prinzen gerettet."

„Und eine Prinzessin." Ich ziehe ein imaginäres Schwert, und er muss lachen. Ich liebe es, ihn so glücklich zu sehen, und natürlich bin auch ich außer mir vor Freude. Ich schwebe wie auf Wolken, und ich fühle mich so leicht und unbeschwert, dass mich die sanfte Brise vor dem Fenster glatt wegwehen könnte.

„Was jetzt?", sagt er und zwinkert. „Oh, ich weiß."

Ich stelle mich auf Zehenspitzen und küsse ihn. „Ich muss mich an die Arbeit machen. Ich hätte bitte gerne eine Führung durch den Palast. Ich muss mir überlegen, wo wir die Suite für die königliche Fantasiewoche installieren sollen."

„Dein Wunsch ist mir Befehl. Wir müssen vielleicht auch ein paar Plätzchen für die Hochzeitssuite austesten."

„Oh, natürlich! Wir — ah!" Er wirft mich über seine Schulter.

Seine große Hand auf meinem Po eilt er den Flur hinunter. Ehe ich mich versehe sind wir in einem Schlafzimmer. Er stößt die Tür mit dem Fuß zu, stellt mich ab, und bevor ich mir darüber klar werden kann, ob der Raum Potential für unser Projekt hat, drängt er mich an die Wand.

Er wirft mir ein Raubtierlächeln zu, bevor er mich hochhebt und sein Mund meinen verschlingt. Ich lege meine Arme um ihn und erwidere leidenschaftlich seinen Kuss.

Seine Hand gleitet unter mein Kleid und zieht an meinem Tanga. „Die Hochzeitssuite muss getestet werden", sagt er gegen meine Lippen, bevor er meinen Tanga mit einer schnellen Bewegung zerreißt. Mit seinen Fingern dringt er in mich ein und pumpt, während er mich mit dem Daumen massiert. „Test, Test, Test."

Ich werfe meinen Kopf in den Nacken, als pure Lust meinen Körper flutet. „Ja!", und dann fehlen mir die Worte. Ich keuche, stürze auf den Orgasmus zu und reibe mich schamlos an seiner Hand. Er küsst mich, als ich komme, und schluckt den Schrei herunter, während er mich langsam wieder zurück auf die Erde begleitet. Sobald ich nicht mehr stöhne, stellt er mich wieder auf meine Füße.

Ich schwebe in einem angenehmen Nebel, die Augen geschlossen und lehne mich träge an die Wand, während

Gabriel Gott weiß was tut. Ich nehme an, er zieht sich aus. Nach gefühlt einigen langen Minuten, öffne ich die Augen. Er kommt auf mich zu, nackt, ein Kondom bereits übergerollt.

„Wow." Ich will einen Witz reißen über die Gegenwart von Kondomen in den Gästezimmern des Palasts, doch ich komme nicht dazu, denn schon hebt er mich hoch und dringt mit einem schnellen Stoß in mich hinein. Ich keuche angesichts der plötzlichen Invasion, während eine Schockwelle der Lust durch mich hindurch schießt. Er ist heiß und dick, ein süßer Schmerz.

Er hält inne, tief in mir und hebt die Hand an meine Wange. „Anna."

Ich liebe es, meinen echten Namen aus seinem Mund zu hören. Ich liebe die Leidenschaft, die Intensität, ich liebe unsere Liebe. „Ich liebe dich, Gabriel."

Er küsst mich zärtlich. „Ich liebe dich auch, meine Königin."

„Du bist der erstaunlichste Mann, dem ich je begegnet bin."

Er streichelt meine Wange. „Und du bist mein Herz", sagt er heiser.

Ich blinzele die Tränen zurück, doch sie verschwinden, als Gabriel seinen Mund auf meinen presst und in langsamem Rhythmus in mich hineinzustoßen beginnt. Innerhalb weniger Minuten weicht die langsame Zärtlichkeit animalischem Ficken, die Wand im Rücken, Gabriels harter Körper vor mir. Meine Welt beschränkt sich auf die Hitze in Gabriels Augen. Seine Hände packen meine Hüfte. Seine tiefen, harten Stöße treiben mich höher und höher. Ein kehliger Schrei entfleucht mir, und mein Körper zuckt und bebt, als ich komme, dann kommt auch er mit einem tiefen, gutturalen Stöhnen.

Ich erschlaffe, befriedigt und entspannt. Er legt seinen Arm um meinen unteren Rücken und hält mich zwischen sich und der Wand fest.

Ich lächele und bin mir sicher, dass ich dabei ziemlich albern aussehe. „Das Zimmer funktioniert definitiv als Hochzeitssuite."

Er nimmt mein Kinn in seine Hand und küsst mich, jetzt zärtlicher, doch es ist, als könnte er nicht aufhören. Ich bin trunken von seinen Küssen, trunken von ihm.

Wenig später hebt er seinen Kopf. „Es könnte immer noch ein Zimmer geben, das besser geeignet ist. Wir müssen weitersuchen. Es könnte eine Weile dauern. Das ist schließlich ein großer Palast."

Ich wiege mich gegen ihn. „Na dann."

Er lächelt gegen meinen Mund, küsst mich leidenschaftlich, und ich bin zu Hause. Diesmal für immer.

EPILOG

Anna

„Du bist frei!" Ich ziehe Polly auf dem Rücksitz des gemieteten Hummer mit getönten Scheiben an mich und umarme sie. Wir kommen gerade von der Verhandlung. Sie muss nicht ins Gefängnis, jippie!

Als ich sie wieder loslasse, lächelt sie mich herzlich an. „Alles dank dir, Cousine." Sie wendet sich Gabriel zu. „Und Ihnen natürlich auch. Danke für Ihre Hilfe. Und Ihre Diskretion."

Meine Cousine verfügt über die geschliffensten königlichen Manieren. Ich sehe es an ihrer Haltung, wie sie mit Gabriel spricht. Mein wunderbarer Verlobter hat alle Strippen gezogen, um Polly den besten Anwalt zu besorgen und dafür zu sorgen, dass alles mit größter Diskretion behandelt wird.

Gabriel lächelt. „Ich habe gerne geholfen, auch wenn die Bewährung Sie noch eine Weile hier festhalten wird."

„Das stört mich nicht", sagt Polly. „Ich brauche ein bisschen Abstand von zu Hause. Jetzt habe ich zwölf Monate davon. Ich habe meinen Eltern gesagt, dass ich an meinem MBA arbeite. Sie sind immer für Bildung." Sie wendet sich mir zu. „Tut mir leid, dass wir das Haus verloren haben."

Ich winke ab. „Mach dir keine Gedanken deswegen. Es ist der Gedanke, der zählt. Du wolltest mir ein großzügiges

Geschenk machen, und das bedeutet mir so viel. Mir tut nur leid, dass du das Geld verloren hast, das du dafür gezahlt hast." Der Richter hat entschieden, dass der Kauf rückabgewickelt wird, sie den Kaufpreis jedoch für einen guten Zweck spenden muss.

„Das ist nicht schlimm", sagt sie. „Jetzt, da ich wieder mit meiner Familie in Kontakt bin, ist alles gut. Okay, das mit dem MBA ist eine kleine Notlüge, doch wenn ich jetzt darüber nachdenke, hätte ich es gleich so machen sollen, anstatt unterzutauchen."

„Aber so war es viel interessanter", schmunzele ich. „Aufregend, nicht wahr?"

Sie lacht. „Und wie. Es hat wirklich Spaß gemacht – bis zu meiner Verhaftung zumindest."

Wir müssen beide lachen, und Gabriel schüttelt lächelnd den Kopf.

„Du solltest den MBA machen", schlage ich vor. „Du bist ja sowieso hier. Das geht doch sogar online."

„Vielleicht mache ich das", sagt sie gut gelaunt. „Der Tourismusindustrie zu Hause kann es auf jeden Fall nicht schaden."

Ich gebe ihr ein High Five.

„Ich werde dich vermissen, Anna", sagt sie. „Ich komme dich auf Villroy besuchen, sobald ich meine Bewährung hinter mir habe."

„Absolut! Und du hast ja Mike hier, den du besuchen kannst." Sie hat meinen Pflegevater regelmäßig besucht und nach ihm gesehen. Sie hat gesagt, dass er ein großer Trost für sie war in der Zeit, in der ich nicht hier war.

„Mike hat mir angeboten bei ihm zu wohnen, für den Fall, dass ich Bewährung bekomme", sagt sie. „Ich bin mir nicht sicher, ob ich das Angebot annehmen soll. Ich meine, ich möchte schon, und er war so nett, aber ich weiß ja, dass es ihm nicht gut geht, und will ihm nicht zur Last fallen."

Ich seufze erleichtert auf. „Das ist doch wunderbar. Du solltest sein Angebot annehmen. Er hat früher immer ein volles Haus gehabt. Genau darum hat er so viele Pflegekinder aufgenommen. Und es würde auch zu meinem Seelenfrieden beitragen zu wissen, dass er Gesellschaft hat, jetzt, da ich nach Villroy ziehe."

Gabriel und ich haben die letzten zwei Wochen hier in Tampa verbracht und uns um alles gekümmert, was erledigt werden musste, doch hauptsächlich, um Mike zu besuchen. Sein Zustand ist stabil und er war glücklich, von meiner Verlobung zu hören. Er hat Gabriel und mir seinen Segen gegeben, was mir unglaublich wichtig war, denn ich weiß, dass Mike immer nur das Beste für mich gewollt hat. Gabriel hat ihm angeboten, in den Palast zu ziehen, doch er will lieber zu Hause bleiben. Darum hat Gabriel sich um die nächstbeste Lösung gekümmert und eine Krankenschwester eingestellt, die bei ihm eingezogen ist und sich rund um die Uhr um ihn kümmern kann. Mit der Schwester und dem Wissen, dass auch Polly bei ihm einziehen wird, kann ich ruhigen Gewissens nach Villroy ziehen. Ich werde ihn natürlich besuchen und Anrufe, SMSen und E-Mails gibt es ja auch. Er ist mein Dad.

„Okay, dann ist das ja geklärt." Polly knufft mich. „Mike sagt immer, dass ich eine viel zu höfliche Version von dir bin."

„Ha! Du hast noch einen langen Weg vor dir, wenn du je so …" Ich wende mich Gabriel zu. „Was sagst du immer?"

„Sagen wir direkt."

„Ha, direkt! Das ist seine viel zu höfliche Art zu sagen, dass ich unhöflich bin."

Gabriel drückt meine Hand. „Nicht unhöflich. Direkt und vorlaut, aber nicht unhöflich. Du behandelst Leute mit Respekt."

„Das tut sie", nickt Polly. „Ich bin so froh, dass wir einander gefunden haben, auch wenn wir nur ein paar Monate hatten. Und ich bin so glücklich für euch, weil ihr euch gefunden habt! Anna, kannst du dir vorstellen, was passiert wäre, wenn ich diejenige gewesen wäre, die nach Villroy gegangen wäre?"

„Gott sei Dank durftest du das Land nicht verlassen!", seufze ich. „Du hättest mir womöglich meinen künftigen Ehemann geklaut."

Gabriel schüttelt den Kopf. „So ähnlich seid ihr euch nicht, auch wenn man die Familienähnlichkeit durchaus sehen kann."

Polly löst ihre Haarspange und schüttelt ihr Locken aus. Wange an Wange strahlen wir Gabriel an. „Sehen Sie?", sagt sie.

„Zwillinge", füge ich hinzu.

„Ich sehe doppelt", sagt er und beugt sich zu Polly vor. „Gib mir einen Kuss, Darling, damit ich weiß, dass du es bist."

„Gabriel!"

Er grinst und macht im letzten Moment einen Schlenker, um die richtige Frau zu küssen. Mich.

~

Zwei Wochen später beim königlichen Ball ...

Gabriel

Ein paar Leute sind der Meinung, dass ich es mit Anna überstürzt habe. Diese Leute täuschen sich. Ich habe mein ganzes Leben auf sie gewartet, und jetzt, da sie hier ist, kann ich es nicht erwarten, unser gemeinsames Leben anzufangen. Ich bin gerne bereit zuzugeben, dass sie ein einzigartiger Zuwachs für unsere Familie ist, unverblümt und sich nicht immer des angemessenen Protokolls bewusst. Doch ich muss sie einfach lieben. Selbst die Königin hat sich für ihre eifrige Schülerin erwärmt. Nachdem wir bei ihr zu Hause alles geregelt haben, hat Anna die letzten zwei Wochen damit verbracht, eng mit meiner Mutter zusammenzuarbeiten, über unsere Traditionen zu lernen und zu erfahren, was man vom Hof erwartet. Sie haben den Ball zusammen geplant, um unsere Verlobung zu feiern.

Annas bodenlanges Ballkleid ist smaragdgrün. Ein Neckholdertop mit Stehkragen zeigt kein Dekolleté, betont ihre Kurven jedoch perfekt. Ihre wilden dunklen Locken werden ihr von einem glitzernden Diamantreif aus dem Gesicht gehalten, doch ansonsten fallen ihre Haare offen über ihren Rücken. Die Prinzessinnen, die an diesem barbarischen Wettbewerb teilgenommen haben, wurden auch eingeladen – das war Annas Idee. Sie haben alle abgelehnt, genau, wie ich es prophezeit habe. Sie haben kein Interesse daran, sich ihre Niederlage unter die Nase reiben zu lassen. Meine ganze Familie ist hier und viele Adlige vom Festland.

Ich beobachte Anna, die meiner Mutter folgt und die Gäste begrüßt. Sie ist unwiderstehlich charmant auf ihre muntere, lebensfrohe Art.

Was gibt es sonst noch Neues? Ach ja, die anstehende Hochzeit scheint meinem Vater neue Lebenskraft gegeben zu haben. Er will dabei sein. Anna besucht ihn täglich und unterhält ihn mit ihren Geschichten von ihren Kundinnen zu Hause und all ihren Eigentümlichkeiten. Er findet sie „erfrischend“. Sie hat ihm sogar die Haare geschnitten. Nur Anna würde wagen, das zu fragen.

Ich gehe durch den Saal zu ihr, nachdem ich lange genug gewartet habe, damit sie ihre Königin-im-Training-Routine mit meiner Mutter praktizieren konnte. „Darf ich um diesen Tanz bitten?“

Sie strahlt mich an und macht einen anmutigen Knicks. „Das wäre toll!“ Ihren angeborenen Enthusiasmus kann sie nicht zügeln, und das will ich auch nicht. Ich liebe das an ihr.

Ich biete ihr meinen Arm an und führe sie auf die Tanzfläche. Das Orchester beginnt, ein langsames Lied zu spielen. Ich lege einen Arm um ihre Taille, nehme ihre Hand und führe sie langsam über die Tanzfläche. Andere Paare gesellen sich zu uns.

Ihre Hand wandert an meine Schulter. „Habe ich schon gesagt, wie umwerfend du in einem Smoking aussiehst?“

„Das hast du, aber du darfst dich gerne wiederholen.“

Sie drückt meinen Bizeps. „Unverschämt gut. Amüsierst du dich? Ich habe dich nicht einmal lächeln gesehen. Du hast es wahrscheinlich nicht bemerkt, aber ich habe dich beobachtet.“

„Jetzt amüsiere ich mich.“

Sie umarmt mich spontan, bevor wir wieder zu unserer

Tanzhaltung zurückkehren. Ich kann mich nicht erinnern, mich je so geliebt gefühlt zu haben. Ihre braunen Augen funkeln wie jedes Mal, wenn sie eine Idee hat.

„Was?"

Sie lächelt. „Ich dachte gerade, nachdem es noch zwei *lange* Monate dauert, eine angemessene königliche Hochzeit zu planen–"

„Was so kurz wie möglich ist."

„Ja, ich weiß, du kannst es nicht erwarten, mich an dich zu fesseln. Ha! Erinnerst du dich an das letzte Mal, als du–"

„Schhh, Darling." Ich ziehe sie an mich und flüstere in ihr Ohr. „Natürlich kann ich mich daran erinnern, dich gefesselt zu haben, doch wenn du anfängst, hier darüber zu reden, könntest du mich in einen *unschicklichen* Zustand versetzen, nur weil ich daran denke."

„Unschicklich." Sie versucht, ein Lachen zu unterdrücken, schafft es jedoch nicht. Sie blickt zu mir auf, gerötet und lächelnd. „Oh, Gabriel, manchmal sagst du die lustigsten Sachen." Sie küsst mich auf die Wange, dann tanzt sie weiter. „Wie auch immer, die Renovierung der Gästesuite dürfte bis zu unserer Hochzeit abgeschlossen sein. Klopf auf Holz" – sie klopft sich an den Kopf – „und ich denke, wir sollten unsere Hochzeitsnacht darin verbringen, um sie auszuprobieren."

„Absolut."

„Du bist so entspannt."

Das bin ich nicht und bin ich auch nie gewesen, doch für sie würde ich alles tun. Sie hat ihr Zuhause, ihre Karriere, ihren Traum, einen eigenen Salon zu besitzen, und ihre Privatsphäre für mich aufgegeben. Ich werde alles tun, was in meiner Macht steht, sie in dem neuen Leben, das sie mit mir gewählt hat, glücklich zu machen.

Ich lege eine Hand an ihre Wange und küsse sie. Sie schlingt ihre Arme um meinen Hals und erwidert den Kuss begeistert. Als sie mich schließlich wieder zu Atem kommen lässt, sieht sie sich um und bemerkt, dass alle Blicke auf uns gerichtet sind. Schnell wischt sie meine Lippen ab, wahrscheinlich, weil ihr roter Lippenstift abgefärbt hat.

„Ich habe ganz vergessen, dass öffentliche Liebesbekundungen nicht erwünscht sind."

„Es ist unsere Verlobungsfeier. Gibt es eine bessere Zeit, unsere Liebe zu zelebrieren?"

Sie strahlt mich an. „Ich liebe dich, Gabriel Rourke."

„Und ich liebe dich, Anna Hebert-bald-Rourke."

Sie seufzt glücklich. „Habe ich dir eigentlich schon gesagt, dass ich die erste Ladyswoche in unserer neuen Gästesuite gebucht habe?"

„Nein. Was, wenn sie noch nicht fertig ist?"

„Wenn es sein muss, springe ich mit meinem eigenen Werkzeuggürtel ein. Aber ich mache mir keine Sorgen. Ich werde die Handwerker ab jetzt persönlich überwachen."

„Okay, und wer sind die glücklichen Gäste?"

„Meine reichsten Kundinnen zu Hause. Sie kommen hierher für eine Woche mit Schönheitsbehandlungen von mir – Haare, Nägel, Gesichtsbehandlungen." Sie senkt verschwörerisch die Stimme. „Sie bestehen immer darauf, dass ich sie behandele. Die Beziehung mit deinem Friseur ist heilig."

„Das wusste ich nicht."

„Oh ja, definitiv." Sie nickt energisch. „Doch um ehrlich zu sein, geht die größte Anziehung von der königlichen Junggesellenauktion aus. Sie können ein Date mit einem Prinzen gewinnen."

Ich bemühe mich, mir mein Entsetzen nicht anmerken zu lassen. Es klingt schlimmer, als diese barbarischen Brautspiele, die sich meine Mutter ausgedacht hat. Und der oder die Prinzen …. Das müssen meine Brüder sein. Wer sonst würde da mitspielen? Sie lieben Anna.

„Ta-dah!", ruft sie. „Das ist meine neuste Idee, Geld in Villroys Kassen zu bekommen. Du weißt ja, dass wir uns nicht auf unseren Lorbeeren ausruhen können. Wir müssen meine Spa-Idee und die Kosmetiklinie angehen." Damit meint sie uns beide.

„Das müssen wir… wissen meine Brüder schon, dass du sie versteigern willst?"

Sie sieht sich nach ihnen um und winkt, als sie sie in der Nähe der Bar sieht. Sie wirft ihnen eine Kusshand zu, dann dreht sie sich wieder zu mir um. „Nein, sie haben keine Ahnung. Aber ich bin mir sicher, dass sie das für mich tun werden."

„Das werden sie. Sie lieben dich. Meine ganze Familie liebt dich."

Sie lächelt süß und drückt meinen Arm. „Ganz ehrlich, ich glaube, es ist der königliche Hottie, der die meisten Gebote bekommen wird. Er hat eine ordentliche Internetgefolgschaft."

Ich werfe einen Blick auf den armen, arglosen Phillip, der wie immer unbeschwert mit den anderen lacht. Dann erinnere ich mich daran, dass er vor dem albernen Brautwettbewerb davon gewusst hat und keinen Gedanken darauf verschwendet hat, mich zu warnen. Als ich mit ihm darüber gesprochen habe, schienen ihn diese würdelosen Spiele sogar zu amüsieren.

Ich wende mich wieder Anna zu. „Du bist brillant. Bitte lass mich dabei sein, wenn du ihm davon erzählst."

Sie runzelt die Stirn. „Warum? Glaubst du, dass es ihn ärgern wird?"

„Oh, das nicht, aber …"

Sie nickt langsam, als wollte sie sagen *verstanden*. „Dann warte ich bis zum letztmöglichen Moment damit."

Ich muss lächeln. „Klingt perfekt." Jetzt, da Anna hier ist, wird es hier im Palast nie wieder spießig oder langweilig zugehen.

Möchten Sie erfahren, wie Gabriels und Annas Hochzeitsnacht verläuft? Dann melden Sie sich für meinen Newsletter an, um den Bonusepilog zu lesen! Kyliegilmore.com/DEFangNewsletter

Verpassen Sie nicht das nächste Buch der Serie, *Königlicher Hottie*, in dem Phillip unerwarteterweise als der begehrteste Kandidat in einer Junggesellenversteigerung landet!

Phillip

Ich hätte nie gedacht, der Hauptkandidat einer Junggesellenauktion zu werden – dank meiner unglaublichen Schwägerin, der neuen Königin von Villroy. Mir ist egal, dass all das Interesse mich zu einem Social Media Star gemacht hat, doch ein Stück Fleisch bin ich nicht. Als also die erste Singlefrau in den Palast kommt, schicke ich sie packen. Das Problem ist nur, dass diese verdammte Frau sich weigert zu gehen.

Ruby

Warum sollte ich ein Date mit einem arroganten, unhöflichen Prinzen kaufen wollen? Ich bin wegen eines Jobs hier, den ich dringend brauche, und lasse ganz sicher nicht zu, dass sich mir ein Prinz mit Wahnvorstellungen in den Weg stellt. Dieser *königliche Hottie* scheint dem Hype zu glauben.

Wie ist es bloß dazu gekommen, dass ich ihn bei der Junggesellenauktion gewonnen habe, und was soll ich jetzt mit ihm anfangen?

Ich kann mich nicht in einen Playboy verlieben. Davon abgesehen bewegen wir uns in entgegengesetzte Richtungen. Er hat eine internationale Tour geplant, die ein Jahr oder länger dauern soll, und ich muss wieder zurück in die Staaten. Nur, dass dieser Prinz es gewohnt ist zu bekommen, was er will – und jetzt will er mich.

Königlicher Hottie kommt bald!

BÜCHER VON KYLIE GILMORE

Die Clover Park Reihe

Das Gegenteil von wild (Buch 1)

Daisy schafft alles (Buch 2)

In den Falschen verguckt (Buch 3)

Ein Weihnachtsmann zum Küssen (Buch 4)

Vermieter küsst man nicht (Buch 5)

Nicht mein Romeo (Buch 6)

Bring mich auf Touren (Buch 7)

Clover Park Braut (Buch 7.5)

Gewagte Verlobung (Buch 8)

Retter in der Not (Buch 9)

Eine verführerische Freundschaft (Buch 10)

Ein Geschenk zum Valentinstag (Buch 11)

Raus aus der Tretmühle (Buch 12)

Die Clover Park STUDS Reihe

Almost Over It (Book 1)

Almost Married (Book 2)

Almost Fate (Book 3)

Almost in Love (Book 4)

Almost Romance (Book 5)

Almost Hitched (Book 6)

Happy End Buchblub Reihe

Hollywood Inkognito (Buch 1)

Gefahr im Anzug (Buch 2)

Gefährliches Spiel (Buch 3)

Förmliche Vereinbarung (Buch 4)

Wenn der Bad Boy keiner ist (Buch 5)

Ein Störenfried zum Verlieben (Buch 6)

Schicksalsbegegnungen (Buch 7)

Eine Romantische Chance (Buch 8)

Ein sündhafter Flirt (Buch 9)

Ein unbequemer Plan (Buch 10)

Eine Happy End Hochzeit (Buch 11)

Die Rourkes Reihe

Königlicher Fang (Buch 1)

Königlicher Hottie (Buch 2)

Königlicher Darling (Buch 3)

Königlicher Charmeur (Buch 4)

Königlicher Playboy (Buch 5)

Königlicher Spieler (Buch 6)

ÜBER DEN AUTOR

Kylie Gilmore ist die USA Today Bestsellerautorin der Rourkes Reihe, der Happy End Buchclub Reihe, der Clover Park Reihe und der Clover Park STUDS Reihe. Sie schreibt unterhaltsame Romanzen, die die LeserInnen zum Lachen und zum Weinen bringen und zu einem Glas Eiswasser greifen lassen.

Kylie lebt mit ihrer Familie, zwei Katzen und einem verrückten Hund in New York. Wenn sie nicht gerade schreibt, Kinder bändigt oder bei Autorenkonferenzen pflichtbewusst Notizen macht, findet man sie beim Stretching – bis ganz nach oben ins oberste Regal, um dort ihren geheimen Schokoladenvorrat zu erreichen.